희언만필(戲言漫筆)

강준희

국학자료원

작가의 말

　이번엔 '희언만필戱言漫筆'이라는 다소 생경한 제목의 글을 내놓는다. 이 희언만필은 희롱할 희戱 자에 말씀 언言 자, 부질없을 만漫 자에 붓 필筆 자로 희언은 희담戱談이라고도 하는데 이는 웃음거리로 하는 실없는 말이나 익살맞은 말 또는 장난말을 뜻한다. 그리고 만필은 일정한 형식이나 체계 없이 느끼거나 생각나는 대로 쓴 글이나 그런 글을 말하는 것으로 글 속에 사물에 대한 필자의 풍자나 비판이 들어 있음이 특징이다. 만필은 만록漫錄 만문漫文 또는 산록散錄이라고도 하며 뜻은 만필과 같다.

　이 희언만필엔 네 편의 글이 실려 있는데 그 첫 번째가 '한국문단에 띄우는 긴급동의'다. 이 글은 한국 문단의 타락과 병폐와 부조리를 고발(?)한 것으로 가장 고고하고 당당하고 의연해야 할 문사가 그렇지 못한 채 따뜻하면 붙들고 추우면 놔 버리는 염이부炎而附 한이기寒而棄의 염량배炎凉輩 같은 정신과 자세와 행위를 질타한 것이다. 이 글은 2백 자 원고지 150장으로 1998년 '자유문학' 겨울호 권두에 전재된 글이다. 그리고 이 글은 뒤이어 C 일보에 아홉 차례에 걸쳐 분재가 됐다. C 일보 사장이 어떻게 읽었는지 그 통쾌 무비에 반했다며 분재를 요청해 와서였다.

두 번째 글 '아, 고구려!'는 C 문화원 초청으로 중국 길림성 '집안'의 고구려 유적을 보고 온 소회를 적은 글인데, 우리는 특히 젊은이는 웅혼한 고구려 정신에 대해 너무 모른다는 점이다. 그리고 현지에서 보니 고구려 유적에 대한 설명이나 해설에 오탈자가 많고 맞춤법 띄어쓰기 등 정서법도 엉망이어서 얼굴이 화끈거렸다. 한데도 일본 측 설명문에는 오탈자는 물론 정서법도 완벽해 보였다. 역사(국사)를 우습게 알아 헌신짝 취급을 하고 중 · 고등학교와 대학에서도 역사를 원두한이 쓴 외 보듯 괄시를 하니 민족의 주체나 정체성이 뭐가 되겠는가.

역사는 뿌리요 줄기다. 독일이 나폴레옹의 말발굽에 짓밟혀 초토화되다시피 했을 때 저 베를린대학교 총장 피히테는 어떻게 나라를 구했는가. 그는 '독일 국민에게 고함'

이라는 명연설에서 '독일 국민들이여, 독일의 역사를 알자. 독일 국민들이여, 독일의 말을 알자. 독일 국민들이여, 독일의 시를 알자'는 세 가지 경세적인 구호로 나라를 구했다. 나는 '아, 고구려!'에서 역사의 중요성을 역설하고 강조했다. 이후 이 글 '아, 고구려!'는 C 문화원에서 소책자를 만들어 이 글을 읽고자 하는 이들에게 증정했다. 이 글은 분량이 2백 자 원고지 135장이었다.

세 번째 글 '나'라는 사람─내가 나를 해부한다─에서는 문자 그대로 내가 나를 해부했다. 여기서 나는 주관을 배제한 객관화로 글을 쓰기 위해 무던히 애썼다. 그래 나는 내 장점과 단점을 실례를 들어가며 가감없이 썼다. 나를 아주 잘 아는 이가 이 글을 읽는다면 "그래, 맞아. 강준희는 이런 사람이지" 할 것이고 나를 섣불리 아는 사람은 "아니 강준희가 이런 사람인가?" 하고 놀랄 것이다. 그리고 나를 잘 모르는 사람은 "설마, 이렇게까지야. 이거 지어낸 말 아니야?" 하고 고개를 갸웃할지도 모른다. 그러나 어느 쪽이든 상관없다. 왜냐하면 나는 나를 진솔하게 썼으니까. 숨김없이 있는 그대로를 탄백坦白했으니까.

네 번째 글 '아니디아'는 거액을 제시하며 자서전을 써 달라는 어느 스님의 청탁을 거절하고 겪는 자신과의 괴로운 싸움 이야기다. 자서전을 그럴듯하게 미화시켜 써 준 대가로 받은 거금으로 잘 먹고 잘 사느냐, 아니면 굶어 죽어도 그런 따위 위선의 글은 안 써 자신을 지키느냐 하는 문제였다. 나는 여러 날을 고뇌와 유혹과 갈등과 번민 속에 괴로워했다. 거금을 받고 위선의 글을 쓰려니 내 영혼이 더렵혀지는 것 같고 깨끗한 영혼을 지키기 위해 위선의 글을 안 쓰려니 거금의 유혹이 너무 크고 배고팠다. 그러나 나는 끝내 자신과의 치열한 싸움 끝에 거금의 유혹을 물리치고 진여眞如의 나를 찾아 깨끗한 배고픔을 택했다. 그때(1986년) 스님이 제시한 조건은 26평 아파트나 이에 당하는 현찰이었다. 그리고 보너스로 중·대형 승용차 한 대까지 사 준다는 것이었다. 나는 여러 날을 고뇌하다 대오 각성하듯 나를 찾았다. 그러니까 나는 결국 나를 이겨 자승자강한 셈인데 '아니디아'가 바로 그 이야기다.

2013년 봄
계명산 자락 어초재漁樵齋 몽함실夢含室에서
강준희姜晙熙

차 례

1부

한국문단에 띄우는 긴급동의

시종詩宗 또는 시선詩仙으로 일컬어지는 이백李白은 천자(현종)가 배를 보내도 그 배에 오르지 않았다. 이것이 그 유명한 '천자 호래 불상선天子呼來不上船'이다. 과시 천하에 얽매임 없는 일체 무애의 대 자유인다운 면모다.

　이런 이백은 만고 불후 '청평조사 삼장淸平調詞三章'을 지을 때도 천자가 손수 국에 간을 맞춰 주고 양귀비가 몸소 벼루를 들어 주고 고역사高力士가 직접 신을 벗겨 준 다음에야 비로소 붓을 들었다.

　쌀 다섯 말의 봉록 오두미五斗米와 어린 상관에게 허리를 꺾을 수 없다 하여 80일간의 팽택 현령彭澤縣令을 헌신짝처럼 팽개친 도연명陶淵明은 내 어찌 닷말 쌀에 허리를 꺾고 시골 어린아이를 대할 수 있겠는가 하는 '아개능위 오두미 배요 향향리소아我豈能爲五斗米拜腰向鄕里小兒'라는 유명한 말을 남기고 그날로 '돌아가리. 전원이 장차 묵밭

이 되려는데, 어찌 돌아가지 않을 수 있으리' 하고는 벼슬을 버리고 집으로 돌아가며 불후의 명시 '귀거래사歸去來辭'를 썼다. 그리고 귀가 즉시 '전원으로 돌아와'라는 불세출의 명시 '귀원전거歸園田居'를 남겼다.

8세기 후반부터 9세기 말까지 장장 백스무 해를 살아 고불古佛이라 불리던 조주선사趙州禪師는 당시의 중국 승가에 보기 드문 대 선사였다.

이런 조주선사한테 왕이 찾아와 예불을 올렸다. 이때 조주선사는 자리에 앉은 채 일어나질 않았다. 왕이 돌아가자 시자가 물었다.

"스님께서는 어찌하여 이 나라 왕께서 납시었는데도 자리에서 일어나시질 않으십니까?"

선사가 대답했다.

"나는 본시 상급인이 오면 자리에 앉아있고, 중급인이 오면 자리에서 일어나고, 하급인이 오면 사문 밖까지 나가 맞아들인다."

시자가 이상히 여겨 다시 물었다.

"왜 그렇게 하셔야 합니까?"

"너희는 아직 모른다. 그러나 차차 알게 될 것이다."

선사는 대수롭지 않게 말했다.

지금 한국문단은 말이 아니다.

아니 문학하는 이들의 정신과 자세가 말이 아니다. 문학을 하고자 하는 문학도들의 문학 정신이 말이 아니다. 흐물흐물 는적는적 썩어문드러져 코를 내두를 수가 없다.

내가 왜 처음부터 이백과 도연명과 조주선사 얘기를 하는가. 글 쓰는 이 누구보다 깨끗하고 당당하고 떳떳하고 의연해야 함에도 불구하고 그렇지 못한 문학인이 있기 때문이다. 권력 앞에 저두하고 금력 앞에 굴신한 채 이름나고 상 타기를 좋아해 마치 주인에게 꼬리치는 강아지처럼 알찐알찐 요미걸련搖尾乞憐하는 양이 전염병이듯 창궐해 있기 때문이다.

왜 좀 의연하지 못한가. 왜 좀 초연하지 못한가.

신문을 가리켜 제사부第四府라 하고 신문기자를 가리켜 무관無冠의 제왕帝王이라 한다면 문사는 백두한사白頭寒士로 무검無劍의 제왕이다. 문사가 지절志節 있고 개결하여 부끄럽지 않게 당당히 사는 선비라면 말이다.

그러나 보라. 무검의 제왕이어야 할 문사가 권력과 금력 앞에 어찌해 왔나를. 그리고 또 어찌하고 있나를. 사방을 관망하다 세 불리하면 머리를 쏘옥 디밀고, 세 유리하면 머리를 쏘옥 내미는 돌틈바구니의 들쥐처럼 수서양단

首鼠兩端 하는 위인들은 결탁과 아유구용만이 살길이어서 자기 팔아 명철보신하는 것쯤은 예사로 안다. 그래서 상타고 이름나서 왈왈거린다. 말하자면 이는 문단적 '그레셤의 법칙'이다.

우리는 정치꾼(정치인이나 정치가가 아닌)과 잡배들이 결탁해 부당한 짓거리나 수작질하는 무리를 정상배政商輩라 한다. 하지만 우리는 정치꾼과 문사가 결탁해 수작질의 정문배政文輩란 소리는 아직 들어 보지 못했다.

그런데 문단 돼 돌아가는 모양새를 볼작시면 정문배라는 신조어가 생겨날 것 같아 우리를 절망시키고 있다. 얼마나 힘이 없고 얼마나 궁색하면 글줄이나 쓴다는 문사가 그러랴 싶어 동정도 가지만 그러나 이는 동정해 될 일이 아니다. 왜냐하면 배고프고 힘이 없어 그런다기보다 생리 자체가 그렇기 때문이다. 하지만 배를 주리고 허기가 져 허깨비가 보이고 당장 먹을 게 없어 끼니를 걸러도 권력에 저두하지 않고 금력에 굴신하지 않은 채 올연하고 청백하게 사는 문사가 우리 문단에 없는 것은 아니어서 그나마 희망을 준다.

어느 시대인들 탐관오리가 없고 난신적자亂臣賊子가 없겠는가. 본시 크게 간사한 신하는 아첨하는 수단이 매우 교묘해 흡사 크게 충성된 신하처럼 보인다. 이를 역사는 대간사충大奸似忠이라 하는데, 이는 송사宋史에 나오는 여회呂誨의 말로 한 번 음미해 볼 만하다. 일찍이 태공망太公望은 그의 '병서삼략兵書三略' 하략下略에서 '청백한 선비는 작록爵祿으로 얻을 수 없고 절의 있는 선비는 형벌이나 위엄으로 위협할 수 없다' 했다.

말할 나위도 없이 문사는 선비다. 아니 선비여야 한다. 선비도 조대措大하고 경개耿介하고 개결한 선비여야 한다. 그렇다고 초야에 묻혀 무위도식하면서 한운야학閑雲野鶴과 음풍농월吟風弄月과 유유자적悠悠自適으로 포의한사布衣寒士나 산림처사山林處士로 가난을 당연시 하라는 이야기는 아니다. 그래서 안빈낙도安貧樂道를 군자절君子節로 여겨 나물밥 먹고 물 마시고飯疏食飮水, 팔을 베고 누울지라도曲肱而枕之, 즐거움이 그 가운데 있으니樂亦在其中矣, 불의로 얻은 부귀不義而富且貴는, 나에겐 뜬구름과 같다於我如浮雲라고 생각하면서 저 후한後漢 중장통仲長統의 '낙지론樂志論'에 나오는 '어찌 제왕의 문에 듦을 부러워하랴豈羨夫入帝王之門哉'라는 안빈 철학을 그리워하라는 이야기도 아니다. 그러나 우리는 지난날의 참선비들이 집은 비나 가리면 족하다는 당족이비우堂足以庇雨와, 밥은 창자나 채

우면 족하다는 식족이충장食足以充腸과 옷은 몸이나 가리면 족하다는 의족이폐신衣足以蔽身을 생각하면 답답하고 한심해 어쩌면 이리도 맹추같았을까 싶지만 그러나 적어도 속기俗氣를 버리고 물욕에 초연해 탐함을 몰랐던 선비 정신만은 높이 사야 한다.

무릇 선비란 글(학문)만을 숭상하는 학자적 선비가 있는가 하면 글(학문)은 좀 부족하되 행동으로 보여 주는 실천적 선비가 있고 글과 행동을 함께 겸비한 지사적志士的 선비가 있다.

그렇다면 선비란 무엇인가? 시비 정신과 비판 정신이 투철한 사람으로 대쪽 같은 기개와 칼날 같은 법도로써 의를 위해 죽을 줄 알고 불의에 굽힐 줄 모르는 사람, 추상 같은 기강과 송죽 같은 지조로 훼절 않으며 권력 앞에 의연하고 금력 앞에 초연한 사람, 주리면서 당당하고 굶으면서도 의연한 사람, 이런 사람을 나는 선비로 보고 있다. 글줄이나 배웠다고 어찌 다 선비이며, 책권이나 읽었다고 어찌 다 선비이겠는가. 시시비비를 알아 비판하고 의·불의를 알아 참소리하며 행동하는 사람, 이게 선비인 것이다.

선비는 지조를 생명으로 알고 시비정신을 철칙으로 알

아 행동해야 한다. 그러니까 살 줄 알고 죽을 줄 아는 사람, 이런 사람이 선비인 것이다. 이것만이 선비의 길이요 선비의 가치요 선비의 덕목이다. 그래서 지난날의 선비들은 군주가 불의로 나라를 다스리면 여러 가지 저항으로 그 불의와 맞섰다. 그 대표적인 것이 거짓 장님 행세의 청맹青盲과 거짓 벙어리 행세의 청롱青聾과 거짓 미치광이 행세의 청광清狂 또는 양광佯狂이었다. 그런가 하면 또 거짓 곱추 행세의 청척이青戚施가 있었고, 거짓 앉은뱅이 행세의 청거저青蘧篨가 있었다. 그리고 성균관 유생들이 시위 항거하는 권당捲堂이 있었고, 깊은 곳에 숨어들어 세상에 나오지 않은 자회自晦와, 나무나 돌에 시를 써서 불의의 세상을 풍자 개탄한 야시野詩도 있었다.

뿐만이 아니다. 곧은 선비들은 임금이 비정秕政을 하거나 학정을 하면 즉각 대응했다. 지조는 국가적인 차원에서 보면 충절이 되고 개인적 차원에서 보면 신의가 된다. 그러므로 나라를 위할 때는 충절이 되고 부모를 위할 때는 효가 되며 도의를 위할 때는 예가 되는 것이다.

연산군 때 곧은 선비로 유명한 홍언충洪彦忠이 갑자사화로 무고하게 화를 입고 혹독한 고문 끝에 피범벅이 된 채 길거리에 내버려진 것을 보고 간신 김안로金安老가,

"이보시오 우암(寓菴—우암은 홍언충의 아호). 이게 대체 무슨 꼴이오. 참으로 딱도 하오." 했다. 이에 홍언충은 의연하게,

"딱할 것 하나도 없다. 홍문관의 물이 묻었을 뿐이다." 하며 김안로를 노려보았다. 홍언충과 김안로는 홍문관에서 함께 글을 읽던 선비였다. 그러니까 홍언충의 말은 홍문관에서 배운 대로 하다가 이 지경이 됐다는 뜻이다.

"이보. 우암! 어쩌자고 고집을 부리는 게요. 강하면 부러지느니, 마음 돌려 가만히만 있으면 이런 참혹한 화는 면할 게 아니오. 마음 돌리시오."

김안로의 말인즉 홍언충이 마음을 돌려 충성(훼절)하라는 뜻이었다. 다시 말하면 연산군에 아부해 편하게 살라는 뜻이었다. 그러나 홍언충은 추상 같은 소리로,

"듣기 싫다. 불의로 살아 영화를 누리기보다는 의로써 고통스레 죽겠다. 그러니 내 앞에서 당장 사라져라!"

홍언충은 대갈일성 조금도 굽힘이 없었다. 참으로 올곧은 선비였다. 이리하여 홍언충은 진안鎭安으로 귀양을 가게 됐고 김안로는 이런 홍언충을 외면했다. 홍언충을 가까이 하면 신상에 해가 미칠까 두려워서였다.

홍언충은 귀양 가는 도중 사약이 내려오기만을 기다렸

다. 연산이 귀양 가는 도중에 사약을 내려 죽이는 버릇을 알고 있었기 때문이다. 그런데 얼만큼 가다니까 사신이 말을 타고 급히 달려 왔다. 홍언충은 필시 금부도사가 사약을 가지고 온 줄 알았다. 그런데 알고 보니 사신은 뜻밖에도 연산이 폐위되고 중종中宗이 반정했다며 급히 입궐하라는 어명을 가지고 왔다. 참으로 반갑고도 기쁜 소식이 아닐 수 없었다. 한데도 홍언충은 목놓아 울었다. 새임금(중종)을 맞아 기뻐서 우는 울음이 아니라 옛 임금(연산)을 잃은 슬픔의 울음이었다. 홍언충은 끝내 영화의 높은 벼슬 자리를 불사不仕하고 형극의 귀향길을 택했다.

왜 그랬는가?

선비로서 두 임금을 섬길 수 없다는 이군불사二君不仕 정신 때문이었다. 아무리 포악한 정치로 무고하게 고문하고 귀양까지 보낸 연산이지만 홍언충은 연산의 신하였지 중종의 신하는 아니었던 것이다. 참으로 대단한 충절이었다. 이 충절은 그의 아버지 홍귀달洪貴達도 마찬가지였다. 홍귀달은 성격이 강직해 불의에 항거한 곧은 선비로 유명했다. 홍귀달이 경기도 관찰사로 있을 때 연산군이 그의 손녀를 들이라는 어명이 내리자 이를 단호히 거절했다. 그러자 연산은 어명을 거역한 보복으로 홍귀달을 장형杖

刑에 처하고 경원慶源 땅으로 유배를 보냈다. 그러나 유배 도중 뒤따라 온 승명관承命官에 의해 교살되고 말았다. 홍귀달이 살아 있을 때 연산군의 폭정에 대한 항거는 대단했다. 오죽하면 '허백당(虛白堂 - 홍귀달의 아호)의 직언과 기개에 연산이 손들었다'라는 말까지 나왔겠는가.

곧은 선비로는 중종 때의 지중추부사知中樞府事 이홍간 李弘幹도 임금 앞에서 할 말 다한 선비였다. 간신 남곤南袞에 의한 조광조趙光祖 일당의 축출 제거 정변이던 기묘사화 때 남곤의 세도는 하늘에 닿아 있었다. 이럼에도 불구하고 평안평사平安評事라는 보잘것없는 미직에 있던 이홍간은 남곤을 준렬히 꾸짖었다.

선조 때의 좌의정이던 윤두수尹斗壽도 직간의 곧은 선비였다. 그는 임금이 잘못하는 일이 있으면 다른 대간들은 임금의 눈치만 살피며 포두서찬하는데 윤두수만은 사관史官에게 내 말을 똑바로 적으라며 임금에게 할 말을 다했다. 역시 선조 때의 곧은 선비 중봉 조헌重峰趙憲도 대단한 강골이었다. 그는 임금이 조금만 잘못해도 즉각 상소문을 올렸다. 그래도 안 되면 독대를 청해 임금의 어의를 붙들고 늘어져 뜻이 관철 될 때까지 놓지를 않았다. 율곡栗谷은 이런 조헌을 두고 '얼마나 대궐 난간을 붙들었고,

얼마나 임금의 옷자락에 매달렸던가' 했다. 이런 조헌은 임진왜란이 일어나기 얼마 전 시퍼렇게 날이 선 도끼를 들고 대궐 앞에 부복한 채,

"전하! 왜구가 쳐들어 올 조짐이 보이오니 이에 대비하소서!"

라는 소를 올리고는,

"신의 이 소가 부당하다면 이 도끼로 신의 목을 잘라 주소서!"

하며 며칠 몇 밤을 엎드려 있었다. 이것이 그 유명한 부월상소斧鉞上疏와 지부복궐持斧伏闕이다.

부월상소와 지부복궐은 조헌뿐만 아니라 최익현崔益鉉도 행한 바 있었다. 최익현은 병자수호조약이 굴욕적으로 체결되자 도끼와 거적을 대궐 앞 광화문에 깔고 엎드려 단식으로써 임금께 척화소斥和疏를 올렸다.

"전하! 차라리 이 도끼로 신의 목을 잘라 사직의 대은大恩에 값하시고 신의 통절함을 들어주소서!"

최익현은 몇 날 며칠을 두고 자리를 떠나지 않았다. 고희의 늙은 몸으로 백성에게 할 말을 하게 하고, 서양의 기운을 없애야 한다는 청무상소晴務上疏를 위시하여 기일본정부장서奇日本政府長書, 포고팔도사민布告八道士民, 창의토

적소倡義討賊疎 등 헤아릴 수 없을 만큼 많은 소를 모두 부월상소와 지부복궐로써 행사했다.

참선비들은 세상이 태평해 강구연월康衢煙月의 격양가擊壤歌 소리 드높으면 벼슬에 나가지 않고 초야에 묻혀 글만 읽었고, 나라가 위태해 백척간두에 서고 세상이 타락해 요계지세澆季之世가 되면 읽던 책을 덮어두고 모수자천毛遂自薦 해서라도 벼슬길에 나갔다. 궁행실천으로 나라를 구하기 위해서였다. 그들은 선비가 나라의 위태로움을 보면 목숨을 내놓으라던 논어의 사견위치명士見危致命을 행동에 옮겼던 것이다. 이는 플라톤이 '이상국理想國'에서 비인 소배非人少輩가 나라를 망칠 때는 군자(선비)가 국정에 뛰어들어 나라를 바로잡아야 한다는 논리와 같은 맥락으로 볼 수가 있다.

그리고 또 선비가 편안히 살기만을 바란다면 이는 선비라 할 가치가 없다는 사이회거 부족이위사의士而懷居不足以爲士矣라는 논리와도 같은 맥락으로 해석할 수가 있다. 그러므로 선비란 진실로 괴로운 사람이요 고뇌스런 사람이다.

이성계李成桂 일파를 제거하려다 실패해 선죽교善竹橋에서 이방원李芳遠의 일당 조영규趙英珪에게 격살당한 포은 정몽주圃隱鄭夢周며, 역시 이성계의 세력에 항거하다 강약이 부동으로 유배당한 목은 이색牧隱李穡이며, 조선이 건국되자 이방원에 의해 태상박사太常博士가 되었으나 두 왕조를 섬길 수 없다며 거절한 야은 길재冶隱吉再는 다난세지간웅亂世之奸雄하던 시대의 참선비들이 겪어야 했던 지식인의 고통이었다.

어린 조카 단종을 몰아내고 왕위를 찬탈한 세조世祖에 항거하다 포락지형炮烙之刑의 극형으로 장렬하게 숨진 사육신死六臣과, 병자호란 때 청나라에 항복을 죽음으로 반대하다 척화신斥和臣이라 몰려 청나라에 끌려가 살해당한 홍익한洪翼漢 윤집尹集 오달제吳達濟의 삼학사三學士도 선비였기에 겪어야 했던 괴로움이었다.

한반도 조선이 왜국에 먹힐 조짐(을사조약)이 보이자 이를 반대, 비분강개 자결한 계정 민영환桂庭閔泳煥과 산재 조병세山齋趙秉世와 호운 홍만식湖雲洪萬植도 모두 선비였기에 겪어야 했던 괴로움이었다.

'나라로 하여금 자주의 권리를 회복하고 백성의 종자를 바꾸는 화를 면해야 된다'는 사국 복자주지권 민면 역종 지화使國復自主之權民免易種之禍를 외치며 의병을 모집, 왜구와 싸우다 체포돼 스시마도(대마도)에서 아사 순국餓死

殉國한 면암 최익현勉庵崔益鉉과 '내 나라는 한국뿐이요 내 민족도 한국뿐이다'라며 오토 한국야 오족 한족야吾土韓國也吾族韓族也를 부르짖으며 분연히 궐기한 의암 유인석毅庵柳麟錫도 모두 참선비의 지식인이었기에 겪어야 했던 괴로움이었다. 그러기에 매천 황현梅泉黃玹은 한일합방의 국치를 통분하다 절명시絶命詩 4편을 남기고 음독 자결했다. 선비로서의 길이 의롭게 죽는 것뿐이라고 생각했기 때문이다. 황현은 절명시에서 추등엄권회천고秋燈掩卷懷千古하니 난작인간식자인難作人間識字人이라 하여 식자인(선비) 노릇 하기 어려움을 토로했는데 이를 풀이하면 '가을 등불에 읽던 책 덮어 두고, 천고의 옛일 생각하니 인간으로 태어나 식자인 노릇하기 어렵다'는 뜻이다. 저 당송 팔대가唐宋八大家의 한 사람이던 북송의 대 시인 소동파蘇東坡도 인생 식자 우환시人生識者憂患始라 하여 '사람으로 태어나 글을 안다는 게 벌써 근심의 시작'이라 술회해 선비(식자인)의 길이 지난함을 일러왔다.

글을 안다는 괴로움?

글을 안다는 어려움?

글을 왜 배우는가? 이렇게 괴롭고 어려운 글을 도대체 왜 배우는가? 인간 노릇 제대로 하기 위해 배우는 것이다.

사람 노릇 제대로 하기 위해 배우는 것이다. 어느 것이 옳고 어느 것이 그른가를 바로 알기 위해 배우는 것이다. 선악善惡 미추美醜 시비是非 곡직曲直 정正 부정不正 의義 불의不義를 알아 행하기 위해 배우는 것이다. 이것이 지식인인 선비의 책무요 임무요 사명이다. 그리고 또 사회적 앙가주망이다. 그러므로 필부匹夫나 소인배는 자질구레한 하루아침의 소소한 근심거리 일조지환一朝之患으로 일상을 삼지만 식자인이라 일컬어지는 선비는 평생토록 영일이 없는 종신지우終身之憂로 살아야 한다.

이렇게 써 놓고 보니 글의 내용이 너무 난삽하고 거창해 마치 무슨 학위나 연구 논문 같은 감이 있고 또 표제의 제목과도 다소 차이가 나는 듯하지만 그러나 선비를 문사와 동위 개념으로 볼 때, 다시 말해 선비 대 문사라는 이퀄equal개념으로 볼 때 밀접한 연관성과 메시지를 담고 있어 쓴 것이다. 그리고 지난날의 선비였던 지식인과 오늘의 지식인 선비의 차이(정신 및 행동 양태)가 너무도 커 도저히 지난날의 지식인 선비를 쓰지 않을 수가 없었다. 지난날의 지식인이라면 선비가 그 대표적 존재요 오늘의 지식인이라면 문사(또는 학자)가 대표적인 존재다. 때문에 문사는 어느 시대건 그 사회를 대표하는 지식인인 것이다.

자, 그럼 이제부터 본지本旨를 살려 하고자 하는 말을 본격적으로 해 보자.

세상에서 가장 강한 사람은 자기 자신을 이기는 사람이다. 자기 자신을 이기는 사람을 우리는 자승자강自勝自强이라 한다. 이 말은 노자老子 33장에 있는 말로, 거기엔 이렇게 씌어져 있다. '남을 아는 것은 지혜로운 일이다. 그러나 자기 자신을 아는 사람은 참으로 밝은 사람이다'라고 해 지인자지 자지자명知人者智自知者明이라 하고, '남을 이기는 것은 힘이 있는 일이다. 하지만 자기를 이기는 것은 가장 강한 일이다'라고 해 승인자 유력 자승자강勝人者有力自勝自强이라 했다.

왕양명王陽明은 '산속의 도적을 깨뜨리기는 쉬워도 마음 속의 도적을 깨뜨리기는 어렵다' 하여 파산중적이 파심중적난破山中賊易破心中賊難이란 말을 했고, 공자는 '나를 이겨 자연으로 돌아가는 것이 인이다'라고 해 극기 복례 위인克己復禮爲仁이라 했다.

이 밖에도 자기를 이기는 것으로 금욕주의의 극기주가 있고 스토아학파의 극기파가 있는가 하면 사욕을 억누르고 검약한 생활로써 얻는 비용을 자선에 제공함을 목적으로 하는 구세군의 극기주간 같은 것도 있다. 그러나 이는 대개 어떤 학파나 종교적 차원의 것이어서 비교적 실현 가능성이 짙다. 그렇지만 학파나 종파적 차원의 것이 아닌 개인의 경우에 있어서의 극기(자승자강)란 극히 어려워 극귀極貴에 속한다. 그리고 이는 또 아무나 할 수 없는 것이므로 극기極忌로까지 여겨진다. 그러기 때문에 극기克己가 뜻이 있고 높은 것이며 또한 대단한 일이라고 평가하는 것이다.

문사란 누구인가?

글 쓰는 사람이 문사다. 문사를 국어사전에 보면 1) 학문으로써 입신하는 선비, 2) 문필에 종사하는 사람, 3) 시문을 잘 짓는 사람으로 돼 있다. 그렇다면 문사란 결국 글 쓰는 것(문필)을 업으로 하는 사람이다. 글 쓰는 것을 업으로 하는 사람이 자승자강쯤 못한다면 어찌 문사라 하겠는가. 숱한 직업 다 두고 피말림의 글을 쓸 때는 극기쯤 각오해야 할 것 아닌가. 그 숱한 방식(생활 수단) 다 접어두고 목숨 축내는 글을 쓸 양이면 자승자강은 각오해야 한다. 그런 각오 없이 글을 쓴다면 이를 어찌 문사라 하고 또 문사연文士然 할 수 있는가. 권력에 아부하고 금력에 빌붙는다면 조명시리朝名市利 해야지 왜 가난하기 짝이 없어 밥 굶기 십상인 글을 쓰는가.

조명시리가 무엇인가? 명예나 권력을 얻으려면 조정으로 가고, 돈이나 이익을 원하면 저자(시장)로 가야 한다는 게 조명시리다.

아무리 세상이 막돼 염량세태炎凉世態라고 하지만 문사가 권력 앞에 굴신한다면 그런 문사는 붓을 꺾어야 한다.

문사에 있어 극기는 정치인에 있어 지조와 같고, 문사에 있어 자승자강은 관리에 있어 청렴과 같다. 그러니까 문사에 있어 극기는 지조요 자승자강은 청렴 바로 그것이다. 요컨대 문사는 깨끗한 이름 청명淸名과 함께 경개耿介가 생명이다. 권력이 청권淸權으로 일을 하고, 부자가 청부淸富로 돈을 모으고, 관리가 청관淸官으로 봉직하고, 문사가 청명淸名으로 살아간다면 군군 신신 부부 자자君君臣臣父父子子의 이상 사회가 될 것이다. 옷의 때는 세탁으로 깨끗해질 수 있고 몸의 때는 목욕으로 깨끗해질 수 있지만 이름의 때는 세탁이나 목욕으로 깨끗해질 수 없다.

보라! 우리는 이름을 깨끗하게 지켜 죽백청사竹帛靑史를 아름답게 빛낸 이들의 청명淸名을 보아 왔고 이름을 더럽혀 죽백청사를 욕되게 한 오명의 인간들도 보아왔다. 전자는 예컨대 여말麗末의 삼은(포은 정몽주, 목은 이색,

야은 길재)과 조선조의 사육신(성삼문, 박팽년, 이개, 하위지, 유응부, 유성원)과 삼학사(홍익한, 윤집, 오달제) 등이요, 후자는 근역 3천리 금수강산을 일본에 팔아넘긴 을사오적(이완용, 박제순, 이지용, 이근택, 권중현)의 국적國賊 매국노들이다.

만해 한용운萬海韓龍雲과 위당 정인보爲堂鄭寅普가 왜 육당 최남선六堂崔南善의 집 앞에 거적을 깔고 호곡을 했는가. 육당이 변절(친일)을 했기 때문이다. 그래서 최남선은 죽었노라며 조곡弔哭을 했던 것이다.

변절한 문사는 육당만이 아니었다. 춘원 이광수春園李光洙도 육당과 다를 바 없었다. 아니 춘원은 육당보다 더 변절했다. '기미독립선언문'을 기초한 육당 최남선과 '2·8 독립선언서'를 기초한 춘원 이광수. 이들은 피 끓는 애국혼으로 독립선언문을 기초해 놓고도 변절을 했다.

왜 그랬을까? 극기를 못했기 때문이다. 자승자강을 못했기 때문이다. 춘원은 조선 청년 독립선언서에서 여러 가지 예를 들면서 일본의 조선 침략에 대한 부당성을 강조했고, 그 시정을 촉구했다. 그는 선언문 끝머리의 '결의문'에서 '전항前項의 요구가 실패될 시에는 오족五族은 일본에 대하여 영원히 혈전을 선宣함'이라는 강경한 결의까지 표명한 바 있다. 그런데 이런 춘원이 변절을 했다.

춘원은 육당과 함께 당시 한국 문단은 물론 식자층의 중추적 인물로 전 민족이 우러르던 문사였다. 그래서 춘원은 전 민족적 열망에 부응하는 계몽적이고 진취적인 글을 썼고 마침내는 '민족개조론民族改造論'까지 썼던 것이다. 그는 민족개조론에서 도산(島山, 안창호) 사상의 '무실역행務實力行'을 강조하면서 8개 항목을 제시했는데 요약하면 정직, 신의, 무실역행, 봉공심, 전문 기술과 직업, 경제적 독립, 위생과 건강 등이다. 춘원은 이 여덟 가지 면에 힘써서 민족성을 개조해야 대한 민족이 살 수 있다고 역설했다. '민족에 관한 몇 가지 생각'이라는 소제목의 일부를 보면 '참으로 거짓말 거짓 일을 불공대천지수不共戴天之讎로 알고 생전 다시는 대면 아니하리라 하고, 저마다 자각하고 결심하는 것이 첫째겠지요. 개인의 신용의 원천이 참이니까요. 장난으로라도 거짓말을 하는 사람의 말을 어떻게 믿어요'라고 했던 것이다. 그런데 이런 춘원이 '심적신체제心的新體制와 조선 문화의 진로(매일신보 1940년 9월 4일)'라는 글에서는 돌연 '나는 지금에 와서는 이러한 신념을 가진다. 즉 조선은 전연 조선인인 것을 잊어야 한다'고. 이 속에 진정으로 조선인의 영생의 유일로唯一路가

있다고. 그러므로 조선인 문인 내지 문화인의 심적 신체
제의 목적은 첫째로 자기를 일본화 하고, 둘째로는 조선
인 전부를 일본화하는 일에 전심전력을 바치고, 셋째로는
일본의 문화를 앙양하고 세계에 발양하는 문화 전선의 병
사가 됨에 있다. 조선 문화의 장래는 여기에 있는 것이다.
이 발전적 해소를 가리켜서 내선일체內鮮一體라 하는 것
이다. 라고 쓰고 있는데 이는 참으로 어처구니없는 변절
이요 훼절이라 아니할 수 없다. 그러나 이것뿐이라면 또
모르겠다. 춘원은 이어 우리들의 천황[裕仁]이 사용하시
는 말을 우리 국어로 하지 않으면 안 된다(新時代 1941년
10월호) 했고 '이번 대난국(태평양 전쟁. 속칭 대동아 전
쟁)에 일본을 위하여 생명을 바치는(긴박한 시국과 조선
인)' 것을 권장했으며 '혼상례婚喪禮의 일본식화日本式化',
'의례준칙의 일본화' '일본적 실내 장식의 조화 섭취(皇民
生活 요령)' '대마배례大麻拜禮' '절약과 저축' '식생활의 일
본적 개량' 등(매일신보 1942년 1월 12일)을 논하는 한편
결전하의 조선인의 실천 사항으로 1) 개인 생활과 가정생
활의 합리화로 물자의 소비를 절약할 것. 2) 빈부를 막론
하고 노는 손이 없이 생산력의 증가에 노력할 것, 저마다
한 직업을 가지고 배전倍前한 근로를 할 것. 3) 궁성요배宮

城遙拜의 묵도 신사 참배 등으로 자신과 가족의 애국정신을 발양할 것. 4) 국방헌금, 위문품 헌납 등으로 직접 황군 장병을 도울 것. 5) 저금을 힘쓰고 국채를 살 것. 6) 유언비어를 삼가고, 방공 방첩에 협력할 것, 국가에 절대로 신뢰할 것. 7) 애국반을 힘있게 도울 것. 8) 만일 근로 봉사대나 의용대를 조직하는 일이 있을 경우에 용약하여 나설 것. 특히 지원병에 응모할 것. 9) 무릇 국가 제기관의 명령이나 요청이나 권유에 혼연히 응할 것. 10) 자신이 일선에 선 듯한 성의로 조석으로 나라를 생각해서 언동할 것, 등을 '긴박한 시국과 조선인'이라는 제하로 내놓았던 것이다. 그런가 하면 '그들의 사랑'이란 제목의 장편에서는 또 '나는 첫째로 일본이 내 조국인 것을 알았소. 나는 지금까지 두 마음을 가지고 오던 생활을 청산하고 오직 한마음으로 일본을 위하여 충성을 다하기로 결심하였소.(이하 중략)' 하고 '신세대'에 발표했다.

그러나 춘원의 친일 문학은 여기서 그치질 않았다. 춘원은 그의 시에서 첫째 황민皇民 생활을 주제로 하는 일련의 시들을 발표했는데 그것은 '어버이(신시대 1941년 1월)' '우리 집의 노래(상동)' '새해(매일신보 1944년 1월 1일)' '새해의 기원(신시대 1944년 2월)' 등으로 이 중 새해의 기원이라는 시를 예기하면 다음과 같다.

성수 무강하옵시고
황실이 안태(安泰)하시옵소서
문무 백관 심신 청정(淸淨)하여
멸사 봉공의 충성을 효(效)하고
출전 장병이 백전 백승하여
금년에 적을 격멸하여지이다.
전몰 영령이
이고득락구경보리(離苦得樂究竟菩提)하소서
일억 국민이 무병 식재(息災)하고
직영 봉공이 힘차게 즐거워지이다
우순풍조(雨順風調)하여 오곡이 풍등하며
금년 곡식이 넉넉하고
가축 비금 주수(飛禽走獸)까지 배불러지이다
농가가 모두 안온하고
아들 딸 많이 낳아지이다.
광산에서도 광산(鑛産)이 충족히 나지이다.
석탄과 철과 알루미늄과
전력 증강의 자재가
작년의 3배나 4배나 나지이다.
ㅡ하략ㅡ

위의 시는 황민 생활을 주제로 한 시의 계열이다. 그러나 제2의 계열은 전쟁시다. 그 대표적인 것이 사이판도島 등에서의 황군의 전원 전사를 읊은 '승리의 일日(매일신보 1944년 7월 19일)'과 황군의 무훈을 찬하며 반도 민중에게 본받을 것을 요구한 '진주만의 구군신九軍神'(신시대 1942년 4월)과 학도병의 지원을 적극 권유한 '조선의 학도여(매일신보 1943년 11월 4일)', 그리고 '선전대조宣戰大詔'(신시대 1942년 1월)였다. 이 중 선전대조 한 편을 소개하면 다음과 같다.

'미국과 영국을 쳐라'
하옵신 대조(大詔)를 내리시다
12월 8일 해뜰 때
빛나는 소화(昭和) 16년

하와이 진주만에
적악을 때리는 황군의 첫 벽력
웨스트 버지니어와 오클라호마
태평양 미함대 부서지다.

이어서 치는 남양의 해공육(海空陸)
프린스 업 웨일즈 영(英) 함대 기함(旗艦)

앵글의 죄악과 운명을 안고
구안탄 바다 깊이 스러져 버린다.

아시아의 성역(聖域)은 원래
천손(天孫) 민족이 번영할 기업(基業)
앵글의 발에 더럽힌 지 2백년
우리 임금 이제 광복을 선사하시다.

끝으로 제3계열은 대동아공영권(大東亞共榮圈)을 예
찬한 것으로 '녹기(祿旗)' '전망(展望)'이 그것이다.

그것은 정녕 굉장한 것임에 틀림없다.
이 지구가 과거에 본 적이 없는
굉장한 세계임이 틀림없다.
우리가 지금 구축하고 있는 대동아는.

보라, 그 아름답고 풍부한 남방을
그 추위도 더위도 엄한 북의 광야를
그리고 그 사이에 펼쳐진
온화한, 변화가 풍부한 우리 온대를.
－중략－
한편으로 아시아의 대륙을 거느리고
한편으로 태평양의 섬들을 키우며
우리 일본은 군림한다.

신의 나라, 천황의 나라, 부사(富士)의 나라
−중략−

이 토지, 이 백성으로써 만드리라
새로운 세계 황도(皇道)의 대동아
그 편안함, 그 즐거운, 아름다운
그 커다란 광휘, 그것은 정녕 굉장한 것임에 틀림없다.

이 외에도 춘원의 친일문학은 헤일 수 없이 많으나 일본의 전형적 시가詩歌 형식인 화가和歌를 묶은 '수시로 부른 노래(동양지광東洋之光 1932년 2월)' 아홉 수 및 '원단元旦(신시대 1942년 1월)'이란 제목으로 묶은 일곱 수가 있다는 것을 밝히며 동양지광에 발표된 화가和歌 한 수만 옮기면서 춘원의 친일문학은 일단 마칠까 한다.

조선 반도의 2천만을 헤이는
백성과 함께
천황 우리 천황을
우러러 모시리라.

그러나 우리는 여기서 춘원만 탓하거나 나무랄 수 없다. 당시 친일문학을 한 문사는 40여 명에 이르러 주요 문사는 거의 친일문학을 했다 해도 과언이 아니기 때문이다. 그때는 지금처럼 문인이 많지 않았으므로 40여 명이란 숫자는 대단한 것이었다.

그렇다면 친일문학인은 누구누구인가? 그 이름들을 일일이 거명할 수 없어 몇몇 문사만 거론해 보자.

'목이 길어 슬픈 짐승이여'를 노래한 사슴의 시인 노천명盧天命. 그 노천명이 친일문학을 한 데 대해서는 경악을 금치 못한다. 그녀는 2차대전이 치열하던 1940년대의 반도에서 근로 봉사 징용 징병으로 남자들이 끌려가고, 여자들은 여자들대로 애국금채회愛國金釵會를 통해 금비녀를 헌납하고, 군복 수리 등에 동원되는 한편 여자 정신대挺身隊가 조직돼 총후銃後의 제물이 되어갈 무렵 '부인 근로대'란 제목의 시를 매일신보(1942년 3월 4일)에 발표했다.

부인 근로대 작업장으로
군복을 지으러 나온 여인들
머리엔 흰 손수건 아미(蛾眉) 숙이고
바쁘게 나르는 흰 손길은 나비인가.

총알에 맞아 떨어진 자리
손으로 만지며 기우려 하니,

탄환을 맞던 광경 머리에 떠올라
뜨거운 눈물이 피잉 도네.

한 땀 두 땀 무운을 빌며
바늘을 옮기는 양 든든도 하다
일본의 명예를 걸고 나간 이여
훌륭히 싸워주, 공을 세워주

나라를 사랑하는 누나와
어머니의 아름다운 정성은
오늘도 산 만한 군복 위에
꽃으로 피었네.

위의 계열에 속하는 작품으로는 수필 '직업 여성과 취미(신시대 1943년 3월)', '나의 신생활 계획(매일신보 1942년 2월 3일)', '시국의 소하법銷夏法(매일신보 1941년 7월 8일)' 등의 단상이 있다.

남아면 군복에 총을 메고
나라 위해 전장에 나아감이 소원이리니
이 영광의 날
나도 사나이였다면, 나도 사나이였다면
귀한 부르심 입는 것을.

징병제가 시행될 무렵인 1943년 8월. 반도 문인 중 몇 사람들은 징병제 실시의 감격을 읊어 '님의 부르심을 받들고서'라는 제목으로 매일신보에 발표한 바 있었다. 노천명의 앞의 시도 이 무렵에 한몫 끼인 시로서 같은 해 8월 5일에 발표되었다. 이 계열의 작품으로 학도병의 진출을 고무 권유한 시 '출정하는 동생에게(매일신보 1943년 11월 10일)'도 있는데 그러나 '싱가포르 함락(매일신보 1942년 2월 19일)'이라는 시에서 노천명은 더욱더 적극성을 띠고 있다.

아시아의 세기적인 여명은 왔다.
영미(英美)의 독아(毒牙)에서
일본군은 마침내 신가파(新嘉坡. 싱가포르)를
뺏어내고야 말았다.

동아 침략의 근거지
온갖 죄악이 음모된 불야의 성
싱가포르가 불의 세례를 받는
이 장엄한 최후의 저녁

싱가포르 구석구석의 작고 큰 사원들아
너의 피를 빨아 먹고 넘어지는 영미를
조상하는 만종을 울려라.

하는 시를 써서 일본의 싱가포르 함락을 축하했다. 이 외에도 '노래하자 이 날을(춘추 1942년 3월)', '승전의 날(조광 1942년 3월)'이 있고 남방 전몰 장병에게 바친 '진혼가鎭魂歌(매일신보 1942년 2월 28일)', '진주만 기습 부대의 구군신九軍神을 읊은 흰 비둘기를 날려라'(매일신보 1942년 12월 8일) 등의 시가 있으며 레이테만灣에서 자폭 전사한 송정오장松井伍長의 명복을 빈 '신익神翼(매일신보 1944년 12월 6일)', 우리는 다같이 동양의 딸임을 강조한 시 '만주문학 대표 오영吳瑛 여사에게(춘추 1942년 12월)' 등이 있다.

사슴의 눈망울처럼 선량한, 그래서 '산호림珊瑚林' '별을 쳐다보며' '사슴의 노래' '산딸기' 등 예쁘고 아름다운 시를 써서 많은 독자로부터 사랑을 받던 서정시인 노천명. 이런 노천명이었기에 우리의 충격은 더욱 크다. 그런데 이런 그녀가 일본이 패망하자 이번엔 재빨리 일본 패망의 시를 썼고, 6·25 이후엔 또 유엔 묘지에 가 무명전사의 명복을 빌었다. 그러고는 유관순의 동상 앞에서 애국 투사의 혼을 노래했다. 참으로 안타까운 아이러니가 아닐 수 없다. 하지만 안타까운 아이러니가 어찌 노천명뿐이겠는가. 그 유명한 '렌의 애가哀歌'와 '옥비녀' '정경情景' '풍랑風浪' 등으로 많은 이의 심금을 울린 모윤숙毛允淑이며, '녹색의 문' '끝없는 낭만' '풍류 잡힌 마을' '사랑의 일기' 등으로 많은 독자를 감동시킨 최정희崔貞熙도 안타까운 아이러니를 가지고 있긴 마찬가지다.

이 밖에도 널리 알려진 문사로 친일 문학을 한 이는 앞에서 말한 춘원 육당 모윤숙, 최정희를 비롯해 김동인金東仁, 김동환金東煥, 김문집金文輯, 김사량金史良, 김소운金素雲, 김안서金岸曙, 김용제金龍濟, 김종한金鐘漢, 김팔봉金八峯, 박영희朴英熙, 백철白鐵, 유진오兪鎭午, 이무영李無影, 이석훈李石薰, 이효석李孝石, 장혁주張赫宙, 정비석鄭飛石, 정인섭鄭人燮, 정인택鄭人澤, 조용만趙容萬, 주요한朱耀翰, 채만식蔡萬植, 최재서崔載瑞, 등 40여 명이나 된다. 우리는 한두 명도 아니요 40여 명이나 되는 많은 문사들이 주구走狗이듯 친일 문학을 한데 대해 경악을 금할 수 없다.

그렇다면 어째서 당대 내로라하는 문사들이 이토록 많이 친일문학을 했는가. 그야 물론 여러 가지 이유나 사정이 있겠지만 가장 확실한 것은 극기로써 자승자강을 못했기 때문이다. 혼을 쏟아 불을 사르는 자기 투사投射가 없었기 때문이다.

그러나 보라. 한용운韓龍雲, 이상화李相和, 이육사李陸史,

윤동주尹東柱 등 일군의 저항 민족 시인들을. 그들은 어떻게 극기하고 어떻게 자승자강해 자기 혼을 불살랐는가를….

고해성사를 받으러 온 여인이 아무리 아름다워도 사제가 탐해서는 안 되듯, 간증을 받으러 온 여인이 아무리 고혹적이라 해도 목자가 범해서는 안 되듯 문사는 아무리 어렵고 가난해도 자기 혼을 팔아서는 안 된다.

문사는 문사 정신으로 자기를 지켜야 한다. 자기를 지키지 못하는 문사는 이미 문사가 아니다. 셰익스피어의 말대로 문사는 혼을 팔아서 먹이(빵)를 구해서는 안 된다. 문사가 권력 앞에 빌붙고 금력 앞에 저두 굴신한다면 이게 시정아치나 잡배지 어찌 글을 쓰는 문사라 할 수 있는가.

문사는 초연해야 한다. 문사는 의연해야 한다. 이럴 자신이 없으면 붓을 꺾어야 한다. 호랑이는 겁나고 가죽은 탐나는 식의 문사라면 붓을 던져야 한다. 그러나 굶어 죽어도 권력에 빌붙지 않고 금력에 허리 꺾지 않는 문사도 쌀의 뉘처럼 있긴 하다. 세상이 썩어 문드러져도 이들은 썩지 않고, 세상이 곪아 터져 는적거려도 이들은 곪지 않을 사람들이다.

원고료가 아니면, 아니 부당한 돈이면 어떠한 돈도 거부하는 청백한 문사가 없는 건 아니다. 정당하지 않은 원고 청탁엔 집필을 거절하는 선비 문사가 없는 것도 아니다. 재벌이나 퇴직 고관이 쾌적한 집필 공간을 제공해 주고 적잖은 사례비(집필료)를 제시하면서 자서전이나 회고록을 써 달라 부탁해도 일언지하에 거절하는 문사도 없는 건 아니다. 와가 팔아 초가 사고, 초가 팔아 협호살이 하듯 세전지물世傳之物로 받은 집 팔아 전세 들고, 전세금 뽑아 월세집 들어 배에서 꼬르륵 소리가 나도 더러운 재벌이나 부정한 고관의 위선적 자서전은 안 쓰는 문사도 있긴 하다. 하지만 단돈 몇 푼에 팔려 걸신들린 듯 허발하게 덤벼드는 문사가 있고, 권력과 재력 앞에 벌벌기며 쓸개까지 뽑아줄 듯 나대는 꼴사나운 문사도 있다. 이들은 문사文士라는 호칭보다는 문사文詐나 문사文邪가 더 어울릴 호칭이다.

나는 여기서 다시 모두에서 한 말을 인용하거니와, 이백은 천자 현종이 배를 보내와도 그 배에 오르지 않았고, 도연명은 쌀 다섯 말의 봉록에 허리를 꺾을 수 없다 하여 80일간의 현령을 팽개치고 귀거래사를 불렀으며, 조주선사는 임금이 와도 일어나지 않고 앉은 채 인사를 받았다. 그런데 어찌된 셈인지 요즘의 문사란 위인들은 고을 원이 불러도 아이구 이게 왠 떡이냐 싶게 쪼르르 달려간다. 무슨 잇속이나 이권利權이 생길까 하는 기대감에 젖은 채. 아니 너무 감격해 감지덕지하고 너무 황감해 황공무지로 소이다 하면서.

문사가 이런 식으로 처신하니까 세상이 문사 알기를 시래기 곤죽으로 안다. 그렇다고 목에 힘주고 거드름을 피우라는 얘기가 아니다. 겸손하되 당당하라는 얘기다. 겸허하되 떳떳하라는 얘기다. 자기를 해치는 자도 자기 자신이요 자기를 구하는 자도 자기 자신이다. 그러기에 '출호이 반호이出乎爾反乎爾'라 하여 '네게서 나온 것이 네게로 되돌아간다' 했을 것이다.

문사는 가난하다. 아니 가난한 사람이다. 그러나 정신만은 부자여야 한다. 아니 부유한 사람이어야 한다. 문장은 곤궁해야 나온다는 문장 출어 곤궁文章出於困窮이 진리라면 문사는 함부로 이름을 팔아 돈을 벌어서는 안 된다. 문사가 필연적으로, 그리고 숙명적으로 가난할 수밖에 없는 것은 문사가 함부로 매명賣名하지 않기 때문이다. 아니 매명하는 글을 쓰지 않기 때문이다. 쓸 수 없기 때문이다.

문사가 반드시 가난하고 또 가난해야 문사답다는 말은 기실 전근대적인 말이다. 문사가 어째서 반드시 가난해야 하는가. 문사도 잘 살 수 있고 또 잘 살 수 있는 권리도 있다. 좋은 글 감동적인 작품을 써서 낙양洛陽의 지가紙價를 올린다면 그 이상 더 바랄 게 없다. 그러나 그렇지 못할 경우, 가령 테크니컬 수법으로 독자를 속이거나 달콤한 얘기로 독자를 유혹하는 따위의 글로 책이나 팔아먹자는 수작은 진정한 문사라면 절대 못할 일이다. 이는 마치 당의정糖衣錠 문학 외엔 아무것도 아니다. 문학의 당의정이란 말은 로마 공화제 때의 서사시인 루크레티우스(기원전 99~55)가 최초로 한 말인데, 그는 '자연계'라는 책에서 문학의 당의정을 이렇게 쓰고 있다.

> '의사가 어린애들에게 쑥탕을 먹이려 할 때는 그릇의 거죽 전면에 달콤한 꿀물을 칠한다. 그러면 철없는 애들은 입술에 속아서 쓰디쓴 약도 맛있게 먹는다(중략)'

본시 못생긴 여자일수록 화장이 요란하고, 사기 치는 사람일수록 성실성을 앞세운다. 그래서 못생긴 여자가 잘생긴 여자로 둔갑하고, 사기 치는 사람이 성실한 사람으로 탈바꿈한다.

문사가 형벌을 받듯 피를 말리며 하나의 작품을 창작할 때의 그 고통. 그것을 생각하면 누구보다 잘 살아야 할 사람이(정신적으로나 물질적으로) 문사다. 절망과 고뇌를 끌어안고 외로움과 괴로움과 배고픔에 몸부림치며 뼈저린 고통을 고행하듯 감내해야 하는 그 처절한 행위. 이를 생각하면 문사에게 돌아오는 반대급부는 억만금이어도 유위부족이다.

문사의 가난이 요즘만의 고통은 아니다. 지난날엔 더한 고통과 더한 가난이 그림자처럼 따라다녔다. 최학송崔鶴松의 가난, 한하운韓何雲의 절망, 한용운韓龍雲, 이상화李相和, 이육사李陸史, 윤동주尹東柱의 고뇌와 고통. 그러나 이들은 문사 정신 하나로, 다시 말하면 선비정신 하나로 배주리고 절망하고 저항하다 간 문사들이다. 하지만 이게 어찌 이 나라 대한민국뿐이겠는가. 다른 나라 문사들도 배 주리고, 절망하고, 저항하다 속절없이 죽어 간 문사는 얼마든지 있다.

노예로 팔렸던 세르반테스, 부관참시로 두 번 죽은 보카치오, 재봉틀에 운명을 걸었던 조지 기싱, 주점가에서 절망을 안고 쓰러진 에드가 알란 포오. 이 밖에도 반국가죄로 사형 직전에 특사된 도스토예프스키, 아내와의 불화로 아스타포브 시골 역사 벤치에서 객사한 레오 톨스토이, 초등학교 5개월이 전 학력으로 배움에 주리고 가난에 주려 자살을 기도했던 막심 고리끼(막심 고리끼는 러시아 어로 '최대의 고통'이란 뜻임). 이처럼 가난하고 비참해도 이들은 하나같이 운명애로써 세상을 살다 간 이들이었다.

무엇 때문에 그랬는가? 아니 어째서 그것이 가능했는가? 극기를 했기 때문이다. 자승자강했기에 가능했던 것이다. '나는 고양이다' '런던 탑' '나그네' '갱부' '피안 지나기까지' 등 많은 작품을 남겨 일본 문학에 지대한 영향을 끼쳤던 작가 나스메소세키夏目漱石는 일본 정부 문부성이 문학박사 학위를 주려 하자 작가가 그것(박사) 받아 무엇에 쓰냐며 일언지하에 거절했다. 미국 하와이 대학의 다니엘 라빈슨 교수도 박사 학위를 거절한 사람이었다. 그는 학력이라고는 거의 없어 초등학교 졸업이 학력의 전부였다. 이럼에도 그는 전미全美를 풍미할 만한 석학이었고 대학에서도 명강의 명교수로 이름을 날렸다. 그래서 그의 역저 '문학개론'은 미국은 물론 세계적으로 유명해 명저 중의 명저로 꼽히고 있다. 모두가 극기로써 자승자강 했기 때문이다.

이 땅의 작가 황순원黃順元도 박사를 마다한 한국의 다니엘이요 나스메소세키다. 그는 K 대학교 교수로 있을 때 총장으로 추대돼도 굳이 평교수를 고집한 이였다. 감투라면 환장을 하고 박사라면 사족을 못 써 돈을 주고라도 박사를 사서 거들먹거리는 속물 인간들에 비하면 이는 얼마나 의연하고 초연하고 조대措大하고 경개耿介해 우러름을 받아야 할지 모를 일이다.

가령 더러운 재벌이 현찰 몇 억을 줄 테니 자서전이나 회고록을 써 달라 할 때, 그리고 또 가령 독재 정권이 문학박사 학위를 줄 테니 독재 정권에 협력해 달라할 때 이를 단호히 거절할 문사가 이 땅에 얼마나 될까. 모르긴 해도 상당수의 문사는 돈 몇 억 원에 눈이 어두워 부정으로 돈 벌어 재벌이 된 사람도 정직하고 성실하게 땀 흘려 번 돈으로 재벌이 되었노라며 그럴듯하게 미화시켜 인간 승리의 입지전적 인물을 만들 것이다. 그리하여 온갖 역경 다 이겨 내고 초지일관의 정신과 질풍경초의 정신 하나로 오늘에 이르렀노라 쓸 것이다.

그렇다면 박사 쪽은 어떨까. 박사 학위도 도깨간의 오십 보백보여서 아이구, 이게 왠 떡이냐며 허발나게 받아 빚을 내서라도 오성호텔 크리스탈 볼룸에서 자축연을 베풀 것이다. 그런 다음 정권에 빌붙어 주구 노릇을 할 것이다.

그러나 그러나 말이다. 몇 억 원이 아니라 몇 십억 원을 준다 해도 더러운 재벌의 회고록이나 자서전을 쓰지 않고, 박사 아니라 박사 할애비를 준다 해도 정당한 것이 아니면 받지 않겠다며 거들떠보지 않을 문사가 이 땅에, 이 문단에 몇 사람쯤은 있을 것이다. 그 몇 사람이 누구이든 간에 말이다.

다른 방면에 종사하는 사람은 몰라도 문필업에 종사하는 문사라면 적어도 범사에 초연해야 한다. 예컨대 그것이 돈이든 권력이든 간에….

어차어피 그럴 각오로 문사가 된 사람들이 아닌가. 한데 어쩌면 그리도 저잣사람 무색하게 돈을 밝히고 염량배 못지않게 감투를 좋아하는지 모를 일이다. 어쩌다 문인 단체의 무슨 무슨 선거다 해서 가끔 참석해 보면 그때마다 심한 후회와 함께 부끄러움을 안고 돌아온다. 그래 되도록이면 불참한 채 얼굴을 내밀지 않는다. 아니 얼굴 한 번 내밀지 않은 지가 벌써 20년도 넘는다(1997년 현재). 이는 앞으로도 마찬가지여서 부득이한 경우가 아니면 참석하지 않을 작정이다. 바람직하지 못한 추태가 타락한 정치 집단 같아 글 쓰는 이 본연의 순수성을 상실했기 때문이다. 붓으로는 온갖 잘못된 것을 지적하고 고발하고 풍자하고 비판하면서 행동은 정반대의 짓거리를 하고 있으니 이게 무슨 문사란 말인가.

문단의 장이나 단체(소속)장을 뽑을 때 우리(문인)는 무엇을 느끼는가? 나는 누구 편인가. 나는 누구 사람인가부터 느낀다. 느끼기 위해 느끼는 것이 아니라 느끼게끔 해서 느낀다. 이 사람은 누구편이니 ○표요, 저 사람은 상대편이니 ×표식이다. 이때는 학연 지연은 물론, 파派, 계系, 맥脈, 연緣을 찾고 자기편이 아닌 사람은 사갈시蛇蝎視한다. 심지어 나 같은 학연 지연이 없고 파와 계와 맥과 연이 전혀 없는 천애무의天涯無依 시골 문사에게도 자기들 멋대로 편을 정해 대접(언행)이 융숭하고 깍듯하다. 언제부터 그리도 살갑고 정겨웠는지 모를 일이다. 평소에는 전화 한 통 없고 어쩌다 만나도 본체만체 사무적으로 대하던 이들이 선거 때만 되면 카멜레온으로 변해 전화를 한다, 책을 보내온다 한다. 입으로는 따뜻한 가슴을 가지고 살자며 외치는 문사들이 정작 만나면 악수 한 번으로 끝난다. 건강은 어떠냐느니, 그동안 어떻게 지냈냐느니, 글은 많이 썼느냐느니, 꼭 한 번 놀러 오라느니 하는 의례적이지만 인간적인 대화는 애당초 없다. 이러고도 이 사람들이 가슴이 어떻고 휴머니티가 어떻고 한다.

문단의 장이나 문학 단체의 대표를 뽑을 때마다 내 편이다, 네 편이다 하는 편 가르기는 결국 섹트의식의 패거리나 파벌만 조장시키는데, 이 패거리와 파벌은 또 상을 타거나 작품을 발표하는 데도 크게 작용한다. 아니 어떤 경우엔 절대적인 권능을 행사하기도 한다. 이러니 이게 타락한 집단의 잡배들이 할 짓이지, 어찌 시대의 양심이요 지성의 거울이라 자처하는 문사들이 할 짓인가.

많을수록 좋다는 다다익선의 원리 때문인지 이 나라 문단엔 상이 참으로 많다. 무슨 무슨 문학상 무슨 문학상 해서 헤아릴 수조차 없을 정도로 많다. 모르긴 해도 문학상이 수백 개는 족히 될 것이다. 그런데 이렇게 많은 문학상이 우습기 짝이 없어 몇몇 문학상을 빼고는 상당수가 나눠 먹기 식이 아니면 돌려 먹기 식이라니 기가 찰 일이다. 그래서 문단 실세와 상을 심사하는 심사위원들하고만 친하면 그 상은 떼어 놓은 당상이라 해도 과언이 아니다. 그러니까 상이 작품 위주로 주어지는 것도 있지만 친소親疎와 친불친 여하에 따라 주어지는 경우도 많아 입에 올리기도 역겨운 속소위 '문단 정치'의 추태가 생겨난다. 하지만 문단의 추태가 어디 이것뿐이겠는가. 혹자는 돈푼이나 있고 또 이름 내기 좋아하는 양명주의자揚名主義者를 살살 꼬드겨 문학상을 제정케 하고 자신이 제일 먼저 그 상을 타는데, 무슨 까닭인지 문단은 이런 자들이 되레 활개를 치니 딱한 노릇이다. 문단의 정화를 위하고 문단의 권위와 명예를 위해 하루빨리 없어져야 할 작태들이다. 작품이 좋아 타는 상이라면 누가 뭐라 하겠는가. 역량 있는 문사가 타는 상이라면 누가 비난하겠는가. 대개 떳떳하지 못하게 타는 상일수록 어떤 경로로 문단에 나왔는지 출처가 불분명한 자들이다.

지금 몇 천 명, 아니 1만여 명에 이르는(1990년대 기준) 문단 인구 중 떳떳하고 당당하게 나온 문사가 얼마나 될까. 권위 있는 중앙 문예지(수없이 많지만 권위 문예지는 몇 개에 불과하다)나 권위 있는 중앙 일간지의 신춘문예를 통해 데뷔한 역량 있는 문사는 상당수에 이른다. 그러나 이와는 반대로 당당하고 떳떳하지 못하게 데뷔(?)한 문사(글쎄, 이를 문사라고 해야 할지 원)도 상당수에 이른다. 굴러 온 돌이 박힌 돌 빼듯, 이렇게 데뷔한 문사들이 훨씬 더 많다. 그래도 이자들이 허울 좋게 '추천'이요 '당선'이다. 참 어이가 없어 웃음이 날 지경이다. 경주 돌이 다 옥돌이 아니듯 문사라고 어찌 다 문사겠는가. 문사는 글도 잘 써야 되지만 무엇보다 작가 정신, 작가 의식이 투철해야 한다. 다시 말해 작가적 자세가 확립돼야 한다 이 말이다. 그러므로 헤아릴 수 없이 많은 문예지가 서로 책 더 팔아먹고 자기 패거리 더 만들어 내려고 역량도 부족한 선부른 자들을 경쟁적으로 추천 또는 당선시켜 무책임하게 양산(데뷔)하는 작태는 한심하고 또 한심해 부끄럽기 짝이 없는 한국 문단의 현주소다. 하지만 한심하고 부끄러운 작태는 이런 것만이 아니어서 상당수의 책 떠넘기기와 팔아 주기에 있다. 이때 잡지사(소위 문예지라 일컬어지는)는 책 사주기를 강요(?)하는 듯한 인상을 주고 추천 또는 당선된 사람은 책을 안 팔아 주면 어떤 불이익을 당할지 모른다 싶어 무슨 의무이기나 한 듯 무리하게 책을 구매한다. 적게는 몇십 부에서 많게는 몇백 부에 이르기까지. 이 같은 경우는 시나 수필에 유독 많아 스스로의 가치를 떨어뜨린다. 이렇게라도 해서 문단에 나오려는 얼빠진 위인들이 쌔고 쌨다니 통탄스럽기 이를 데 없다.

대저 문사란 무엇인가?

글 쓰는 사람을 달리 일러 문사라 한다. 글자대로 풀이하면 문사文士란 글 하는(쓰는) 선비의 이름이다. 이를 더 자세하게 사전에서 보면 1) 학문으로써 입신하는 선비, 2) 문필에 종사하는 사람, 3) 문학에 뛰어나고 시문을 잘 짓는 사람, 이렇게 정의하고 있다.

자신의 작품이 정당하게 인정받고 당당하게 당선 또는

추천 받아 세상에 나왔다면 본인 스스로 책을 사서 가까운 친지나 동료에게 선물하는 건 좋다. 그러나 데뷔를 하기 위해 몇 백 권의 책을 사고, 데뷔를 시켜 주는 대가나 조건으로 책을 사게 한다면 이야말로 치사하기 짝이 없는 짓거리다.

정신 차릴 일이다. 자기 책(신간)이 나오면 교보문고나 영풍문고 또는 종로서적 같은 대형 서점에 가서 며칠을 계속 자기 책만 무더기로 사서 베스트셀러 반열에 올려 놓는다든지, 원고 청탁서 받고 쓴 글이 아닌 원고를 써 가지고 가 제발 실어만 주면 원고료 안 받고 거꾸로 게재료 내겠다며 술 사고 밥 사는 문사도 경성드뭇하다니 이런 위인들은 글 쓰는 것 때려치우고 저잣거리로 나서야 한다.

문사는 발라야 한다. 문사는 곧아야 한다. 때문에 문사는 추하거나 치사스러워서는 안 된다. 물론 훼절하거나 실절해서도 안 된다. 이럴 자신이 없으면 글을 쓰지 말아야 한다. 문사가 지사나 투사는 아니지만 잘못된 일을 위해 싸우고 비판해야 한다. 이것이 문사의 길이요 문사의 바이털리티다. 그러므로 문사는 교육과 종교와 언론과 함께 이 사회의 마지막 교두보요 마지노선이라 할 수 있다. 제발 부탁하노니 제 몸 제가 해치는 가시나무새처럼 문사가 문사를 해치고 품위 떨어뜨리는 비문사적 행위는 하지 말자. 개백정은 죽어도 손에 올가미를 쥐고 죽고 고리백정은 죽어도 버들잎 입에 물고 죽는다. 꼴사납게 권력에 아부하지 말고 명예나 감투에도 좀 초연하자. 그리고 TV에 정치권력 광고 말고 어릿광대처럼 술 광고 따위도 삼가기 바란다. 돈 몇 푼 받고 그러는지 모르지만 그런 짓거리는 문사가 안 해도 할 사람이 쌔고 쌨다. 그러니 이제 문사 욕 먹이고 실망시키는 일일랑 하지 않기 바란다.

하지만 문사를 욕 먹이고 실망시킨 것은 이 외에도 많고 많지만 몇 가지 예만 더 들고 막설하겠다. 군사 독재가 하늘 무서운 줄 모르고 발호하며 갖은 폭압 온갖 악행으로 인권을 유린할 때 일인 장기 집권을 목적으로, 아니 일인 종신 집권을 위해 만든 유신헌법이 세상에 나왔을 때 이 나라 문단의 내로라하는 대가 한 사람은 유신 체제를 지지 찬동하는 유인물을 문사들한테 보내 스스로 권력의 주구임을 자처했다. 기개 있고 의기 있어 곧은 정신 하나로 사는 문사들은 나라 망치는 유신을 반대하다 붙잡혀가 모진 옥고를 치르며 절치부심하는데, 이 땅의 내로라하는 문단의 대가는 일신의 안위와 영달을 위해 걸견폐요 桀犬吠堯 했으니 이런 곡지통哭之痛할 일이 어디 있는가.

그가 진정 문사라면, 그리고 이 나라 문단의 대표적 대가라면 유신을 반대하다 붙잡혀 가 온갖 고통 다 겪으며 의롭게 싸우는 문사들을 변호하고 옹호하며 구명운동이라도 벌어야 했다. 한데도 그는 권력과 독재에 영합해 유신을 지지 찬동했으니 오호라 '펜이 칼보다 강하다' 함은 허사虛辭인가?

이런 방식으로 세상을 사는 사람은 어떤 정권이 들어서도 매양 같은 염량炎凉으로 아유구용할 사람이다.

왜 좀 당당하지 못한가. 왜 좀 초연하지 못한가. 무엇이 아쉬워, 무엇이 두려워 이 나라 이 문단의 거목이 추한 꼴로 타락하는가. 밥이 없어서, 옷이 없어서, 당장 어떻게 할 도리가 없어서 그런다면 이해가 된다. 아니 그래도 안 된다. 멋모르고 날뛰는 천둥벌거숭이 문사가 있어 독재와 영합, 일신의 영달을 꾀하려 할지라도 문단의 어른으로서 그런 짓하지 말라 호통치고 열심히 글이나 쓰라며 타일러 줘야 한다. 그래야 문사요 선비요 어른이다. 그런데 왜, 어째서, 무엇 때문에 그래야 할 어른이 추하게 변해 흉한 꼴을 보이는가. 너무도 애석하고 안타깝고 화나고 속이 상해 몽니라도 부리고 싶다. 아니 울화통이 치밀어 올라 넉장거리라도 하고 싶다. 진실로 존경받을 자격은 어떤 자리 어떤 위치에 있느냐가 아니라 어떤 정신 어떤 자세로 사느냐에 있다. 그러므로 대가가 아니라 대가 할애비라도 행동이 추하면 지탄을 받는다. 받아야 한다. 대가이기 때문에 지탄을 더 받을지도 모른다. 참으로 슬픈 일이요 절망스런 일이다.

그러나 슬프고 절망스런 일은 이것만이 아니어서 이 나라 시단의 최고봉에 있는 대시인도 예외일 수 없다. 그는 '체육관 대통령'으로 일컬어지는 전 아무개 후보를 선전하는 TV 출연에서(KBS/TV) '전두환 대통령 후보의 웃음은 단군 이래 가장 근사한 웃음이어서 단군 할아버지가 봐도 좋아하실 웃음이다'라는 기도 차지 않은 말을 해 독재 정권의 주구는 물론, 스스로의 얼굴에 똥칠을 했다. 세상에 무엇을 말할 게 없어 감히 국조國祖 단군왕검을 독재자의 이름 뒤에 붙이고, 어디 나설 데가 없어 독재자 앞잡이로 나서서 어진 백성을 혹세무민 시키려 드는가. 너무도 부끄러워 쥐구멍에라도 들어가고 싶고 너무도 분격해 자진이라도 하고 싶은 심정이다. 그런데도 정작 본인은 여봐란 듯 얼굴 드러내 놓고 대접받고 존경까지 받으니 떡 해 먹을 놈의 세상이다. 하지만 우리의 절망은 여기서도 끝나지 않아 또 한 사람의 시인 대가를 말하지 않을 수 없다. 그는 명망 있는 대학교수로 존경받던 문사였다. 한데 그런 그가 어느 날 돌연 국회의원(전국구)으로 변신을 했다. 여기서 내가 말하고자 하는 것은 그가 국회의원 된 것에 있는 것이 아니라 그의 이해할 수 없는 언행에 있다. 시인이라고 왜 국회의원을 못 하는가. 대학교수라고 국회의원 하지 말란 법이 있는가. 시인도 국회의원 할 수 있고 대학교수도 국회의원 할 수 있다. 그는 국회의원 4년 임기를 마치고 어느 잡지(J 잡지 1985년 4월호)에 '나는 정치보다 시인으로 남고 싶었다'라는 글을 썼는데, 여기서 그는 1) '나는 어느 쪽이냐 하면 가치의 비중을 시 쓰는 일과 교육의 일에 더 두고 있다. 2) 언젠가 다시 한 번 나에게 기회가 온다면 혼신의 힘을 다해서 내가 이번 4년 동안 마음만 있었지 못다 한 일들을 성취시키고 싶고, 그 결과의 성과 및 영향도 살펴보고 싶다. 3) 그런 기회가 올는지 하고 썼다. 한데 그는 여기서 대단한 오류와 자가당착에 빠져 있다. 그것은 첫째 가치의 비중을 시 쓰는 일과 교육의 일에 더 두고 있다는 점이요, 둘째 언젠가 다시 한 번 기회가 온다면 혼신의 힘을 다해서 못다 한 일들을 성취시키고 싶다는 점이며, 셋째 그런 기회가 또 올는지? 하는 점이다. 1) 그가 정말 가치의 비중을 시 쓰고 교육하는 일에 더 두고 있었다면 절대로 정치 일선에 나서지 말아야 했고, 2) 다시 기회가 온다면 혼신의 힘을 다해 못다 한 일을 성취시키고 싶다는 것은 국회의원을 한 번 더 했으면 하는 그리움이고, 3) 그런 기회가 또 올는지 하는 것은 국회의원에 대한 미련을 버리지 못해 연연해하는 듯한 인상을 느끼게 하고 있기 때문이다. 그가 정말 그의 말대로 시와 학문(교육)을 운명처럼 사랑했다면,

1) 국회의원 그것은 엄청난 결단이 필요했다.

1) 시는 결코 정치와 무관할 수 없다.

1) 주변의 오해는 물론 나 자신의 오해도 있었지만

1) 독서도 할 수 없었고 시도 쓸 수가 없었다.

1) 의정 단상을 떠나 다시 학원으로 돌아가며, 라는 말을 하지 않았을 것이다 그는 끄트머리에서 '운명이 나를 다시 어떻게 하기까지는 나는 교직에 충실하고, 간간이 시도 쓰고, 이제부터는 소설과 희곡에도 손을 댔으면 한다'라고 했는데, 여기서 이상한 것은 운명이 나를 다시 어떻게 하기까지의 그 '어떻게'다. 어떻게는 무슨 뜻인가. 다시 국회의원이 되었으면 좋겠다는 뜻 아닌가. 행간의 의미가 어떤 것인지 정확히 모른다 쳐도 글에 나타난 의중은 우리로 하여금 그렇게 느낄 수밖에 없는 것이다.

우리는 그가 아무렇게나 살아온 문사라면 애석해 할 하등의 이유가 없다. 우리는 그가 국회의원이 된 것이 나쁘다는 게 아니다. 우리가 슬퍼하는 것은 그의 언행에 있다. 다시 말하면 문사는 문사다워야 한다는 에스프리에 있다. 우리는 그 에스프리를 슬퍼한다. 자기가 뿌린 씨는 자기가 거둬야 하듯, 문사는 문사의 길을 가야 한다. 문사가 문사의 길을 일탈하면 그것은 이미 문사가 아니다. 문사는 자존심 하나로 사는 사람이요 자긍심 하나로 사는 사람이다. 은일隱逸한 숲에 영욕이 없듯 문사가 돈과 명예와 권력에 붙좇아 자기를 잃는다면 남는 건 더우면 붙들고 추우면 놓아 버리는 염이부炎而附 한이기寒而棄의 염량뿐이다. 문사의 길에는 염이부 한이기의 염량이 있어서는 안 된다.

문사는 문사다워야 한다. 이 말은 천 번 만 번을 뇌어도 지나침이 없다. 그러므로 나는 누가 뭐라 해도 문사가 문사답지 못하면 그 사람이 아무리 역량 있는 사람이라 할지라도 문사로 보지 않는다. 문사가 시속에 빌붙고 시류와 영합해 염량이나 한다면 이는 세속에 물든 거간꾼이나 시정아치지 문사는 아니다. 한데 이런 문사일수록 간사위질로 청기와 장수를 잘해 더 문사연文士然 한다. 그래서 모르는 사람이 보면 대단한 문사로 보인다. 일종의 문단적 '그레셤의 법칙'이다. 이렇게 볼 때 소는 누워 있어야 하고(일할 때를 제외하고) 말은 서 있어야 한다는 침우기마寢牛起馬가 참으로 진리다. 그런데 만일 소가 늘 서 있거나 말이 늘 누워 있다면 어떻게 되겠는가. 그렇게 되면 소와 말은 제구실을 못해 소는 소가 아니고 말은 말이 아니다.

사람이 세상을 살아가는 데는 여러 가지 방법과 수단이 있다. 방법에는 떳떳함과 비열함이 있고 수단에는 정당함과 부당함이 있다. 때문에 인간의 가치는(길이라고도 할 수 있는) 어떤 것을 취하느냐에 따라 달라진다. 그러므로 인간의 가치는 어떤 자세 어떤 정신으로 살았고 살고 있느냐로 평가돼야 한다. 인생에 있어 지조는 물론, 청렴 강직 개결 경개耿介보다 더 귀한 존재가 어디 있는가. 우리가 진실로 존경해야 할 대상이 있다면 그 대상은 대통령도 장관도 재벌도 예술가도 아닌 어떤 자세 어떤 정신으로 살았느냐로 따져야 한다. 인간 행위에서 뭐가 중요하니 뭐가 훌륭하니 해도 떳떳하고 당당한 것보다 더 중요하고 훌륭한 건 없다.

각설하고, 문사는 깨끗해야 한다. 문사는 떳떳하고 당당해야 한다. 문사는 고고해야 하고 의연해야 한다. 문사

는 고절苦節해야 하고 고절孤節해야 하며 고절高節해야 한
다. 그래서 시속의 것쯤 우습게 알아야 한다. 문사는 정신
이 살아 있어야 하고 비분悲憤할 줄 알아야 하고 강개慷慨
할 줄 알아야 한다. 그래야 적어도 문사라 할 수 있다. 아
니 문사로서의 자격이 있다 할 수 있다.

그러나 문사들이여!

이제 상 타기에 그만 좀 혈안이 되고 이름 내기에도 그
만 좀 혈안이 되라. 그리고 패거리 만들어 그만 좀 작당하
고 내 편 네 편 갈라 수작질 좀 작작하라. 양명揚名과 매문
賣文에 그만 좀 급급하고 감투 쓰기 위해 설익은 짓거리도
그만 좀 하라.

끝으로 송명신언록宋明臣言錄의 '지우소인명至遇素人明'
을 써 보며 이 글을 맺을까 한다.

―지극히 어리석은 사람도 남을 꾸짖는 데는 밝다―

○ 적바림

위의 글 '한국 문단에 띄우는 긴급동의'는 1998년 겨울
호 '자유문학' 권두언에 실린(전재) 글이다. 이 글은 당초
이곳 동인지(내가 살고 있는) C 문학에서 청탁이 와 보냈

는데, 얼마 후 원고가 길어서 싣지 못했다며(2백 자 원고지 140장) 주간(편집장)이 직접 내 집으로 가져왔다. 그런데 일이 묘하게 되느라고 이때 J 문학(이 J 문학도 이곳에서 나옴) 주간이 부르기라도 한듯 찾아와 "선생님, 원고 좀 받으러 왔습니다" 했다. 나는 C 문학으로부터 퇴짜 맞은 원고를 집어들고 C 문학에서 원고가 길어서 못 싣겠다 가져왔으니 J 문학에서 괜찮다면 실어 보라며 원고를 건넸다. 그러자 J 문학 주간이 반갑게 원고를 받아 잠시 보더니 "선생님 고맙습니다. 선생님이 아니면 이렇듯 시퍼렇게 살아 있는 글을 쓸 사람이 없습니다" 하며 기꺼이 원고를 가져갔다.

그런데 J 문학에서도 월여가 지난 어느 날 C 문학에서처럼 원고가 길어 못 싣겠다며 부전지에 궁색한 변명을 달아 반송해 왔다. 반송도 나한테 직접 한 게 아니라 아파트 문 밖(현관 앞)에 몰래 살짝 놓고 갔다. 나는 실소를 금치 못했다. 결론부터 말하면 이 글 '한국문단에 띄우는 긴급동의'는 길어서 못 싣는 게 아니라 겁이 나서 못 싣는 것이다. 두려워서 못 실은 것이다. 혹여 중앙문단에 밉보이거나 괘씸죄에 걸려 불이익이라도 당해 미운 오리 새끼 될까 봐 못 실은 것이다.

생각해 보라.

중앙 문단(한국문단)의 병폐와 치부를 강도 높게 비판해 시비 곡직을 들춰냈으니 어찌 지방의 동인지가 용기 있게 이런 글을 실을 수 있겠냐를….

C 문학에서 내 글을 싣지 못하자 J 문학에서인들 이런 글을 실을 리 있겠는가. J 문학의 주간도 처음엔 선생님의 이런 글을 안 싣고 어떤 글을 싣느냐며 호기 있게 가져갔다. 그런데 원고를 읽어보니 겁이 나고 두려워 도저히 실을 수가 없어 도둑고양이처럼 몰래 살금살금 와 문 앞에다 원고를 놓고 갔다.

나는 두 번에 걸쳐 겪은 어처구니없는 소인배적 처사에 실소를 금치 못하며 혼잣소리로 독백하듯 '불도 켤 자리에 가 켜야 아들도 낳고 딸도 낳는 법이지' 했다.

당초 원고 청탁 때 C 문학 편집자는 나에게 "선생님이 아시다시피 우리 동인지는 볼륨이 얇습니다. 하지만 선생님은 소설이시니 좀 긴 소설 한 편이면 시 수십 편, 수필 대여섯 편은 돼 책의 볼륨도 좀은 두꺼워집니다. 그러니 좀 긴 단편 한 편 주시기 바랍니다" 했다. 나는 그때 소설은 써 놓은 게 없고 문단 부조리에 대해 써 놓은 비판문 140장짜리가 있는데 그거라도 좋다면 주겠노라 하자 "예,

좋습니다. 좋구 말구요" 해서 준 것이다. 그런데 이게 두 군데서 약속이나 한 듯 원고가 길어서 못 싣겠다는 말도 안 되는 핑계를 대고 안 실은 것이다. 아니 못 실은 것이다. 처음엔 책의 볼륨이 작아 긴 원고를 달라 해 놓고 긴 원고(140장)를 주자 이번엔 또 너무 길어 못 싣겠다는 것이다.

나는 하도 기가 막혀 분기탱천했지만 사나이 금도襟度와 극기로 눙치고 참아 자승자강했다. 그리고는 이 일을 까맣게 잊어버린 채 상당한 기간이 흐른 어느 가을 밤, S 사백(당시 한국문협 이사장)의 전화를 받았다. 그는 이곳 문화제 행사의 일환으로 시행되는 문학의 밤 행사에 초청 강사로 왔노라며 강의가 끝나는 대로 내 집으로 오겠노라 했다. 그래서 우리는 밤도 깊은 시각에 만나 차를 마시며 오랜 시간 회포를 풀었고 그러다 나온 얘기가 '한국문단에 띄우는 긴급동의'였다. 그는 내 얘기를 듣자마자 그 원고를 자기가 발행하는 문예지(자유문학)에 싣겠노라며 가져 갔다. 그리고는 바로 겨울호(1998년) 권두에 전재를 했다.

이러고 얼마 후. 아마 월여쯤 지났을까 싶은 어느 날, C 일보 사장한테서 전화가 걸려왔다. C 일보는 내가 그때 논설위원으로 있던 신문이었는데 사장은 어떻게 알았는지 '한국문단에 띄우는 긴급동의'를 읽었다며 이 글을 C 일보에 분재하자 했다. 아니 분재하라고 편집국장한테 이미 말해 두었으니 그렇게 알고 이해해 주십사 했다. 그러며 "이 글은 위원님이 아니고는 쓸 수 없는 살아 있는 글이므로 우리 신문으로는 획기적입니다"라는 말까지 덧붙였다. 그래서 이 글 '한국문단에 띄우는 긴급동의'는 아홉 차례에 걸쳐 C 일보에 분재가 됐고 분재가 끝난 며칠 후 사장은 다시 전화를 걸어와 차나 한 잔 하자 했다. 목소리의 톤tone이 다소 들뜬 것으로 봐 기분이 꽤 좋은 모양이었다. 아나나 다를까 내가 사장실을 방문하자 사장은 중앙의 J 일보와 D 일보 등 유수한 신문에서 사장 또는 회장이 위원님의 글을 감동 깊게 읽었다며 이런 선비정신이 투철한 논설위원이 C 일보에 있으니 당신은 참 복도 많소라는 얘기까지 나누었다며 파안대소했다. 그러며 사장은 "위원님이 우리 신문 '강준희 칼럼'에서 서릿발 같은 호통 질타와 대쪽 같은 선비정신으로 대의멸친大義滅親은 물론, 동호직필董狐直筆과 춘추필법春秋筆法의 올곧은 글을 얼마나 많이 쓰셨습니까. 이는 자신하건대 전국의 어느 신문의 칼럼을 봐도 당당하게 직설 직필의 큰소리로 속 시원히 필봉을 휘두르는 통쾌무비의 칼럼은 위원님밖에 없습니다. 이런 위원님이기에 '한국문단에 띄우는 긴급동의' 같은 글도 쓰실 수 있습니다" 했다.

하여간에 이런 우여곡절 끝에 '한국문단에 띄우는 긴급동의'는 세상에 나와 문예지에 전재되고 일간지에 분재돼 읽은 사람이 꽤 있었고 글이 시원하고 통쾌해 10년 묵은 체증이 내려갔을 뿐만 아니라 많은 지식을 알게 해 줘 고맙다고 깍듯이 인사하는 사람도 있었다. 그런가 하면 이와는 반대로 제까짓 게 뭔데 그러냐며 비난, 질시, 폄하, 음해로 승기자염지勝己者厭之하는 자도 있었음을 밝힌다. 그리고 나는 또 2000년 '펜과 문학' 여름호에 문단시론이란 제하로 '다시 한국문단에 띄운다'를 썼고 2000년 8월호 '시사문예'엔 칼럼으로 '문학인의 자세와 정신'을 썼으며 이어 9월 호 '시사문예'엔 특집 칼럼 '문학인의 현주소'를 썼음을 밝혀 둔다.

2부

아, 고구려!

고구려!

고대 삼국 시대 때의 한 나라였던 고구려! 단기 2297년 갑신 해에 북부여의 주몽 동명성왕이 졸본이라는 곳에 도읍한 고구려! 제19대 광개토대왕에 의해 남북으로 영토(국토)를 많이 넓혀 광개토대왕이라 불리며 불교를 꽃피우던 나라 고구려! 단기 3001년 제28대 보장왕 27년에 나당 연합군에 의해 망한 나라 고구려! 뛰어난 상무 정신으로 700여 년 동안 중원의 드넓은 요동벌을 호통 질타하던 나라 고구려! 제26대 영양왕 23년에 수양제가 200만 대군을 이끌고 고구려를 쳐들어 왔을 때 명장 을지문덕이 살수에서 대첩, 섬멸시킨 나라 고구려! 제28대 보장왕 4년에 요동으로 쳐들어 온 당나라를 안시성에서 격파시킨 명장 연개소문. 그래서 우리 민족사상 한인에 대한 반발력과 자각 및 단결력이 가장 왕성했던 나라 고구려!

누가 말했던가. 태양이 바래면 역사가 되고 달빛이 바래면 신화가 된다고―.

내가 충주 문화원(원장 전찬덕)의 초청으로 중국 길림성 '집안'의 고구려 유적지를 탐방한 것은 참으로 뜻깊은 일이었다. 평소 광활한 요동벌을 호통, 질타하던 고구려의 웅혼한 기상과 그 발자취가 궁금해 언젠가는 꼭 한 번 가봐야지 하고 내심 무척 벼르고 있었는데 그 기회가 생게망게하리만큼 번외로 빨리 찾아와 나를 도연케 했다. 나는 문화원의 곡진한 초청이 물실호기다 싶어 그 초청에 선뜻 응하기로 했다. 여행 기간이 길거나 초청하는 단체가 그렇고 그런 데라면 무슨 핑계를 대서라도 불응하겠으나 기간도 4박 5일의 비교적 짧은 일정인데다 초청 단체도 믿을 만한 데고 더욱이 나와는 오랜 인연으로 문화원 주최의 세미나나 심포지엄에 수십 차례 강의한 바 있어 신뢰성이 갔던 것이다. 게다가 이번 집안시의 유적 답사는 충주 문화원이 집안시와 우의 돈독한 자매결연을 맺고 있는 터여서 그 의미가 더 한층 각별했다.

우리 일행(22명)은 4박 5일의 일정으로 4월 28일 낮 12시 15분 인천공항에서 중국 길림성의 대련행 비행기에 올랐다. 중국 여행은 이번으로 세 번째여서 그리 낯설지 않았지만 고구려의 옛 유적지 답사는 이번이 처음이므로 의미가 자못 새로웠다. 게다가 이번 여행은 흔히 말하는 외유성 관광이 아니라 우리의 옛 국토를 직접 답사, 완명頑命한 고구려의 궤적을 돌아봄이어서 내 짧은 요동시遼東豕의 견문을 넓힐 절호의 기회다 싶었던 것이다. 그래 나는 어느 나라 여행 때보다 가슴이 설레고 벅찼다. 유럽을 비롯한 중남미, 그리고 아시아의 어느 나라 여행 때보다 가슴이 더 설레고 벅찼던 것이다.

생각해 보라! 그 호연한 기상과 기백의 상무 정신으로 끝 간 데 없이 펼쳐진 광활한 요동벌을 호령, 질타하던 고구려를. 나는 구미歐美 제국과 아시아 여기저기서 꽤 많은 것을 봤지만 정작 봐야 할 고구려의 궤적은 아직 본 일이 없어 적이 들떠 있었다.

우리 일행은 대련공항에 마중 나와 있는 조선족 여성 가이드의 안내로 '고려식당'이란 곳에서 점심을 먹고 일로 단둥(옛 안동)으로 향했다. 단둥은 대련서 360km나 떨어진 천릿길의 대장정이었다.

아, 이제부터 다함없는 대륙의 장정이 시작되는구나!

나는 버스의 차창 밖으로 전개되는 일망무제의 파노라

마를 조망하며 여기가 우리의 옛 땅 고구려였단 말인가 싶자 일순 만감이 교차하며 알 수 없는 무엇이 울컥 명치를 치밀었다. 나는 자칫 비분하려는 심회를 가라앉히기 위해 한참 동안 눈을 감았다 떴다. 이때 차창 밖 우측으로 전개된 것은 대단위 백양나무 군락지였다. 가이드의 설명에 따르면 이 백양나무는 이곳 현지 농민들이 장삿속으로 재배하는 것이라 했다. 그러니까 이는 우리네처럼 풍치림이나 경관림 또는 보안림으로 재배하는 것이 아니라 생활수단의 경제수로 기른다 했다. 이제 막 움이 방싯방싯 트는 백양나무는 잎이 다 피어 무성하면 비록 단일 수종의 백양나무이긴 하지만 아마존 유역의 밀림이나 열대 아프리카 밀림을 방불하는 작은 수해樹海를 이룰 것 같았다. 우리나라는 이곳보다 기후가 20여 일은 빨라 웬만한 나무는 잎이 다 피었는데 여기는 지금서야 아가의 손길 같은 연초록색 움이 얼굴을 내밀었다.

　나는 이 백양나무 군락지를 보자 문득 저 체코 프라하로 들어가는 길목의 거대한 해바라기 군락지와 터키 이스탄불에서 차나깔레로 가는 길의 말마라해협 우측으로 한도 끝도 없이 심어져 있는 해바라기 군생대가 생각났다. 그것은 장관이었다. 장장 40km에 걸쳐 펼쳐져 있는 해바라기 군락대. 이는 참으로 놀라운 장관이었다. 말이 쉬워 40km지, 지난날 우리네 이수로 따지면 멀고 먼 백 리 길이 아닌가. 그러나 장관은 40km에 이르는 해바라기 군락대만이 아니었다. 길 왼쪽(바다 쪽) 말마라해협 연안엔 여름휴가용 별장 서머 하우스가 자그마치 50km에 걸쳐 세워져 있어 그 대장관에 또 한 번 놀랐다.

백양나무 군락대를 지나자 이번엔 복숭아나무 재배지가 나타났고 복숭아나무 재배지를 지나자 사과나무 재배지가 나타났다. 나는 끝이 보이지 않는 복숭아나무 대단지를 보자 문득 도연명陶淵明의 복사꽃 피는 마을 '도화원기桃花源記'가 생각났다.

중국 진晉나라 때 호남 무릉의 한 어부가 배를 저어 복사꽃이 아름답게 핀 수원지로 올라가 굴속에서 진秦나라의 난리를 피해 온 사람들을 만났는데 그들은 이곳이 하도 살기 좋은 선경이라 그동안 바깥세상의 변천은 물론 많은 세월이 흐른 줄도 모르고 살았다는 가상의 별천지 도원향 무릉도원.

도연명의 도화원기를 떠올리자 이번엔 이백李白의 '무릇 천지는 만물의 여관이요 세월은 영원한 나그네로다夫天地者萬物之逆旅光陰者百代之過客'라고 한 '춘야연 도리원春

夜宴桃李園'이 떠올랐다. 좀 길어서 앞줄 두어 수만 인용했지만 요약하면 '대저 천지는 만물의 숙소요, 세월은 영원히 쉬지 않고 천지의 사이를 지나가는 나그네와 같다. 이 중에 인간의 생애라고 하는 것은 꿈같이 덧없고 짧은 것이니 이 세상에서 환락을 누린다 한들 그 몇 시간이나 계속될 것인가'라는 인생무상의 시 춘야연 도리원!

그러나 이백의 춘야연 도리원은 인생무상만을 노래한 건 아니어서 시 전부(12수)를 읽어 보면 멋과 낭만과 운치와 풍류와 환락과 그리움과 애틋함이 동시에 나타나는 아주 멋진 시다.

생각해 보라!

복사꽃 오얏꽃이 어지러이 핀 봄밤의 아름다운 정경을. 여기에 달이라도 휘영청 밝아보라지. 그 광경은 환상 바로 그것이어서 신화요 전설이다. 이런 날 밤 애틋한 정인이나 그리운 벗이 분홍빛 복사꽃 아래 앉아 천 길 만 길 내리는 푸른 달빛을 맞으며 주고받는 밀어蜜語와 정담을. 정인끼리는 차를 나누고 우인끼리는 술을 나누며 너무 짧아 야속한 봄밤을 안타까워함은 정녕 봄밤만이 가질 수 있는 아쉬움이다. 이렇듯 짧은 봄밤이 너무도 안타까워 천하 문장 소동파蘇東坡도 '춘야春夜'라는 칠언절구 첫머

리에 '봄밤의 한 시각은 값이 천금'이라는 '춘소일각치천
금春宵一刻值千金'을 노래했을 것이다.

봄밤의 한 시각은 천금에 값했다는 춘소일각치천금!
이는 참으로 기막힌 문장이요 절륜한 표현이어서 가위 당
송팔대가唐宋八大家의 한 사람인 소식蘇軾 동파다운 문장
이요 표현이다.

잠시 도연명의 도화원기와 이백의 춘야연 도리원, 그리
고 소동파의 춘야에 빠져 있다 현실로 돌아온 나는 다시
끝 간 데 없이 펼쳐진 사래 긴 밭을 바라봤다. 밭은 사래가
얼마나 긴지 한 사래가 몇 마지기는 족히 될 듯 싶었다.

아! 저렇게 넓은 땅을, 저렇게 넓은 땅이 지금은 남의
나라 땅이 돼 바라만 보다니. 하염없이 속절없이 바라만
보다니.

나는 그만 심사가 뒤틀려 몽니라도 부리고 싶었다. 아
무리 장부의 늠름한 금도로 대범하고 협협하게 생각해도
아깝고 분해 견딜 수가 없었다. 그런데 행인지 불행인지
(이는 불행이라 해야 옳을 것이다) 산엔 나무 한 그루 제
대로 없는 벌거숭이 민둥산이어서 삭막하기 짝이 없고 황
량하기 그지없었다. 이는 추측건대 인간 송충이들이 나무
를 연료로 베어다 때 그런 것 같았다. 마치 지난 날 1950~

1960년대 발가벗은 우리의 산과 같았다.

산엔 나무와 숲이 울창해 알몸(민둥산)이 드러나지 않아야 하는데 동서남북 어디를 봐도 나무는 물론 숲 하나 볼 수 없어 황량하고 삭막했다.

하지만 황량하고 삭막한 게 어디 산뿐이던가. 획일적이다시피 지은 정형화된 한일자의 단조로운 주택은 방 두 칸 부엌 한 칸인 듯한데 지붕은 기와인지 벽돌인지 붉은 빛 일색으로 도색이 돼 있었다. 그런데 이 주택 주위에도 나무와 숲을 볼 수가 없었다. 나는 적이 놀랐다. 산과 집에 나무 한 그루 없다니. 숲 하나 없다니. 그러나 놀란 건 이것만이 아니었다. 대련에서 단둥까지 천 리 길(360km)에 자동차는 고작 서너 대밖에 못 봤고 휴게소는 대호산복무구大狐山服務區란 이름의 휴게소 비슷한 곳 한군데 밖에 보질 못했다. 버스는 다섯 시간 이상을 달리고 달려 단둥에 도착, '평양 옥류'란 식당에서 저녁을 먹었다. 여장은 '단둥 국제호텔'에서 풀었다.

다음 날 우리 일행은 아침 식사가 끝나자마자 일찌감치 중국과 조선을 잇는 우의의 다리라는 '중조 우의교中朝友誼橋'를 밟았다. 이 다리는 압록강을 가로지른 다리로 강 폭이 자그마치 천여 미터인데 강 건너편이 바로 북한의 신의주였다. 다리는 한국전쟁 때 다리 중간이 파괴돼 지금까지 복구하지 않은 상태로 보존하고 있었다.

나는 손만 뻗으면 닿을 것 같은 지호지간의 신의주를 건너다보며 또 한 번 뜨거운 무엇이 울컥 명치를 치밀었다.

신의주만이 아니었다.

그 유명한 '위화도威化島'도 손만 뻗으면 잡힐 것 같은 지호지간에 있어 심회를 울적케 했다. 잘 아는 바대로 위화도는 고려 말인 1388년 5월 우군도통사右軍都統使 이성계李成桂가 명明나라를 치기 위해 압록강 중류의 위화도에 이르렀을 때 강물이 불어나고 역질이 창궐한다는 이유로 왕명을 어기고 최영崔瑩 장군의 진군 명령까지 불복한 채 조민수曹敏修 등과 함께 군사를 돌려 평양 개경開京으로 역전 진군했던 위화도회군의 그 유명한 섬이 아닌가. 왕명과 최영장군의 명령에 불복하고 회군한 이성계는 그 길로 최영장군을 유배시키고 왕은 강화로 내쫓아 우왕禑王의 아들 창왕昌王을 즉위시켜 조선 건국의 기반을 닦았다. 그때 만일 이성계가 위화도에서 회군하지 않고 당초의 계획대로 명의 요동을 쳤더라면 역사의 수레바퀴는 어떻게 굴러 갔을까.

위화도를 뒤로 하고 한참을 달리자 가이드가 지금 우리

가 달리는 이곳은 연암 박지원燕巖朴趾源의 '열하일기熱河日記'에 나오는 '애하'라 했다. 나는 가이드가 박지원의 열하일기 무대라는 말에 나도 모르게,

　"아, 박지원!"

하고 탄성을 발했다. 조선조 영·정조 때의 대학자이던 박지원. 북학론北學論을 주장한 실사구시實事求是의 실학자이자 문장가였던 박지원. 북학론이 무엇인가? 영·정조 때의 실학자 박지원, 홍대용, 박제가, 이덕무 등이 청나라의 앞선 문물제도 및 생활양식을 받아들이자고 한 주장이 북학론이다.

　이런 박지원이 정조 4년(1780) 여름에 청나라 고종 건륭제乾隆帝의 칠순연七旬宴에 축하 사절단의 한 사람인 그의 족형 진하사進賀使 박명원朴明源을 수행해 열하까지 다녀온 견문을 쓴 기행록記行錄 열하일기. 이 열하일기는 한문으로 씌어져 있으나 일세의 명문으로 중국의 희본戲本 명목名目과 태서泰西의 신학문을 소개했다.

　이런 박지원은 열하일기 26권 말고도 '호질전虎叱傳' '양반전兩班傳' '허생전許生傳' '민옹전閔翁傳' '우상전虞裳傳' '광문자전廣文者傳' '김신선전金神仙傳' '역학대도전易學大道傳' '봉산학자전鳳山學者傳' 등 많은 작품이 있어 국문학적 가치와 의의가 크다.

가도 가도 끝이 없는 멀고 먼 대륙길을 달리다 '장순진 옥화주루長旬鎭玉華酒樓'라는 식당에서 점심을 마친 우리 일행은 잠시 쉬어 한숨을 돌린 후 다시 집안을 향해 달리기 시작했다. 단둥서 집안까지는 260km여서 대련서 단둥까지의 360km보다는 100km쯤 가까웠지만 그래도 나는 발싸심이 생겨 버르적거렸다. 어제와 오늘 버스만 온전히 여남은 시간 타고 보니 지루하기도 하고 몸도 뒤틀려 부접할 수가 없었다. 이는 나만 그런 게 아니어서 일행 거의가 그런 듯했다. 가이드는 이를 알아차렸는지 서투른 한국말로 이것 저것 열심히 설명하고 개그와 유머로 우리 일행을 웃기려 애를 써 이를 보고 있자니 가상하고 안쓰러워 자닝스럽기까지 했다. 자그마한 체구의 여성 가이드는 당차게는 보였으나 애면글면 하는 모습이 무척 딱해 여간 측은한 게 아니었다.

　땅이 워낙 넓고 커서인지 대련서 단둥까지와 단둥에서 집안까지의 농사 풍경도 사뭇 달랐다. 대련서 단둥 사이의 농사 풍경은 말 두 필이 밭을 갈았는데 단둥서 집안 사이에는 소 두 마리가 쟁기를 메워 밭을 갈았다.

　가도 가도 끝이 없던 대륙의 장정長程도 끊임없이 달리고 또 달려 고구려의 수도였던 국내성 집안에 도착한 것은 장대같이 긴 봄 해가 뉘엿거리는 해거름 녘이었다. 우리는 집안에 도착하자 '취원빈관翠園賓館'이라는 호텔에 여장을 풀고 잠시 휴식을 취한 후 곧 집안 시장이 베푸는 환영 만찬에 참석했다. 만찬장엔 시장을 대신해 제일 부시장이 참석했는데 아직 40대 초반의 전도양양한 젊은이였다. 아마 당성黨性이 좋아 일찌감치 출세가도를 달리는 모양이었다. 중국 측의 환영사와 우리 측의 답사가 끝나자 만찬장은 이내 도도한 분위기 속에 술잔이 오가며 화기애애해졌다. 술을 못하는 나는 한 잔 술에 그만 갑북 취했다. 다 아는 사실이지만 중국술이 얼마나 독한가. 한데도 나는 독한 중국술을 거푸 몇 잔 마시며 기염을 토했다. 그것은 일종의 오기요 호기였다. 아니 치기인지도 몰랐다. 이때 나는 슬그머니 장난기가 발동해 '술'과 '봄밤'에 대한 당송唐宋 대시인들의 시 몇 수를 떠올려 통역을 통해 백지 몇 장을 주문했다. 이는 어쩌면 지난날 중국이 대명의식大明意識으로 우리 조선을 얕잡아 보고 우리 조선은 모화사상慕華思想으로 중국에 저두 굴신한데 대한 항의인지도 몰랐다. 그때 중국은 우리 조선을 동쪽에 있는 오랑캐라 하여 '동이東夷'라 불렀다. 어찌 동이뿐이겠는가. 중국에서 서쪽에 있는 나라는 서쪽 오랑캐라 하여 '서융西

戎'이요, 남쪽에 있는 나라는 남쪽 오랑캐라 하여 '남만南
蠻'이며, 북쪽에 있는 나라는 북쪽 오랑캐라 하여 '북적北
狄'이라 하지 않았는가. 이럼에도 우리는, 아니 이 나라의
내로라하는 명사나 고관들은 걸핏하면 "에, 자고로 우리
나라는 동방 예의지국으로서" 어쩌고 한다. 도대체 동방
예의지국의 '동방'이 어떻게 해서 생긴 말인지나 알고 지
껄이는가.

우리나라를 '예의지국'이라 하면 맞는 말이지만 예의지
국 앞에 '동방'을 붙이면 이런 치욕, 이런 모욕, 이런 굴욕,
이런 수욕이 없다. 왜냐하면 우리 조선이 중국의 속국임
을 자처하고 중국을 종주국으로 섬겨 철마다 예물(공물)
이라는 이름의 조공을 잘도 바치자 이를 가상히 여긴 중
국이 앞으로 공물을 더 많이, 그리고 더 잘 받기 위해 마
음에도 없는 말로 동이 대신 동방을 붙여 줬기 때문이다.
그러니까 이 동방 예의지국을 글자 그대로 풀이하면 조선
은 동쪽에 있는 예의 밝은 나라가 되지만 동방 아닌 동이
를 쓰면 조선은 동쪽에 있는 오랑캐의 나라가 되는 것이
다. 이럼에도 이 나라의 높은 자리에 있는 고관이나 상당
한 지식인이라 자처하는 사람들까지도 '자고로 우리나라
는 동방 예의지국이다'라고 한다. 이런 치욕 굴욕 모욕 수

욕을 늘 가슴에 담고 있던 나는 1997년 7월 국제 문학 심포지엄 참석차 중국에 갔을 때(주제―문학과 언어) 북경대학에서 중국 학생과 한국 학생, 그리고 그 밖의 여러 나라 학생들을 모아 놓고 '대명 의식과 모화사상'이라는 주제로 강의한 바 있다. 물로 통역을 통해서였다. 우리 조선이 중국을 종주국으로 섬겨 조공을 바칠 때 중국의 인접국인 타이나 티베트는 예물을 바치지 않았다. 한데도 우리 조선은 예물을 잘도 바쳐 중국으로부터 동방 예의지국이란 부끄러운 칭호를 받았다.

소주 한 잔이면 얼굴이 홍당무가 돼 가슴이 뛰고 심장까지 두근거리는 나는 독한 중국술(아마도 고량주인 듯) 몇 잔을 들이켜자 온몸이 불에 덴 듯 화끈거리고 천지가 빙빙 돌았다. 그래도 나는 정신을 바짝 차리고 만년필로 백지에 청련거사靑蓮居士 이백의 '주송酒頌'과 향산거사香山居士 낙천 백거이樂天白居易의 '대주對酒', 그리고 동파 소식의 "춘야春夜"를 차례로 써 내려갔다. 자리가 술자리요 때가 봄밤인데다 마침 오늘이 음력 열나흘이니 술과 봄밤과 달에 대한 시가 적격일 것 같았다. 그럼 먼저 이백의 주송,

天若不愛酒(천약불애주)면
酒星不在天(주성부재천)이요
地若不愛酒(지약불애주)면
地應無酒泉(지응무주천)이라

하늘이 만약 술을 사랑하지 않았다면
하늘에 주성이란 별이 없었을 것이며
땅이 만일 술을 사랑하지 않았다면
땅에도 응당 주천이라는 곳이 없었으리라.

다음은 백낙천의 대주,

蝸牛角上爭何事(와우각상쟁하사)
石火光中寄此身(석화광중기차신)
隨富隨貧且歡樂(수부수빈차환락)
不開口笑是痴人(불개구소시치인)

달팽이뿔 같은 작은 세상에 다툴 일 무엇인가
부싯돌처럼 잠시 켜졌다가 꺼지는 덧없는 인생에 잠
시 몸을 두고 있으면서
부유하면 부유한 대로 가난하면 가난한 대로 사는 게
인생 아닌가
커다랗게 입을 벌려 웃지 못하는 사람이야말로 바보
일레라.

마지막으로 소식 동파의 봄밤 춘야,

春宵一刻值千金(춘소일각치천금)
花有淸香月有陰(화유청향월유음)
歌管樓臺聲細細(가관누대성세세)
鞦韆院落夜沈沈(추천원락야침침)

봄밤의 한 시각은 천금에 값하고
꽃에는 맑은 향기 달에는 그늘이 있도다.
노래와 피리의 누대는 소리가 가늘고 가늘어
그네 뛰던 안뜰에는 밤이 깊고 또 깊다.

봄밤이 얼마나 귀하고 중하면 한 시각을 천금에 값한다 했을까.

그렇다. 봄밤은 천금을 주고 사도 아깝지 않을 만큼 짧은 밤이다. 앞에서도 말했지만 꽃향기 그윽한 봄밤에 애틋한 연인이나 그리운 벗이 하얀 배꽃이나 분홍빛 복사꽃 나무 아래 앉아 나누는 연담이나 정담은 가히 봄밤만이 누리는 정취의 극치다. 여기에 소쩍새가 피를 토하고 달빛까지 천지에 교교하면 뉘라서 그 봄밤의 정취에 취하지 않으리.

나는 주흥이 도연해 이백의 '주송'과 백낙천의 '대주'와 소동파의 '춘야'를 단숨에 내리써서 집안 시장(제일부시장)한테 건넸다. 그러자 그는 시를 받아 들고 묘한 표정으로 한참을 들여다보더니 뜻을 아는지 모르는지 머리를 주억거렸다. 이때 나는 1977년이던가 대만 타이페이에서 열린 한중작가회의 때 겪은 일이 불현듯 떠올랐다. 그때 우리는 한국 대만 문인 회의와 만찬이 끝나고 자유시간이 되자 통역 혹은 필담을 통해 많은 얘기를 나누었다. 그때 나는 종이에 이李, 두杜, 한韓, 백白과 당송 팔대가唐宋八大家를 한 사람 한 사람 쓰고 오른손 엄지를 세워 올렸다. 그랬더니 대만 측 문인이 자기 나라의 옛 대 문장가를 치켜 세워서인지 종이에 '當代作家 姜晙熙 先生'이라 써서 나에게 주며 아주 좋아했다. 그런데 그 다음이 문제였다. 내가 굴원屈原의 '이소경離騷經' 첫 구절 '나의 집안은 고양高陽 임금님의 후손이요, 나의 선친은 백용伯庸이라 한다'라는 '제고양지묘예혜帝高陽之苗裔兮 짐황고왈백용朕皇考曰伯庸'을 쓰고 그 곁에 원적阮籍의 '영회시詠懷詩' '밤중에 잠들 수 없어, 일어나 앉아 거문고를 탄다'는 '야중불능매夜中不能寐 기좌탄명금起坐彈鳴琴'을 쓰자 그의 얼굴이 그만 난색을 지었다.

아뿔싸!

나는 얼른 통역을 통해 다른 말로 휘갑을 쳤다. 그가 이 소경과 영회시를 모르고 있음을 알았기 때문이다.

이런 일이 있었던 터라 나는 아까 집안시 부시장이 짓던 묘한 표정의 의미를 알 것 같기도 하고 모를 것 같기도 해 악수를 청했다. 그러나 나는 속으로 내가 당신네 나라 대시인들의 절륜한 시를 아는데 당신이 만일 당신네 나라 대 시인들의 절등한 시를 모른다면 어찌 우리 고구려의 넋과 얼이 스며 있지 않은 곳이 없는 집안의 행정 수장이라 할 수 있겠느냐는 엄중한 경고(?)를 담고 있었다.

나는 마지막으로 스스로 주중선酒中仙이라 일컫는 이백의 권주가 '장진주將進酒' 첫 구절과 송강 정철松江鄭澈의 '장진주사將進酒辭' 첫 구절을 읊조리며 자리를 떴다. 먼저 이백의 장진주,

'고래성현개적막(古來聖賢皆寂寞)에
유유음자유기명(惟有飮者留其名)이라'

예부터 성현은 자취가 없고
오직 술 마시는 사람만이 그 이름 남겼네.

다음은 송강의 장진주사,

'한 잔 먹새근여(먹세그려) 또 한 잔 먹새근여. 곳(꽃)

것거(꺾어) 산(算) 노코(놓고) 무진 무진 먹새근여―

　　다음 날 아침, 우리 일행은 오전 9시에 호텔을 떠나 '환

도산성丸都山城'으로 향했다. 환도산성은 집안시에서 북쪽

으로 2.5km 떨어진 가까운 곳에 있었는데 산이 높고 거

악해 얼핏 봐도 천험의 요새로 느껴졌다. 산성은 남쪽(집

안시 쪽)을 향해 말발굽형으로 생겨 천혜의 철옹성鐵甕城

이자 금성탕지金城湯池로 보였다. 집안은 환도산성을 비

롯해 환인桓仁의 고구려 유적과 함께 지난 2006년 7월 1

일 세계무형문화유산으로 등재된 바 있어 명과 실이 상부

한 역사 유적의 고장이었다. 산성은 뒤가 깎아지른 듯하

고 앞은 훤히 트인 데다가 군데군데 수백 척의 수직 절벽

으로 이뤄져 있어 적군이 한 번 들어왔다 하면 독 안에 든

쥐처럼 꼼짝할 수 없는 형국이었다. 산성 앞 좌우로 돌을

쌓아 만든 적석묘積石墓의 돌무덤 고분들이 즐비하고 어

떤 고분은 들 한가운데 우뚝 융기해 있어 능陵을 방불케

했는데 이는 다 귀족들의 무덤이라고 했다. 나는 잠시 눈

을 감고 고구려군과 적군의 천군만마가 한데 뒤엉겨 싸우

던 그 절체절명의 피비린내 나는 장엄한 전투를 떠올려

봤다. 그러자 우레와 같은 함성이 들리고 고구려의 상징

삼족오三足鳥의 깃발이 보이는 듯했다.

아, 고구려!

이곳에서 얼마나 많은 군사가 죽고, 얼마나 많은 군사의 피가 흘러 시산혈해屍山血海를 이뤘을까.

나는 머리를 흔들며 눈을 떴다. 그리고는 환도산성 입구에 세워진 한글 비문으로 다가가 비문을 읽기 시작했다. 그러다 깜짝 놀랐다. 비문에 씌어진(새겨진) 한글의 맞춤법이 너무 많이 틀려서였다. 두께 5cm쯤 되는 평평한 오석 바른쪽엔 한글, 왼쪽에는 일본어로 돼 있었고 설명비의 오른쪽 상단엔 파란색의 '세계문화유산'이라는 마크가 선명하게 그려져 있었다. 그리고 또 하나 지적하지 않을 수 없는 것은 설명문의 오기誤記였다. 설명문엔 '환도산성은 고구려 초·중기의 왕릉입니다'라고 돼 있는데 환도산성은 왕릉, 다시 말하면 무덤이 아니다. 이곳은 고구려의 수도로 추정되는 길이 6951m의 산성이다. 현재 6개의 문터와 함께 부분적으로 높이 5m에 이르는 성벽이 있고 남북의 길이 95.5m. 동서의 길이 86.5m에 이르는 궁궐 터가 남아 있는 곳이다. 하지만 정작 중요한 것은 환도산성의 한글 설명문이 오자誤字 투성이라는 점이다. 오기도 부끄럽기 짝이 없는 일이어서 얼굴이 확확 달아올랐다. 이는 중국 정부의 무성의와 무책임이 가져온 결과지만 그러나 우리 정부, 더 나아가 고구려 역사를 연구하는 우리 사학계도 책임이 크다 하지 않을 수 없다. 왜냐하면 비문을 쓸 때 한국 측에서 입회를 하거나 한국 사학계 측에서 관여만 했어도 이런 창피 막심한 오류는 생기지 않았을 것이기 때문이다. 그렇다면 대체 얼마나 틀렸는지 여기 그 예문을 옮겨 보기로 하자(괄호 속에 표기된 것이 바른 표기임).

'고구려 초·중중기(초·중기)의 왕릉(산성)입니다. 서기 3년에 시건되었으며(처음 만들어졌으며) 초기의 명칭은 위나암성입이다(입니다). 서기 198년 산성왕(산상왕)은 이곳을 왕도로 정한 후 환도산성이라 명하였습니다. 서기 342년 환도산성의 주요 건축물은 전쟁으로 인해 훼멸(파괴나 파손)되었습니다. 산성의 평면도(평면)는 불규칙 장방형으로 남북의 길이가 6395미터입니다. 성벽의 건축 구조는 자연의 산세를 충분히 이용하였으며 성내에는 대형 궁전의 유적과 전망대 국경수비대(병사)의 거주지 등(등) 저주지(저수지) 고분이 있습니다. 그 중 고분은 산성이 폐허(폐허)된 후 건축되었습니다. 환도산성은 국내성과 함께 상호 수호용으로 완벽한 고구려 도성의 특색을 띄고(띠고) 있습니다'.

이상에서 밝힌 한글 설명문의 총 글자 수는 240여 자로 70여 개의 단어가 사용됐다. 그런데 240여 자의 짧은 설명문에 틀리거나 오자가 난 곳이 물경 열 군데도 넘는다. 설명문 가운데 '국경수비대의 거주지' 운운한 부분도 이해 불가였다. 환도산성은 고구려의 수도였던 국내성(집안)이 불과 2.5km 떨어진 가까운 곳에 위치해 있다. 그러므로 이곳에 궁전을 수비하는 병사들은 있었겠지만 국경수비대가 주둔할 이유는 없다. 이럼에도 일본어 설명은 '국경 수비대의 거주지'가 아닌 병사들의 '주거지'로 돼 있어 새삼 그들의 바른 표기에 고개가 숙여졌다. 그런데 어째서 우리는 우리 글로 표기하는 우리 역사 설명에 오기와 오자 투성이로 망신을 사는가. 처음부터 우리가(나라나 고구려 역사학회 같은 데에서) 관심을 가지고 대처했으면 이런 망신은 당하지 않을 게 아닌가. 240여 자의 짤막한 설명이 이 모양으로 오기 오자 투성이니 띄어쓰기인들 제대로 될 리 만무였다. 설명문의 오기 오자와 띄어쓰기가 잘못된 것은 환도산성만이 아니었다. 광개토왕비 등 다른 유적지 설명도 대동소이해 중국 정부의 무성의와 우리 정부의 무관심을 그대로 드러냈다. 중국의 입장에서

볼 때 한국의 문자 한글이 외국 문자라 그럴 수밖에 없었
노라 할지 모르지만 한국어와 한국말에 밝은 학자나 전문
가의 자문을 구해 제대로 했더라면 이런 잘못은 없었을
것이다. 아니 우리 정부가 적극 개입만 했어도 이런 부끄
러운 일을 없었을 것이다. 참고로 광개토대왕비의 오류를
보면 다음과 같다(여기서도 괄호 안의 것이 바른 표기임).
'고구려 20대 장수왕의 보 의희(晉 義熙) 10년(서기 414
년) 부친의 공덕올(공덕을) 기념하기 위해 공적 기념비를
세웠습니다. 각력암을 사용해서 만든 웅장한 비석은 높이
6.39미터 넓이(너비) 1.2미터입니다. 사면 둘레에 1775개
의 한자가 새겨져 있으며 이중 식별할 수 있는 글자 수는
대략 1590자입니다. 비문에 새겨진 내용은 고구려 건국
신학(신화) 왕조 초기의 왕계(왕위 계승 또는 왕위 계통)
호태왕의 경이로운 공적 왕릉 수호제도(수묘제도) 등과
관련이 있습니다. 현존하는 최초의 가장 많은 문자의 고
구려 고고학 역사 자료입니다. 호태왕 비석의 발견으로
인해 중세기(중세) 이후 세인들(세상 사람)이 잊고 있었던
고구려 문명과 그 중심지의 소재(중심 내용) 동북아 고고
유적에서의 중요한 위치를 확인하게 되었습니다'.

　이상에서 본 바대로 설명문의 맨 첫 부분은 아들인 장

수왕이 그 부친의 공덕을 기리기 위해 진晉 의희義熙 10년, 즉 서기 414년에 광개토대왕비를 세웠다는 뜻인데 문장이 얼른 이해가 되지 않는다.

광개토대왕비의 비문 내용 가운데 영락永樂이라는 서기 391년부터 412년까지 쓰인 고구려 독자의 연호가 있다. 이럼에도 중국 정부는 이를 무시하고 한족 왕조인 동진의 연호로 비의 건립 연대를 표기해 놓았다. 이는 고구려가 독자적인 연호를 사용한 독립국가였음을 숨기기 위해 고의로 그렇게 했다고밖에 달리 볼 수가 없다.

그럼 이번엔 중국인들이 '장군분'으로 부르는 장수왕릉의 한글 설명문을 한번 보자.

'편호(번호)YM0001 속청(속칭) '장군분'이라 합니다. 장방형 계단식 석실묘로 길이 31.58미터 높이 13.1미터입니다. 계단 7급(7계단 또는 7층) 22개의 돌층으로 묘 주위에는 11개의 보호용 거대한 비석(받침돌)이 세워져 있습니다. 묘실은 제5급 계단(5번째 계단 또는 5층 계단) 중간(중간)에 있으며 내부에는 두 개의 석관이 안치되어 있습니다. 묘실의 상부는 잘 다듬어진 거대한 돌로 덮여져 있습니다.(덮여 있습니다.) 묘 주변에서 연꽃 무늬의 와당 부서진 기와 쇠사슬 등이 발견되어 이곳에 원래의 건축물이 있었음을 알 수 있습니다. 묘의 북측에는 배분(딸림 무덤)과 제사대(제단)가 놓여져 있슴(습)니다'.

위에서처럼 오자나 오기는 장수왕릉만이 아니어서 광개토대왕릉인 태왕릉의 설명도 오자가 많았다.

그렇다면 왜 이런 오자가 생겼을까. 이를 사소하고 단순하게 보면 하나의 오류나 해프닝으로 볼 수도 있다. 하지만 조금만 깊이 생각하면 문제는 달라진다. 한국어(한글을 포함한)를 잘 모르는 중국 공무원이나 학자들이 설명문의 문장 자체를 틀리게 작성했을 것이고 한글을 전혀 모르는 중국인 석공들이 문장을 잘못 새겨 오자가 났을 것이다. 여기에 중국 공무원이나 학자들이 교정도 제대로 보지 않은 채 비석을 세워 이 같은 오류를 범했을 것이다. 집안시 인구 23만 6천 명 중에 중국인들이 조선족이라고 부르는 재중 동포는 자그마치 1만 7천 명이나 된다. 남북한과 재중 동포들이 쓰는 한글의 철자나 단어가 우리와 다른 점이 일부 있긴 하다. 그러나 이들에게 몇 번만이라도 교정을 보게 했더라면 이런 부끄러운 오류는 생기지 않았을 것이다. 이럼에도 중국 정부가 재중 동포들을 관여시키지 않은 것은 '고구려가 중국의 지방정권'이라는 중국 정부의 주장과 다른 내용을 삽입할까 두려워 배제했을 것이다. 그러므로 엉터리 한글 설명문은 동북공정과 함께 고구려 유적 정비가 순수 학술적 의도가 아닌 깊은 정치적 의도에서 출발했다고밖에 달리 볼 수가 없다. 그렇지 않으면 재중 동포나 우리말을 잘 아는 사람들을 배제시킬 이유가 없기 때문이다. 이럼에도 백두산의 한글 설명문은 단 한 자 틀리지 않아 이를 보는 우리의 마음을 흐뭇하게 해 주고 있어 고구려 유적 설명과는 사뭇 대조적이다. '등산로를 따라 40분만 걸어 올라가면 천지의 물을 직접 만질 수 있습니다' 이렇게 시작되는 백두산 설명문은 단 한 자의 오자도 없이 완벽하게 쓰어져 있다. 이는 왜 그런가? 재중 동포 관계자들이 직접 참여했기 때문에 오기와 오자가 없었던 것이다.

이렇게 볼 때 집안의 고구려 유적 설명도 중국 정부가 성의를 보여 재중 동포들에게 원고 교정을 의뢰하거나 비문 교정을 보게 했더라면 이렇듯 형편없는 엉터리 설명문은 나오지 않았을 것이다.

고구려 유적지의 설명문 오기 오자가 너무 많아 이를 곤은불림하다 보니 글이 잠시 옆길로 샌 것 같아 막설하거니와 구릉 하나에도 척당불기偶儻不羈하던 고구려인의 기상이 깃들지 않은 게 없어 새삼 역사의 국보國步를 무상케 했다. 국내성의 그 은성했던 왕궁터를 비롯해 천험의 요새였던 환도산성, 거대 웅장한 광개토대왕비와 광개토대왕릉에 이르기까지 모두가 기막힌 역사의 발자취라 생각하니 고개가 절로 숙여졌다. 더욱이 제10대 산상왕山上王 때(198년) 환도산성을 쌓아 동천왕東川王 때(246년) 위나라의 유주 자사 관구검에 의해 산성이 함락되고 제16대 고국원왕故國原王 때인 342년에 선비족인 연왕燕王 모용황이 침입, 다시 환도산성을 함락시키기까지 물경 340년간 지켜왔던 철옹성 환도산성! 이럼에도 산천은 말없이 예태로 의구해 나는 문득 야은 길재冶隱吉再의 우국 시조憂國時調 한 수를 읊조렸다.

오백년 도읍지를 필마로 돌아드니
산천은 의구하되 인걸은 간 데 없네
어즈버 태평연월(太平烟月)이 꿈이런가 하노라.

길재의 우국 시조 한 수를 읊조리자 이번엔 또 자미 두보子美 杜甫의 시, 봄의 전망 '춘망春望'이 떠올랐다.

나라는 깨어져도 산천은 남아 있어

성에는 봄이 와 초목이 우거진다
국파산하재(國破山河在)
성춘초목심(城春草木深)

시절을 슬퍼하니 꽃도 눈물 흘리고
이별을 아파하니 새도 마음이 놀란다
감시화천루(感時花濺淚)
한별조경심(恨別鳥驚心)

봉화둑에 오른 횃불 석달이나 잇닿고
집에서 부친 글월은 만금이나 나간다
봉화연삼월(烽火連三月)
가서저만금(家書抵萬金)

센 머리 긁어보니 자꾸 짧아져
비녀(동곳)도 꼽기가 힘이 드누나
백수소경단(白首搔驚短)
혼욕불승잠(渾欲不勝潛)

　오후엔 집안 시내에 있는 조선족 학교를 방문하고 밤엔 우리가 투숙했던 호텔 췌원에서 집안시에 거주하는 노년회(노인회) 회원들과 만찬이 있었다. 이 만찬은 우리 측에서 베푸는 것으로 조선족 동포들이었다. 조선족 노인들은 남녀 합해 20여 명 참석했는데 이들은 하나같이 백발이 성성했고 또 하나 같이 조국이 그리워 향수병鄕愁病과 망향병望鄕病에 걸려 쉬 목이 잠겼다. 그래 모두는 몇 잔 술에 벌써 누가 먼저랄 것 없이 고향이 그리워도 못 가는 신세의 '꿈에 본 내 고향'과 두만강 푸른 물에 노젓는 뱃사공의 '눈물 젖은 두만강'을 부르기 시작했다. 그러자 노인들은 어깨동무를 하거나 손에 손을 잡은 채 '나의 살던 고향은 꽃피는 산골' 하고 동요 '고향의 봄'을 부르며 동심으로 돌아갔다. 이때 나는 또 콧날이 시큰하고 명치가 뻐근해져 센키에비치의 '등대수燈臺守'에 나오는 아스핀위르의 등대수 스카빈스키를 떠올려 그의 '노스텔지어'를 가만히 읊조렸다.

'그때 내 그리운 고향 리스토바
황금엔들 비길소냐 그대의 거룩함이여
이는 나만이 알고 있는 아 나는 외로운 나그네

꾸밈 없는 그대의 아름다움
지금 붓을 들어 노래를 기록하노니
이도 또한 그대의 그리운 정이노라

아, 성스러운 여신이여

그대는 거룩한 내 동포와 아름다운
내 강토를 주켜주도다
내 그대에게 진실로 바라노니
지난날 자애로운 어머니 품속에서
행복에 넘치는 눈으로 그대를 우러러 보던
어릴 적 시절로 나를 돌아가게 하라
이제 그대의 기적으로 고향 품으로 나를 돌아가게 하라.'

나는 콧날이 시큰거리고 명치가 뻐근해 도저히 한자리에 진득하니 앉아 있을 수가 없었다. 더욱이 내 건너편 자리의 노인 한 분이 "나도 고향이 남조선 경상돈데 남조선 사람들은 고구려 역사를 너무 몰라 안타깝다"라는 말을 들었을 땐 얼굴이 화끈거려 얼른 자리를 떠 밖으로 나왔다.

'남조선 사람들은 고구려 역사를 너무 모른다.'

옳은 말이다. 맞는 말이다. 남조선, 아니 남한 사람들은 고구려 역사를 모르는 사람이 너무 많다. 어찌 고구려 역사뿐이겠는가. 안중근 의사와 안창호 선생을 구별하지 못하고, 김유신 장군과 이순신 장군 중 누가 앞 시대의 인물인지조차 모르는 학생이 많고 독도가 동해에 있는지 서해에 있는지도 모르는 학생이 쌔고 쌘 판에 어찌 아득한 고구려 역사를 알 수 있겠는가.

현재 우리 교육 제도가 딱하고 한심해 국사를 필수과목으로 정한 대학이 서울대 인문계 한군데밖에 없어 다른 대학에서는 국사를 원두한이 쓴 외 보듯 한다. 그러니 생이지지生而知之를 하지 않는 이상 고구려 역사를 알 턱이 없다. 국사가 그래도 2004학년도 입시까지는 수능에서 인문·자연계의 공통 필수과목이었다. 그러던 것이 망국적이게도 2005학년도부터 입시 제도가 바뀌면서 자연계 학생은 아예 안 보고 인문계 학생도 안 봐도 되는 과목이 돼 버렸다. 이 바람에 가뜩이나 모르는 국사에 대한 지식은 심각할 정도로 수준 이하여서 통탄할 지경에 이르렀다. 국사 수업은 1학년까지만 필수과목으로 배우고 2~3학년에서는 극히 일부 학생만 배우는 과목이 돼 자연계 2~3학년에게 국사를 가르치는 학교는 거의 없어졌다. 그랬는데 천만다행하게도 고려대, 서강대, 연세대, 중앙대, 한양대, 성균관대, 이화여대 등 7개 사립대가 현재 고등학교 1학년 학생들이 대입을 치르는 2010학년도 입시부터 인문사회 계열에 국사를 필수과목으로 지정한다니 듣던 중 반가운 소리여서 돌아가신 부모님이 살아오시기라도 한 듯 기쁘고 반갑다. 이 같은 조치는 아마도 독도 분쟁, 위안부 문제, 동북공정의 고구려 역사 왜곡 등등 풀

어야 할 역사 문제가 현안으로 떠올라 취해진 조치인 듯
하다. 늦게나마 역사 교육 강화의 중요성과 필요성, 그리
고 절박성을 느끼고 민족 정체성을 확립해야 한다는 입장
에서 볼 때 참으로 다행한 일이라 아니할 수 없다.

교육과정 개편에 따라 고등학교 1학년 역사 수업 시간
을 주당 2시간에서 3시간으로 늘려 역사 교육을 강화할
방침이라니 백척간두百尺竿頭에 서 있던 절체절명의 국사
위기가 가까스로나마 기사회생하는 것 같아 안도의 한숨
이 저절로 나온다.

도대체 역사란 무엇인가? 인류 사회의 발전과 변천과
흥망성쇠의 과정을 기록한 게 역사다.

그렇다면 국사란 무엇인가?

한 나라의 역사, 우리나라의 역사가 국사다. 그 나라의
발전과 변천과 성쇠 과정을 가감 없이 기록한 게 국사다.
그런데 이런 역사, 이런 국사를 헌신짝 버리듯 내동댕이
친 얼빠진 나라가 어디 있는가. 아니 이 지구상에 제 나라
역사를 객사한 놈 지팡이 버리듯 하는 쓸개 빠진 나라가
이 대한민국 말고 어디 또 있는가. 중요한 국가 공무원 임
용 시험에서조차 국사를 똥친 막대기 버리듯 내팽개치다
김영삼 정권 때 '역사 바로 세우기'와 얼마 전의 고구려

역사 왜곡의 동북공정 문제가 불거지자 비로소 부랴부랴 한국사韓國史를 시험 과목에 집어넣는 이 언어도단의 망국적 단견短見과 행태를 우리는 대관절 어떻게 해석해야 하는가. 학교의 교과 과정과 교육과정인 커리큘럼 중 다른 건 몰라도 국어와 국사는 필수과목으로 반드시 넣어야 한다. 왜냐하면 이는 정체正體는 물론 주체主體와도 직접 관계가 있기 때문이다. 양洋의 동서 시時의 고금을 통해 제 나라 국어를 사랑하고 제 나라의 역사를 소중히 여기는 나라치고 흥성하지 않은 나라가 없었다.

정체(original form)란 무엇인가? 참된 본래의 형체나 모습이 정체다. 그렇다면 주체(main body) 즉 임자 몸은 또 무엇인가? 주장이 되는 부분 곧 기체基體가 주체인 것이다. 이 주체를 좀 더 자세하게 그리고 구체적으로 설명하면 주체는 법률적으론 남의 물건에 대해 의사 또는 행위가 미치게 하는 물건 자체를 말함이고, 심리학적으론 마음 또는 주관, 심적인 온갖 체험이 행해지는 장場, 지知 정情 의意의 작용으로 나타나는 의식적 능동적 통일을 말함이며, 철학적으론 객관에 대립하는 주관, 의식하는 것으로서의 자아自我, 곧 순수자아純粹自我가 주체인 것이다.

위당 정인보爲堂鄭寅普 선생은 '조선의 얼'이란 책에서

주체를 '내가 네가 아니고 네가 내가 아닌 것을 아는 것'이라 했다. 다시 말하면 '자아自我가 타아他我가 아니고 타아가 자아가 아닌 것을 아는 것'을 주체라 정의했다.

그런가 하면 백암 박은식白巖朴殷植선생은 역사를 '신神'에 비겨 '나라는 형形, 역사는 신이다' 했고 단재 신채호丹齋申采浩선생은 '역사는 아我와 비아非我의 대립 투쟁이다'라고 했다.

우리는 주의 주장이나 신념 없이 남의 주장에 좌우되거나 그 용춤에 놀아나는 사람을 '망석중이'라 한다. 망석중이란 나무로 만든 인형의 하나로 팔다리에 줄을 매어 그 줄을 움직여 춤을 추게 하는 기구로, 남이 시키고 부추기는 대로 따라 움직이는 사람을 비유적으로 이르는 말이다. 그러니까 '줏대'라곤 전혀 없는 사람이 망석중이인 것이다. '꼭두각시'나 '허수아비'도 망석중이에 다름 아니어서 줏대 없기는 마찬가지다.

어찌 망석중이와 꼭두각시와 허수아비뿐이겠는가. '목낭청睦郎廳'이나 '서시빈목西施矉目'이나 '부화뇌동附和雷同'도 비슷해 크게 다르지 않다. '괴뢰傀儡'와 '한단지보邯鄲之步'도 마찬가지다. 목낭청이란 자기의 주의 주장 없이 이래도 응 저래도 응 하는 사람을 말함이고, 서시빈목은 월

越나라 미인 서시가 속병이 있어 눈을 찌푸리자 이를 본 여자들이 자기도 눈을 찌푸리면 미인이 되는 줄 알고 따라 찌푸리다 더 못나 보였다는 고사에서 나온 말로 자기의 주견 없이 남의 흉내를 내 웃음거리가 됨을 비유한 것인데 이를 '효빈效顰'이라고도 한다. 부화뇌동은 잘 알다시피 일정한 견식 없이 남의 말을 찬성함을 말함이고, 괴뢰란 꼭두각시나 망석중이처럼 남의 앞잡이가 돼 이용당하는 사람을 가리킬 때 쓰이는 말이다. 허수아비도 이와 같아 본래는 막대기와 짚, 헌 옷 등으로 사람 형상을 만들어 헌 삿갓이나 맥고자 같은 것을 씌워 만든 물건으로 논과 밭에 세워 참새 등을 못 오게 하는 장치지만 쓸데없는 사람이나 주관 없이 행동하는 사람을 가리킬 때 허수아비라 한다.

그렇다면 한단지보란 무엇인가?

이는 장자莊者의 '추수秋水'에 나오는 말로 조趙나라의 한단 사람이 걸음 잘 걷는 것을 보고 연燕나라의 한 청년이 그곳에 가서 걸음 걷는 방법을 배웠다. 한데 이상하게도 걸음 잘 걷는 방법을 습득 못했을 뿐만 아니라 고국의 걸음걸이까지도 잊어버리고 돌아왔다. 그러니까 이 한단지보는 제 본분을 잊고 함부로 남의 흉내를 내면 두 가지다 잃는다는 교훈을 말해 주고 있다.

이처럼 주체는 소중하고 귀중하다. 그러므로 이 소중하고 귀중한 주체는 역사(국사)와 관계되지 않은 게 없고 역사에서 말미암지 않은 게 없다. 그런데 이런 역사를 교과목에서 뺐다가 집어넣고 공무원 시험에도 뺐다가 부활시키고 하는 짓거리를 아무렇지 않게 하고 있으니 정신이 나가도 한참 나간 사람들이다. 도대체 이 사람들이 국가관이 있는 사람들인지, 배달 겨레 한민족韓民族이 맞기나 한 사람들인지 묻고 싶다. 안 그래도 지금 인간의 기본학이라 할 수 있는 인문학이 발붙일 곳이 없어 문文, 사史, 철哲이 끊어지기 직전에 있어 큰일났다 싶은데 어쩌자고 여기에 부채질하듯 역사를 도외시 하려 드는가.

지난날, 더 구체적으로 말하면 1940년대와 1950년대엔 야구 선수들도 야구장에 들어설 때 옆구리에 세계문학전집을 끼고 들어와 쉬는 시간이면 라커 룸에서 책을 읽었다. 1940년대라면 대동아전쟁으로 대표되는 태평양전쟁이 막바지에 이르러 일본이 연합군에게 무조건 항복(1945년 8월 15일), 우리 대한민국이 탄생하기 전의 식민시대였고 1950년대라면 6·25 동란으로 일컬어지는 동족상잔의 한국전쟁이 발발, 강산이 전화戰禍로 초토화 된

무정부 상태의 대혼란기였다. 이랬음에도 야구 선수들은 세계문학을 끼고 다니며 책을 읽었다. 그 혼란한 무질서와 그 배고픈 굶주림 속에서 말이다. 그리고 보면 문장(문학)은 배고픔 속에서 나온다는 문장출어곤궁文章出於困窮이 사뭇 허사만은 아니다. 역사 얘기를 하다 보니 이것저것 생각이 나고 이것저것 쓰다 보니 본말이 전도된 듯한 감이 있으나 그러나 한 가지만 더 지적하겠다. 그게 무엇인가 하면 고구려 역사, 다시 말하면 중국 집안시에 산재한 고구려 역사 유적은 전국의 초·중·고등학교에서 국사나 사회 시간에 슬라이드로나마 설명을 곁들여 반드시 보여 줘야 한다는 점이다.

다음 날 우리는 일찌감치 집안을 떠나 단둥으로 향했다. 아니 집안을 떠나기 전 마지막 코스로 압록강 철교를 찾았다. 압록강 철교는 중국 집안에서 북한 만포시로 이어지는 철교였는데 철교 중간에 북한 경계선인 국경이 있었다. 국경 경계선은 레일 밑에 깔아 놓은 침목이 다른 칸의 침목보다 사이가 조금 넓을 뿐 이렇다 할 표시가 없었다.

아, 이 두어 뼘밖에 안 되는 침목 한 칸이 국경이란 말인가?

우리 일행은 북한 쪽으로 한 발짝도 못 디딘 채 망연히 서서 북한을 바라봤다. 철교 끝엔 초소가 있었고 초소엔 인민군인 듯한 군인 6~7명이 우리 쪽을 바라보며 바삐 움직이는 게 보였다. 아마 우리를 의식하고 그러는 것 같았다. 나는 이때 가요 '아 산이 막혀 못 오시나요, 아 물이 막혀 못 오시나요'의 '가거라 삼팔선'을 허밍으로 부르며 속절없이 발길을 돌렸다. 철교 건너편 열 시 방향엔 삭막하고 황량해 보이는 도시가 벌거숭이 민둥산 밑에 죽은 듯 엎디어 있었다.

아, 저 도시가 혹시 낭림산맥의 만포진滿浦鎭이 아닐까?

나는 속으로 생각하며 가이드한테 물었다. 강 건너 산밑에 보이는 저 도시가 낭림산맥 밑의 만포진이 아니냐고. 그러자 가이드가 낭림산맥은 모르겠으나 만포시는 맞다고 했다.

오, 저 도시가 가요 '만포진 길손'으로 유명한 그 만포진이로구나!

나는 민둥산 밑으로 칙칙하게 누워 있는 회색의 도시 만포진을 건너다보며 1950년대 유행했던 백년설의 만포진 길손을 흥얼거렸다.

'만포진 꾸불꾸불 육롯길 아득한데

철쭉꽃 국경선에 황혼이 서리는구나

날이 새면 정처 없이 떠나갈 양치기 길손

뱃사공 한 세상을 뗏목 위에 실었다'

홍얼거리는 내 노래를 듣고 곁에 있던 나이 지긋한 일행 하나가,

"야아, 그 노랠 아시네. 만포진을 바라보며 그 노랠 들으니 기분이 참 묘한걸!"

하더니 2절을 아느냐 물었다. 내가 고개를 끄덕이며 종이에 2절을 적어 주자 그는 환하게 웃으며 구성진 가락으로 노래를 부르기 시작했다. 가사는 잊었어도 곡조는 아는 모양이었다.

'낭림산 철쭉꽃이 누렇게 엷어간다

당신이 오실 날짜 강물에 띄어 보냈소

날이 새면 취향 없이 흘러갈 저 물결 위에

다시야 만날 날을 칠성님께 빌었소'

동근 동조同根同祖의 같은 민족끼리 이념과 체제가 다르다 하여 건너지 못한 압록강 대교(철교) 북한 경계선을 뒤로 하고 우리는 추연히 차에 올랐다. 그리고 얼마 후 조선족이 경영한다는 압록강변의 '고향 식당'에서 도도히

흐르는 강심을 바라보며 불고기 상추쌈으로 맛있는 점심을 먹었다.

"아, 이제 모든 일정이 거의 끝나가는 일만 남았구나!"

점심을 마치고 후식으로 차를 드는데 누군가가 이렇게 말하며 일정표를 들여다봤다. 그의 말은 이곳을 떠나는 것에 대한 아쉬움인지 아니면 집(한국)에 대한 그리움인지 분간이 잘 안 갔다. 그의 말이 아니라도 4박 5일의 일정은 거의 끝나갔다. 오늘은 단둥까지 가 그곳에서 1박하고 내일은 단둥서 유람선 타고 신의주를 바라보며 압록강을 크게 한 바퀴 돌아본 뒤 대련공항으로 달리면 되는 것이다.

버스가 끝간 데 없이 너른 대륙길을 무료하게 달리자 또 눈치 빠른 가이드가 개그와 유머로 우리를 웃겼고 구령에 붙여 스트레칭 운동을 시켰다. 우리는 의자에 앉은 채 말 잘 듣는 어린아이처럼 가이드의 구령에 따라 팔다리 운동을 했다. 가이드는 이름이 변은화邊銀華였고 나이는 30대 중반의 아주 똑똑하고 야무진 여자였다. 앞에서도 잠깐 언급했지만 가이드는 서투른 우리말로 애면글면 설명하는 게 여간 안쓰럽지 않아 측은하기까지 했다. 그런데도 가이드는 기죽거나 주눅들지 않고 능청을 떨어가며 명랑하고 씩씩하게 우리를 웃겼다. 그러고 보면 가이드 변은화는 아금받이 방짜였다.

가이드의 연희(?)가 끝나자 우리 일행을 인도하던 문화원 사무국장 K가 마이크를 넘겨 잡고 진행을 보기 시작했다. K 국장은 대학에서 국문학을 전공한 문학도로 문학박사 학위를 취득한 학구파고 또 여러 대학에 출강을 하고 있어서인지 진행 솜씨도 여간 아니어서 조목조목 매끄럽게 잘 봤다. 이런 K 국장은 우리 일행 모두에게 이번 고구려 유적지를 본 소감을 한마디씩 발표하게 해 서로의 느낌을 듣게 했는데 이는 지루한 시간을 때우기에도 좋았지만 무엇보다 자신이 보고 느낀 것을 발표하는 커뮤니케이션의 장이 돼 유익했다.

일행 22명의 간단한 발표가 끝나자 빵과 음료수 등 간식이 나왔고 간식에 곁들여 소주도 나왔다. 술을 좋아하는 이들은 술 몇 잔에 벌써 기분이 도도해져 노래를 불렀는데 젊은층은 요즘의 가요를, 노년층은 흘러간 가요와 함께 노랫가락 청춘가 등의 민요를 불렀다. 그러며 신이 나 어깨춤을 으쓱으쓱 춰 댔다. 나도 신명이 나 발장단을 치며 "좋다 얼씨구" 하는 조흥사助興詞로 추임새를 보내며 속으로 노랫가락과 청춘가를 따라 불렀다. 다 아는 바대로 우리 가락 민요는 그 어떤 민요든 신명이 절로 나 어깨춤은 물론 덩실덩실 활개춤도 추지 않을 수가 없다. 어찌 민요뿐이겠는가. 각설이꾼들이 부르는 각설이 타령(장타령이라 하기도 함)도 신명나고 구성져 비장하기까지 하다.

그렇다. 우리 한민족의 정서와 정한과 애환과 애절함이 그대로 담겨 있는 민요와 장타령! 나는 그때 보았다. 우리 가락 우리 타령이 얼마나 신명나고 근사하고 눈물겨운 것인가를. 그리고 나는 또 보았다. 우리 가락 우리 타령이 서러우면서도 통쾌하고 한과 원을 품고 있으면서도 풍자와 해학이 넘치는 정한의 표출인 것을. 그러면서도 신명이 절로 나 으쓱으쓱 덩실덩실 춤을 추지 않고는 배길 수 없는 가락과 타령이라는 것을.

언제였던가. 그 해가 1977년도인가. 그랬으니 꽤 오래전의 일이다. 그때 나는 대만에서 열린 '한대韓臺 작가 회의'에 참석, 마지막 날 장경국 대만 총통이 베푼 만찬연이 끝나고 뒤풀이 때 주흥이 도도한 힘을 빌어 각설이 타령을 한자락 불렀다. 그때 내가 부른 각설이 타령은 확실치는 않지만 아마 "일짜나 한 자나 들고나 보니 일일이 송송 야송송, 팔도 기생이 춤울 춘다. 이짜나 한 자나 들고나보니, 이월이라 초하룻날 나이떡이 좋을시고"로부터 시작해 달별로 12월까지 다 부르고 "이놈의 자식이 이래도 정승 판서의 아들로, 평안 감사를 마다하고 동전 한 푼에 팔려서 각설이로 나섰네" 하고는 "찬물 동이나 마셨는지 시원시원 잘한다. 기름 동이나 마셨는지 미끈미끈 잘한다. 뜨물 동이나 마셨는지 걸직걸직 잘한다. 새끼 서리나 먹었는지 서리서리 잘한다. 시전 서전을 읽었는지 유식하게도 잘한다"를 단숨에 내리욌었다. 그리고는 "앉은 고리는 돈고리, 선 고리는 문고리, 입는 고리는 저고리, 찍는 고리는 갈고리, 뛰는 고리는 개구리, 나는 고리는 꾀꼬리" 하며 정신없이 주워섬겼다. 그러자 놀라운 현상이 벌어졌다. 여기저기서 박수를 치고 장타령의 템포에 맞춰 춤까지 덩실덩실 추었기 때문이다. 나는 이때 우리 가락 우리 타령이 이토록 신명나 이화異化의 이방인들이 우리 타령에 동화同化돼 덩실덩실 춤출 줄은 꿈에도 몰랐다. 그러나 이런 현상은 대만에서만이 아니었다. 1989년 네덜란드 마스트리히트에서 개최된 제53차 국제펜대회(주제: 이념의 종말, 20세기 후반 문학에 나타난 인간상) 때도 그랬고, 1996년 멕시코 과달라하라에서 개최된 제63차 국제펜대회(주제: 현대 사회에서의 문학) 때도 그랬다. 특히 네덜란드 마스트리히트에서의 펜대회 때의 회의 마지막

날 세계의 문학인이 한자리에 모여 술을 마시며 우정을 교환했는데 그 자리는 칸초네 7인조 악단이 공연하는 커다란 홀이었다. 그때 칸초네 악단들은 세계의 문학인이 앉아있는 원탁 테이블을 국적별로 돌아다니며 그 나라의 민요를 불렀는데 우리 한국 측 테이블에 와서는 구성진 가락으로 우리 민요 '아리랑'을 불렀다. 나는 이들이 부르는 우리 가락 아리랑을 듣자 그만 코끝이 찡하며 눈물이 왈칵 났다. 그래 나는 나도 모르게 아리랑을 육성으로 따라 부르다 아리랑이 끝나자 악단의 마이크를 빌려 서투른 영어로 나는 한국의 소설가 강아무개라 소개하고 우리 민요 너댓 곡을 어깨춤과 함께 메들리로 불러 젖혔다. 그때 나는 아마도 취기에서 듣는 이역만리의 아리랑을 글깨나 쓴다는 세계의 유명 문학인 수백 명 앞에 한국 민요를 자랑하기 위해 불렀는지도 모른다. 나는 첫 곡으로 "잡으시오 잡으시오 이 술 한 잔을 잡으시오…" 하는 '권주가'로부터 시작해 "세월이 가기는 흐르는 물 같고, 사람이 늙기는 바람결 같구나…" 하는 '청춘가'를 불렀다. 그리고 연달아 "노세 젊어서 놀아, 늙어 병들면 못 노나니…"의 '노랫가락'과 "아니, 아니 놀지는 못하리라, 하늘과 같이 높은 사랑 하해와 같이 깊은 사랑…"의 '창부타령'과 "에헤

이여, 양덕 맹산 흐르는 물은 감돌아든다고 부벽루하로
다…" 하는 '양산도'를 불렀다. 그런데 이 어찌 된 일인가.
나는 깜짝 놀랐다. 세계의 많은 문학인들이, 언어가 다르
고 풍속이 다르고 문화가 다르고 피부색이 다르고 국적이
다른 세계인들이 내가 부른 우리 민요가 뭔지도 모르면서
신이 나고 흥이 나 덩실덩실 춤을 추었기 때문이다. 그리
고 여기저기서 브라보와 앙코르가 쏟아졌기 때문이다.

　"아!"

　나는 감동하며 탄성을 발했다. 그리고 깨달았다. 우리
민요 우리 가락은 신명이 절로 나 어느 나라 어느 곳에 가
불러도 어깨춤이 절로 춰 진다는 사실을. 그러나 내가 만
일 여기가 유럽이라고, 가곡과 명곡의 고장, 유럽이라고.
"행복의 나폴리 산천과 초목들 기다리누나…" 하는 '산타
루치아'를 부르거나 "아름다운 저 바다와 그리운 그 빛난
햇빛 내 마음 속에 잠시라도 떠날 때가 없도다. 향기로운
꽃 만발한 아름다운 동산에서 내게 준 그 귀한 언약 어이
하여 잊을까…" 하면서 "돌아오라 이곳을 잊지 말고 돌아
오라 소렌토로, 돌아오라 소렌토로"를 불렀다면 어찌 됐
을까. 모르긴 해도 상당수의 사람들은 들은 체 만 체 딴전
을 피우며 자기들 얘기에 빠졌을 것이다. 그런데 내가 부

른 우리 민요는 그게 아니었다. 나는 기분이 장이 좋고 또 한국인임이 자랑스러워 여봐란 듯 자리에 앉아 있는데 웬 30대의 키 큰 여인 하나가 내 앞으로 성큼성큼 걸어오더니 뭐라고 쑤알거렸다. 가만히 듣자니 자기는 노르웨이 소설가인데 당신이 부른 노래가 무슨 뜻인지는 몰라도 참 좋다, 뭐 이런 얘기 같았다. 그러며 한참을 뭐라고 더 지껄여댔다. 나는 영어를 잘 못하므로 그냥 "댕큐 댕큐"만 연발한 채 고개를 주억거렸다. 이때 내 옆자리에 앉아 계시던 원로 소설가 정한숙 선생께서(정한숙 선생은 고려대 국문과 교수로 퇴임하셨고 이미 고인이 되셨음. 성격이 올곧아 타협을 모르고 바른말을 잘하시기로 유명하셨음),

"듣건대 확실치는 않으나 이 친구가 강준희한테 반한 모양이야. 그래 강준희를 자기 집으로 초대할 테니 자기도 강준희의 나라 강준희의 집으로 초대해 줄 수 있겠느냐 뭐 이런 얘기 같군 그래!"

하더니 싱글싱글 웃으시며,

"어떤가. 큰일 한번 내보지 않겠나?"

했다. 나는 노르웨이 여성 작가를 일단 자기 자리로 가 앉으라 하고는,

"선생님! 어떤 큰일을 내보라는 겁니까?"

"원 사람도 참. 아, 다 알면서 뭘 묻나? 저 여자와 노르웨이 가서 재미보고 망명선언을 해!"

하며 '망명선언'은 조그맣게 귀엣말로 얘기했다.

"예?!"

"왜, 겁나나?"

"겁이 아니라 천만뜻밖이라…"

"그럼 이따 얘기하지!"

이러고 우정의 시간 파티가 끝나고 호텔로 돌아와 조용한 로비 한쪽에 앉자 선생님은,

"생각해 보게. 암울하기 짝이 없는 박해의 군사독재 한국으로 돌아가 대체 어쩌자는 겐가. 강항령強項令처럼 강직한 강준희가 말이야. 기회가 좀 좋은가. 이야말로 천재일우일세. 내일 폐회식 때 세계의 한다하는 문학가 몇 백 명이 모인 자리에서 나는 한국의 소설가 아무갠데 한국의 군사 독재가 싫어 망명을 결심한다. 선언해 보게. 그러면 어떻게 되겠는가. 강준희는 하루아침에 영웅이 돼 세계의 매스컴을 타지. 한국에서 출간된 책은 모조리 베스트셀러가 될 것이고. 그러니 한 번 해 볼만하잖은가. 더욱이 강준희는 가정도 없고 딸린 가족도 없잖은가."

그러나 나는 망명을 결행하질 않았다. 아니 결행할 수

가 없었다. 이는 내가 배짱이 없거나 우유부단해서가 아니었다. 만일 내가 대한민국의 군사 독재가 싫다며 세계 펜대회에 가서 망명선언을 한다면 나는 유명해지고 책은 잘 팔릴지는 모르지만 나로 인해 함께 온 참석자(17명이던가) 모두는 귀국과 함께 무간지옥無間地獄 같은 데로 끌려가 초주검 당할 게 뻔하기 때문이었다. 그러니 독을 봐줘를 못 잡는다고 나 한 사람 유명해지고자 애먼 사람들 다치게 할 수는 없었다. 당시는 이현령비현령耳懸鈴鼻懸鈴의 희한한 시대라 귀에 걸면 귀걸이, 코에 걸면 코걸이가 되는 세상이었다.

얘기가 잠시 다른 데로 흘렀지만 버스 안에서의 고구려 유적을 본 소감과 술이 거나해 흥이 난 이들의 노래로 하여 그 멀고 먼 대륙 길을 어떻게 달렸는지 모르게 단둥에 이르렀다. 그러나 내일은 오늘보다 더 멀어 대련까지는 장장 천 리 길의 360km여서 지루하겠구나 했다. 하지만 이게 무슨 대수이랴 싶었다. 오소백吳蘇白은 그의 '단상斷想'에서 '여행량旅行量은 인생량人生量이다'라고 했듯 여행 길은 인생길인데 아무리 길이 먼들 장자莊子가 말한 삼천만 리의 붕정만리鵬程萬里에야 비하겠는가. 장자는 '소요

유逍遙遊'에서 곤鯤이 변해서 된 붕새는 날개의 길이가 3천 리에 이르고 한 번의 날갯짓에 9만 리를 날아간다 했으니 이게 아무리 백발삼천장白髮三千丈의 향대과장向大誇張이라 해도 개의할 필요가 없다.

하여간에 이번 고구려 유적 답사는 뜻있고 보람 있고 유익한 그래서 얻은 게 많은 큰 발섭跋涉이었다.

○ 후기

위의 글 '아 고구려!'는 원제가 '고구려 유적 답사기'—길림성 집안輯安을 다녀와서—인 것을 '아 고구려!'로 바꿨다. 이 글은 2008년 봄, 충주 문화원 초청으로 4박 5일 동안 옛 고구려 도읍지 집안을 보고 온 느낌을 쓴 것인데 이도 또한 충주 문화원의 청탁에 의해서였다. 당초엔 소설로 한 편(단편이든 중편이든) 써 볼까 했는데 문화원 측의 원고 청탁으로 그만 기행문의 답사기가 되고 말았다. 하지만 기행문도 글인 이상 별로 개의칠 않았는데 어느 날 문화원이 소리 소문도 없이 이를 소책자로 만들어 가지고 왔다. 이는 전혀 생각도 못한 일이어서 좀은 당황스러웠다. 이럴 줄 알았으면 원고를 좀 길고 재미있게 써서 포켓용 문고판이라도 만드는 건데….

이 글은 충주 문화원에 의해 소책자로 나온 원 원고보다 열댓 장(2백 원고지로) 정도 더 써 넣었음을 밝히고 보잘것없는 이 소책자를 읽는 분들이 모르던 것을 많이 알게 해 줘 고맙다며 분에 넘친 찬사를 보내와 망조하기 짝이 없다. 그러나 이는 앞으로 좋은 글을 쓰라는 격려이자 명령으로 알고 겸허히 받아들이겠다.

3부

'나'라는 사람

ㅡ내가 나를 해부한다ㅡ

◆ ◆ ◆

   나는 내가 누구이며 또 어떤 사람인지 잘 모를 때가 많다. 그래서 나는 내가 어떤 때는 마음에 들다가도 어떤 때는 도무지 마음에 안 들어 내가 싫고 미울 때가 한두 번이 아니다. 그래서 나는 무슨 일을 하거나 무슨 일을 해 놓고는 이내 아하, 그래서는 안 되는 것이었는데 하고 후회하며 이를 반면교사 삼아 앞으론 절대 그러지 말아야지 작심한다. 그러다가도 한고조寒苦鳥처럼 깜빡 잊어먹고 후회하는 일이 비일비재하다. 한고조라는 놈 그놈, 인도 히말라야의 설산에 살며 밤이 깊어 추위가 엄습하면 몸을 떨며 "날이 새면 몸을 녹일 따뜻한 집을 지어야지" 하다가도 막상 날이 밝아 따뜻해지면 간밤의 맹세를 까맣게 잊고 "무상한 이내 몸에 집은 지어 무엇하리" 하며 집을 짓지 않는다는 상상의 새 한고조. 그러고 보면 나는 영락없이 한고조의 삼신이 씌워 그토록 다짐을 하면서도 까마귀 고기를 먹기라도 한 듯 정신이 흐리마리해 아슴아슴 해망쩍게 잊어 먹기 예사다. 그러니 이는 아무래도 마음 속 깊이 내재해 있던 내 본성本性이 나도 모르는 사이 부지불식간에 튀어나와 작용한 때문이 아닌가 싶다.

본성이 무엇인가?

사람이 본시부터 타고난 성질이 본성 아닌가. 본성은 그래서 하늘로부터 받았다는 천성天性이라 하기도 하고 본래부터 타고난 기품인 천품天稟이라 하기도 한다. 그런데 이 본성이 상황에 따라서 가변적일 때가 많다. 그러기에 순자荀子도 '사람의 본성은 일정하지 않고, 물과 같다. 동쪽으로 터뜨리면 물은 동쪽으로 흐르고, 서쪽으로 터뜨리면 물은 서쪽으로 흐른다' 했을 것이다. 간디도 '인간의 본성은 신축성이 있는 것이다. 그래서 긴급성이 요구될 때에는 정상적이고 건전한 한계를 훨씬 넘어서 특수한 방향으로 강요되어질 수도 있다. 그러나 역작용이 반드시 뒤따르고, 그 결과로 생기는 환멸은 도덕적 퇴폐라는 황량한 결과만 남게 되는 것이다'라고 했을 터이다. 그런가 하면 또 우리 속담에는 '개고기는 언제나 제 맛이다'와 '보리로 담근 술은 보리 냄새가 안 빠진다'라는 말이 있다. 전자는 제가 타고난 성미는 어느 때나 속이기 어렵다는 뜻이요, 후자는 무엇이나 제 본성은 그대로 지닌다는 뜻이다.

영국 속담에도 '양을 치던 사람은 신사가 되어도 양 냄새를 풍긴다' 했고 '원숭이는 비단옷을 입혀도 역시 원숭이다'라고 했다.

장자莊子가 어느 날 조릉이란 곳으로 사냥을 나갔다. 이상하게 생긴 커다란 새 한 마리가 날아와 장자 가까이에 있는 나뭇가지에 앉았다. 그런데 그 새는 장자가 활을 들고 자기를 겨냥하고 있는 줄도 모르고 장자 쪽으로 더 가까이 와서 앉았다. 자세히 보니 그 새는 사마귀를 노리고 있었다. 그런데 그 사마귀도 바로 위에서 자기를 덮치려 하는 새를 보지 못하고 숲 속의 매미를 노리고 있었다. 마침 그 숲은 율림栗林의 밤나무 숲이었다. 밤나무 밭 주인은 장자더러 밤을 따먹었다고 욕을 했다. 여기서 장자는 새나 사마귀나 매미나 그리고 자신이 모두 진성眞性을 상실했다고 했다.

사람들은 흔히 생각이 바뀌면 성격이 바뀌고, 성격이 바뀌면 행동이 바뀌고, 행동이 바뀌면 운명이 바뀌고, 운명이 바뀌면 인생이 바뀐다고들 한다. 그럴듯한 말이다. 니체의 말대로 습관이 제2의 천성이라면 위의 말은 전혀 허사가 아니다.

나는 어느 편이냐 하면 우선 성질이 너무 급하다. 무슨 일이든 계획을 하면 당장 실행에 옮겨야 한다. 백년하청의 부지하세월로 뜨뜻미지근하게 있질 못한다. 요컨대 갖바치 내일모레 식으로 뜸을 들여 천하태평으로 있질 못한다는 말이다. 죽이 되든 밥이 되든 시원시원 쾌도난마식으로 일을 진행해야 한다. 그래야 마음이 놓이고 직성이 풀린다. 이것은 내 장점일 수도 있고 단점일 수도 있다.

일을 쾌도난마식으로 빨리 진행하면 성공을 하든 실패를 하든 단기간에 결론이 나겠지만 위험부담은 그만큼 크다. 하지만 구운 게도 다리를 떼고 먹고 돌다리도 두들겨 보고 건너는 식으로 천천히 조심조심 신중을 기하면 일은 더디게 진척될지 모르지만 실패할 확률은 그만큼 줄어든다. 그러므로 일은 서두르는 것보다는 시간은 좀 걸리더라도 생각하고 또 생각해 천천히 차근차근 해 나가는 게 바람직하다.

나는 흥분 잘하고 소리 잘 지르고 분개 잘하는 비분강개파悲憤慷慨派다. 나는 그릇된 것과는 타협할 줄 모른다. 나는 돌로 유리병을 치든 유리병으로 돌을 치든 깨지는 쪽은 언제나 유리병임에도 유리병이 옳다 싶으면 주저 없이 유리병을 택한다. 영악하고 이악한 세상에 미련퉁이처럼 참 세상 살 줄 모르는 위인이다. 성나 돌부리 걷어차 봤자 제 발부리만 아프지 무슨 소용인가. 그래도 나는 돌부리를 걷어찬다. 이러니 인생살이가 여간 고달프지 않다. 약게 요령부리며 염량炎涼 세태와 악수하고 눈치껏 명철보신 한다면 훨씬 편히 살 수 있다는 걸 나라고 왜 모르겠는가.

나는 약은 사람보다는 약지 못한 사람을 좋아하고, 말 잘하는 달변가보다는 말 잘 못하는 눌변가를 더 좋아한다. 약은 사람치고 진실한 사람 적고, 말 잘하는 사람치고 어진 사람 드문 법이다. '노자老子에도 있지 않은가. 대직약굴代直若屈과 대변약눌大辯若訥'이라는 말이. 이는 무엇인가? '크게 곧은 사람은 마치 굽은 것 같고, 크게 말 잘하는 사람은 마치 말 더듬이와 같다'는 뜻 아닌가.

그렇다. 그래서 '논어論語'에서도 '공교로운 말과 좋은 얼굴빛을 짓는 사람은 어진 사람이 적다'하여 '교언영색 선의인巧言令色鮮矣仁'이라 했을 것이다.

어찌 논어뿐이겠는가. '송사宋史'라는 책에서도 여회呂誨가 '크게 간사한 사람은 그 아첨하는 수단이 매우 교묘해 흡사 크게 충성된 사람처럼 보인다'는 '대간사충大奸似

忠'을 갈파했을 터이다.

내 성정이 본시 의분義憤과 충분忠憤 잘하는 성정이어서 만일 일제 강점기 때 피 끓는 장정이었다면 아마도 일제의 독아毒牙와 싸우는 독립군이 아니면 안중근, 윤봉길, 이봉창, 강우규처럼 폭탄 투척의 열사나 의사가 되었을지 모른다. 그리고 또 내 만일 저 조선조 때 태어나 벼슬길에 올랐다면 바른말 곧은 소리로 아첨배들에게 참소당해 귀향지 적소謫所에서 한 많은 삶을 살았을지 모른다.

사람들은 대개 부정부패나 비리 비행이 터져도 돈단무심으로 오불관언하기 예사다. 아니다. 세상이 다 그러니 그러려니 해야 한다며 눙쳐 버리기 예사다. 도무지 의분을 모르고 공분公憤할 줄 모른다. 못 먹는 게 병신이라는 자조적 발언으로 치지도외 하는 위인들까지 건성드뭇하다. 이는 한심하기 짝이 없는 망국적 발언이요, 자기 자신을 내동댕이치는 패배주의적 발언이다. 떳떳한 국민이라면 의분할 줄 알아야 하고 당당한 국민이라면 공분할 줄 알아야 한다. 이것은 국민의 의무요, 사명이다. 그리고 권리이기도 하다.

나는 성격이 외유내강外柔內剛 아닌 외강내유外剛內柔다.

그래서 손해를 많이 본다.

대개의 사람들은 겉은 부드럽고 속은 강한 외유내강형인데 나는 이와 반대로 겉은 강하게 보이면서 속은 한없이 여리고 약한 외강내유형이다. 그래서겠지만 이런 속내평을 잘 모르는 사람들은 목가적인 내용의 내 글이나 동화 같은 내용 또는 소녀적 감상이 주조를 이룬 글들을 읽고 깜짝 놀란다. 그도 그럴 것이 동호직필董狐直筆이 무색할 지경의 대의멸친大義滅親 정신으로 거침없이 써 내려간 통쾌무비의 강한 글을 읽다가 인간애가 물씬 풍기거나 아름답고 애절해 눈물겹기까지 한 동화 혹은 목가적 풍경의 글을 읽으니 어찌 놀라지 않겠는가. 이런 글은 대개 때묻지 않은 산골 소년과 소녀 같은 감상이 오롯이 담겨 있어 읽는 이들이 어리둥절해 한다. 그래 많은 이들이 이렇게 묻는다. 늘 지조와 절개, 강직과 청렴, 기개와 선비정신 같은 강한 글만 쓰는 줄 알았는데 이렇게 동화 같고 목가적인 글을 쓰니 의외라고. 그러면 나는 이렇게 대답한다. 사실은 내 바탕이 본시 그런 사람이라고.

사실 나는 때에 따라 목소리가 좀 커 소리만 질렀지 먹은 마음은 눈곱만큼도 없는 사람이다. 그래 누구한테 모진 말은 한 마디도 못한다. 짖는 개가 사람 무는 것 보았는가. 사람을 무는 개는 가만히 있다가 갑자기 달려들어 물지, 짖을 때는 절대로 안 문다. 아니 못 문다. 짖기가 바빠 물 겨를이 없기 때문이다.

내가 강의를 할 때는 졸거나 떠드는 사람이 별로 없다. 나는 대학을 비롯해 관공서, 회사, 공공단체, 사회단체, 군부대, 경찰학교, 노인 대학, 주부 교실, 민방위 등에서 강의를 가끔 하는데 내 강의를 듣는 이들이 졸거나 떠들지 않는 이유는 내가 강의를 썩 잘해서가 아니라 내 목소리가 커 마이크가 강의실을 쩌렁쩌렁 울리기 때문이다.

그뿐만이 아니다. 나는 강의할 때 졸거나 떠들면 벼락 치듯 호통을 친다. 강의를 하는 사람이나 강의를 듣는 사람이 서로 귀한 시간 내서 왔으면 열심히 듣고 공부를 해야지, 졸고 떠들 양이면 집에 있지 무엇하러 와 남까지 방해하느냐, 나는 그런 사람 필요 없으니 나가든가 떠들지 말든가 양자택일하라 하면 대개의 경우 떠들지 않고 졸지 않는다. 그런데도 막무가내로 떠드는 사람이 있으면 나는 강의를 중단하고 팔짱을 낀 채 떠드는 사람들을 하나하나 쏘아본다. 그러면 잠시 후 떠들던 사람들이 제풀에 시르죽어 조용해진다. 그러면 그때부터 나는 산 진 거북이요, 돌 진 가재가 돼 열변을 토한다. 그것이 사자후의 열변이든 공소한 눌변이든 간에. 가장 강하고 무서운 사람은 자승자강自勝自强으로 자기 자신을 이기며 조용한 가운데 일을 처리하는 사람이다. 이는 조용한 개가 언제 물지 모르는 것과 같아 예측 불허다. 그렇지만 떠들고 목청 높이며 나대는 사람은 목청만큼 일을 못하는 게 일반적인 상례다. 깊은 물은 조용히 흐르고 빈 수레가 더 요란한 법이니까. 그렇다고 내가 나댄다는 건 결코 아니다. 나는 목소리는 좀 클지 모르지만 나대거나 설레발은 절대로 치지 않는다. 오히려 나 죽었소 하고 엎드려 있는 편이다. 나는 겉으로만 강한 척 보였지 속은 한없이 약한 사람이다. 남들은 이런 나를 의지가 굳으니 신념이 강하니 한다. 심지어는 나를 초인超人이라고까지 하는 사람도 있다. 이는 아마도 내가 다른 사람들이 쉽게 할 수 없는 일들, 예컨대 나무장수, 엿장수, 연탄 배달, 막노동, 인분 수거부, 스케이트날 갈이, 포장마차, 경비원 등등 이 밖에도 숱한 어려운 밑바닥 일을 하면서 작가가 되고, 논설위원(일간지)이 되고, 여러 대학과 단체, 직장 그리고 기관 등에서 강의를 해서 붙여진 호칭인 듯하다. 그래서 초인超人이니 초극超克이니 입지전적 인물이니 따위의 수식어가 붙었을 터이다.

하지만 나는 사람들이 말하는 것처럼 그렇게 의지가 강

하거나 신념이 뚜렷해 견인불발堅忍不拔이나 질풍경초疾風勁草의 굳센 초인 정신으로 산 사람이 아니다. 그러니까 나는 할 수 없어서, 어쩔 수 없어서, 그렇게밖에는 살 수가 없어서 그렇게 산 것이지, 내가 초인적 의지와 신념으로 그렇게 산 것은 아니다. 그런데도 사람들은 나를 의지의 사나이니 초인 또는 초극의 사나이니 하며 과대평가하고 있다. 물론 나는 다른 사람들이 쉬 할 수 없는 일을 했고, 다른 사람들이 잘 견딜 수 없는 아픔의 모진 세월을 견뎌내며 오늘에 이르긴 했다. 그러나 아무리 그렇더라도 나는 이 모든 시련과 극기가 온전히 의지와 신념에서만 나왔다고는 보지 않는다. 뭐랄까, 운명이라면 운명, 무능이라면 무능이 빚은 소치일 수 있고 조명시리朝命市利로 세상을 살 줄 모르고 애바르고 재바르게 시류에 영합할 줄 모르는 소이연일 수도 있다. 그러니까 나는 겉만 번지르 했지 속은 백줘 보잘것없는 굴퉁이 헛똑똑이다.

나는 약속을 잘 지킨다.

푸블릴리우스 시루스의 격언집에 보면 '적에게 대해서도 약속은 지켜야 한다'는 말이 있다. 저 악명 높은 나치스의 히틀러도 '내가 약속을 지키지 않거든 나를 십자가에 못박아 죽여도 좋다'고 했다. 약속이 얼마나 소중하면 이런 말이 나왔을까 싶어 새삼 옷깃을 여미게 된다. 한국 속담엔 약속한 날짜와 기한을 자꾸 미루거나 어기면 '갖바치 내일모레'니 '고리백장 내일모레'니 하는 게 있고, 중국 속담엔 '한 번 약속을 어기는 것보다 백 번 거절해서 기분을 상하게 하는 편이 낫다'라는 게 있다. '약속은 부채(빚)다'라고 한 영국 속담이며, '계란과 약속은 깨지기 쉽다'라고 한 일본 속담도 모두 약속의 중요성을 말해 주고 있다.

어찌 한국, 중국, 영국, 일본뿐이랴. 프랑스 속담엔 '뭐든지 약속한 자는 아무것도 약속한 것이 없다' 했고 그리스 속담엔 '신에게 촛불을 약속하지 말라. 어린이에게 과자를 약속하지 말라' 했다. 그런가 하면 러시아 속담엔 '약속을 했니? 그럼 그걸 지켜라. 약속을 안 했다고? 그럼 그걸로 밀고 나가라' 했다, 모두가 약속에 대한 중요성을 촌철살인의 속담으로 표현하고 있다. 고사故事의 어휘 명칭에도 약속은 천금과 같다는 '천금일약千金一約'이 있고, 무슨 일이나 승낙을 잘하는 사람은 믿음성이 적어 약속을 어기기 쉽다는 '경낙과신輕諾寡信'이 있다. 서로의 언약이 매우 굳다는 '금석뇌약金石牢約'이며, 장부의 말 한 마디는

천금같이 무거워 반드시 지켜야 한다는 '장부일언중천금
丈夫一言重千金'도 있다. 그런가 하면 장부의 한 마디는 천
년을 변치 않아야 된다는 '장부일언 천년불개丈夫一言千年
不改'도 있다. 다 약속이 어떤 것이고 왜 꼭 지켜야 하는가
를 말해 주고 있다. '사기史記'의 소진전蘇秦傳에 보면 '미
생지신尾生之信'이란 말이 나오는데, 이는 우직하고 융통
성이 없어 약속만을 굳게 지킴을 이르는 말로, 중국 춘추
시대에 미생尾生이라는 자가 어느 다리 밑에서 만나자고
한 여인과의 약속을 지키기 위해 홍수가 범람하는데도 피
하지 않고 기다리다가 마침내 홍수에 떠내려가 익사했다
는 고사에서 유래한 말이다.

미생은 우직하고 미련해 물에 빠져 죽었다. 이런 미생
을 사람들은 숙맥불변菽麥不辨의 바보로 여길지 모른다.
그래서 비웃고 흉볼지도 모른다. 그러나 우리는 미생을
우직하고 미련하게는 볼지라도 숙맥불변의 바보로 비웃
고 흉봐서는 안 된다. 왜냐하면 미생은 적어도 약속을 지
키기 위해 죽었기 때문이다.

앞에서도 말했지만 나는 약속을 잘 지킨다. 약속에 관
한 한 칼이다. 이 나이까지 살면서 약속을 안 지킨 건 단
한 번도 없다. 아니 만부득이한 일로 내가 직접 못 가고

다른 사람을 대신 보내거나 전화로 약속을 떼운 경우는 두어 번 있다. 한 번은 독감이 오지게 걸려 도저히 갈 수가 없어 다른 사람을 대신 보냈을 때였고, 다른 한 번은 천재지변의 대홍수로 길이 끊기고 다리가 무너져 통행이 불가해서였다. 거리가 가까운 10~20리도 아니요 자그마치 몇 백 리 밖이어서 전화로 약속을 대신 할 수밖에 없었다.

나는 약속 하나로 그 사람을 평가한다. 약속을 해 놓고도 돈담무심 잊어 먹거나, 약속쯤 어기는 게 무슨 대수냐는 듯 아무렇지 않게 생각하는 사람하고는 더불어 함께 할 일고의 가치도 없는 사람으로 치부한다.

세상에 약속만큼 중요한 게 어디 있는가. 우리들 인간의 어천만사는 약속 하나로 성패가 갈린다 해도 과언이 아니다. 저 중국 삼국시대 때 관우를 보라. 조조는 관우를 자기편으로 끌어들이기 위해 사흘이 멀다 잔치를 베풀며 온갖 환대로써 정성을 기울였다. 그런데도 관우는 도원에서 맺은 유비 장비와의 도원결의桃園結義의 철석 같은 약속(의리와 지조)을 지키기 위해 유비에게로 돌아갔다. 조조는 이런 관우의 태도에 탄복하며 부하들에게 이렇게 말했다.

"도원결의의 철석같은 약속과 의리를 지키기 위해 저

토록 거취가 분명하니 과시 장부로다. 너희들도 관우처럼 신의 있는 장부가 되라!"고. 나폴레옹도 약속을 중히 여겨 '약속을 안 지키는 신의 없는 동지보다 약속을 잘 지키는 의리 있는 적을 나는 더 사랑한다'고 말했다. 약속에 대한 말이 나왔으니 내가 지킨 약속 이야기를 한번 해 볼까 한다. 이는 내가 아직 한창 나이 30대 초반 때의 일이니 아득히 먼 옛날 일이다.

언제였던가. 내 나이 20대 초반이던 어느 여름밤. 그때 나는 서울 관철동의 맥줏집 '낭만'에서 혼자 맥주를 마시고 있었다. 내가 술을 좋아 하거나 아니면 누구와의 약속이 있어서가 아니었다. 나는 술을 못하는 불주객이었고 누구와의 약속 또한 없는 터였다. 그럼에도 불구하고 내가 술집에 들른 것은, 그것도 외로이 혼자 들른 것은 '낭만'이라는 옥호가 내 발길을 한사코 끌어당겨서였다.

"낭만이라?"

나는 혼자 중얼대며 2층으로 올라갔다. 그리고는 창가 한쪽 의자에 앉아 맥주를 시켜놓고 무심코 뒤를 돌아보니 거기 내 또래의 청년 하나가 앉아 맥주를 마시고 있었다. 우리는 목례를 하곤 각기 술을 마셨다. 그러다 얼마 후 우리는 누가 먼저랄 것 없이 뒤를 돌아봤고 그리고 또 누가 먼저랄 것 없이 목례를 했다.

　이러기를 얼마나 계속했을까. 우리는 이심전심으로 뒤가 궁금해 고개를 돌렸고 그러면 그때마다 우리는 묘하게도 눈길이 마주쳐 목례를 교환했다.

　이런 목례를 얼마나 주고받았을까. 아마 좋이 너댓 번은 되지 싶자 내가 문득 말을 걸었다.

　"혼자십니까?"

　"그렇습니다만."

　그가 반가운 눈으로 나를 보며 미소지었다.

　"그러시다면 우리 수교修交할까요?"

　"예?"

　"연방국聯邦國을 만들면 어떨까요?"

　"연방국? 거 좋지요. 합중국合衆國은 어떨까요?"

　"그것도 좋지요."

　이렇게 해 우리는 내 자리로 합석을 했다.

　"술, 잘하시나요?"

　내가 그에게 술을 따르며 말하자 그가,

　"예. 소주 두어 병은 합니다. 형께서는?"

　"전 술을 못합니다. 겨우 소주 한 잔이 고작이지요."

　"헌데 술집에 오십니까?"

"낭만적이어서요, 술집 이름이."

"어허, 로맨티스트시군요."

"그런 형께서도 저 못지않은…."

우리는 손을 잡고 껄껄 웃었다. 왠지 의기투합할 것 같은 예감이 들어서였다. 이렇게 해 우리는 밤이 깊도록 술친구가 되었고 술을 못하는 나는 술 잘하는 그와 2차, 3차 돌아치며 술을 마시다 통금(그때는 통금이 있을 때였다) 직전에야 어느 여관인가에 들어 밤을 홀랑 새며 얘기꽃을 피웠다. 그런데 우리는 이때까지 인사가 없어 서로가 어디 사는 누구인지 이름조차 몰랐다. 한집에 살아도 시어머니 성을 모른다더니 우리가 그짝이었다. 우리는 그제서야 겸연쩍게 인사를 나누었는데 그는 고산 윤선도孤山尹善道의 후손으로 땅끝 해남 대흥사大興寺 근방에 사는 미범 윤하강微凡尹夏江이라 했고, 서예와 함께 그림 그리기를 좋아하는 부등깃 열쭝이의 묵객이라 했다.

이날 우리는 날밤을 새우고 해장국을 먹고 다방에서 커피를 마시고 헤어질 때 주소를 교환하며 10년 후 오늘, 꼭 만나자 단단히 약속했다. 그때 그는 물리학적으로 볼 때 올라오기보다 내려오는 게 쉬울 테니 운촌(耘村. 내 아호)이 해남으로 내려오는 게 어떠냐 했다. 나는 그렇게 하겠노라 선선히 약속하고 연인과 별리하듯 안타까운 애별리고愛別離苦로 그와 석별, 열흘이 멀다고 편지를 주고받았다. 그러며 일각이 여삼추로 어서 10년이 와 재회하기를 손꼽아 기다렸다. 그는 서예를 해서인지 글씨를 잘 썼고 가끔씩 편지 속에 스케치해 보내는 그림도 수준급이었다.

10년의 세월은 길고 길어 영겁처럼 느껴졌다. 그러나 세월은 흐르고 흘러 그 길던 10년이 드디어 눈앞으로 다가왔다. 나는 10년이 되는 전날 오후 설레는 마음을 붙안고 미범 윤하강이 있는 땅끝 해남을 향해 열차(호남선)에 몸을 실었다. 이때의 설렘은 마치 사춘기 소년이 단발머리 소녀를 만나러 갈 때와 같은 심경이었다.

열차가 종착역 목포에 닿은 것은 새벽 4시경이었다. 나는 열차에서 쪽잠의 토끼잠을 자며 목포역에 닿았다. 역사에서는 이난영의 애조 띤 '목포의 눈물'이 확성기를 타고 구슬픈 가락으로 흘러나오고 있었다.

밖에는 비가 세차게 내리고 있었다. 비는 바람까지 몰고 와 낯선 땅 나그네의 심회를 울적하게 했다. 악천후였다. 비나 바람은 새벽엔 자는 법인데 어찌된 영문인지 새벽 날씨가 이리 고약한지 몰랐다. 나는 한참을 역사의 추

녀 끝에 우두망찰 서 있다가 에라 모르겠다 하고 비를 노
박이로 맞으며 시내 쪽으로 발길을 옮겨 놓았다. 어디 문
을 연 가게가 있으면 지우산이라도 하나 사 쓸 요량으로.
한데도 가게 문을 연 데는 어디에도 없었다.

이렇게 얼마를 걷자니 오른편으로 비안개에 가려진 암
산嵒山 하나가 눈에 들어왔다.

아하, 저게 그 유명한 유달산儒達山이로구나.

나는 누구한테 묻지 않아도 한눈에 저 산이 유달산임을
알았다. 생각 같아서는 한 번 올라보고 싶었지만 바람 불
고 비내리는 새벽산이라 흥이 나질 않았다. 이러고 또 얼
마를 걸었을까, 띄엄띄엄 가게 문이 열리기 시작했다. 그
러나 나는 우산을 사지 않았다. 이미 옷은 젖을 대로 젖은
다음이라 굳이 우산을 살 필요가 없었던 것이다. 부두(여
객 터미널)에 닿은 것은 한참 후였다. 비릿한 바다 냄새가
코를 찔렀다. 나는 우선 식당부터 찾아들었다. 그러나 이
건 말이 좋아 식당이지 루핑과 천막 쪼가리로 지붕을 덮
고 판자 쪽을 두들겨 맞춰 세워 놓은 바라크였다. 나는 진
저리치듯 몸을 부르르 떨고는 해장국 한 그릇을 주문했
다. 한여름인데도 노박이로 비를 맞은 이른 아침의 바다
공기는 선뜩한 한기마저 느껴졌다. 비는 계속 패연히 내

리고 있었다. 바람도 질세라 판자 쪽의 바라크를 덜컹이며 맹렬한 기세로 불어댔다. 나는 해장국을 후딱 먹어치우곤 터미널로 갔다. 상공행 배는 10시에 있다고 했다. 시계를 보니 이제 겨우 5시 5분, 10시까지는 장장 5시간이나 남아 있었다. 나는 상공행 선표부터 끊어 놓고 갈매기라는 간판이 붙은 2층 다방으로 올라갔다. 듣기로 해남은 상공행 배를 타고 바닷길을 9해리인가 10해리를 가 거기서 버스를 타고 육로로 70리를 더 가야 해남이라 했다. 그런데 미범 윤하강이 사는 삼산면三山面은 해남에서도 또 30리를 더 가야 된다했다. 나는 커피를 마시며 창문 너머로 비 내리고 바람 부는 을씨년스러운 바깥 풍경을 내다봤다. 바다는 뿌옇게 흐려 있었고 이따금 부웅하는 뱃고동 소리는 끼룩대는 갈매기 소리와 묘한 조화를 이뤘다. 먼 데 어디선가 해조음이 꿈결인 양 아득히 들려오기도 했다. 비는 놋날 드리듯 계속 쏟아지고 있었다. 바람도 지동치듯 여일하게 불어 댔다. 나는 하릴없이 담배만 태워댔다. 젖은 옷은 체온으로 거의 말라 있었다. 시계를 보니 7시 10분. 다방에서만 꼬박 두 시간여를 앉아 있었다. 나는 다방을 나와 지우산 하나를 사 쓰고 유달산으로 향했다. 왠지 한 번 올라 보고 싶었다. 산이 바위산인데다 비까지 내려 오르기가 무척 힘들었다. 발 아래로 저만큼 삼학도三鶴島가 흐릿하게 보였다. 전망하고는 도대체가 엉망이었다. 시가지며 부두며 바다는 살풍경했다. 나는 그만 욱 화가 치밀었다. 그리고 내가 어지간히 정신 나간 사람 같았다. 어쩌자고 이 악천후의 아침 산을 허위단심 올라야 한단 말인가. 나는 오르던 발길을 되돌려 산을 내리기 시작했다. 청승맞게도 이난영의 목포의 눈물을 허밍으로 부르면서. 부두에는 뜻밖의 사건이 벌어져 있었다. 폭풍경보가 발효돼 대소형의 선박은 물론 여객선의 출항도 할 수가 없다는 것이었다. 갈수록 태산이었다. 나는 될 대로 대라 하고 광명호라 씌인 상공행 여객선 아래층(객실)으로 내려갔다. 객실엔 10여 명의 선객들이 엉거주춤 앉아 촐랑촐랑 들까부는 배에 쩔쩔매고 있었다. 나는 촐랑대는 배의 진동을 두 다리로 버티다 그만 저쪽 구석자리로 쪼르르 밀려가 벌렁 눕고 말았다. 눕고 보니 배의 진동이 더 심하게 느껴져 몸이 하늘로 부웅 떴다가 땅으로 잦아드는 것 같았다. 나는 자리를 떠 갑판으로 올라왔다. 밖에는 비바람이 한결 멎어 있었다. 하늘이 멀개지며 구름이 걷히는 것 같았다. 나는 매표소로 달려가 상공행 배가 언제쯤 출항하느냐 물었다. 매표소 대답은 모호해 언제라도 폭풍경보가 해제돼야 된다는 것이었다. 나는 다시 다방, 갈매기로 올라갔다. 시간은 이러구러 열두 시가 가까워 오고 있었다. 나는 한쪽 구석에 앉아 차를 주문했다. 이때 "배 타실 선객께 알립니다. 배 타실 선객께 알립니다. 이제 마악 폭풍경보가 해제돼 배가 출항하겠사오니 선표를 끊으신 분은 배에 오르시기 바랍니다. 다시 한 번 말씀드리겠습니다…."

마악 차를 마시려는데 여객 터미널에서 왕왕 스피커 소리가 들려왔다. 나는 차를 마시기 급하게 여객 터미널로 달려갔다. 그런데 이건 또 무슨 뚱딴지 같은 일인가. 제주도나 흑산도 쪽으로 가는 배는 출항하는데 유독 상공행 배만은 기관 고장인가로 1시간쯤 늦겠다 했다. 나는 어이없어 망망대해를 바라보며 부두를 서성였다.

1시간쯤 늦겠다던 배는 3시간이 지나서야 출항길에 올랐다. 그사이 날씨는 언제 그랬냐는 듯 비가 그쳤고 바람도 잠잠해져 있었다. 파란 하늘이 군데군데 생기고 가끔씩 해도 얼굴을 내밀었다. 집채 같던 파도도 온데간데없이 사라져 바다는 잔잔했다. 참 능청스런 날씨였다. 배는 1시간 이상을 가서야 육지인 상공에 닿았다. 선객을 기다리고 있었는지 해남행 버스는 선창에 대기하고 있었다.

버스는 곧 출발했다. 길은 톱니처럼 요철이 심한 돌닛길이었다. 차장한테 해남까지 얼마나 걸리냐니까 자그마치 1시간 반 정도는 걸린다 했다. 나는 어이가 없었다. 버스가 70리를 30~40분도 아니고 1시간 30분이나 걸린다면 이게 굼벵이가 천장遷葬하는 것이지 어찌 버스라 할 수 있는가. 길이 나쁘고 또 중간 중간 승객을 내리고 태운다 해도 40~50분이면 족할 텐데 1시간 30분이나 걸리다니. 그러나 문제는 이것만이 아니었다. 버스는 얼마를 못 가서 주저앉고 말았다. 타이어가 펑크가 났기 때문이었다. 설상의 가상이요 엎친 데 덮치기였다.

아, 이 무슨 호사好事에 다마多魔인가.

미범 윤하강을 만나러 가는 길은 어렵고도 힘들었다.

타이어만 갈아 끼우면 출발한다던 버스는 그로부터 40여 분이 걸려서야 구르기 시작했다. 해는 어느새 서산마루에 달랑 올라앉아 있었다.

버스가 해남에 닿은 것은 긴긴 여름 해가 꼴깍 넘어간 다음이었다. 시간은 어느새 8시가 다 돼 있었다. 나는 배가 출출해 우선 초다짐이나 할 요량으로 가까운 식당에 들러 국밥 한 그릇을 주문하고 주인한테 삼산면 가는 차편부터 물었다. 그러자 주인이 "워매. 차는 인자 없지라우. 있다 혀도 물이 많아 못 갈 것인디."

하고 손사래를 쳤다.

"아니 그럼 교통 두절이란 말입니까?"

"그렇지라우. 아, 비가 좀 왔소잉."

"여기서 30리라죠?"

"워디 삼산면 소재지 말이다요?"

"예!"

"그렇지라우. 30리 길이 솔찮이 멀지라우."

"걸어선 못 갈까요?"

"시방 뭐란다요. 아, 요르크름 깜깜한 밤에 큰 개울이 몇 갠디 가시요. 더구나 초행이신 것 같은디."

주인은 무슨 소리냐는 듯 머리까지 흔들며 만류했다.

"개울이 큰가요?"

"하먼이라. 크고 깊으요. 지금 황토물이 벌창했을 것이요. 동남쪽이 컴컴해지는 걸 보니 비가 다시 올 것 같소잉."

주인은 하늘을 쳐다봤다. 낭패였다. 10년을 하루하루 손꼽아 기다리며 윤하강과의 재회를 위해 불원천리 달려왔는데 코앞에까지 와 안 만나고 갈 수는 절대로 없었다. 그렇다고 이 비 오는 캄캄한 밤에, 더욱이 깊고 큰 내가 두 개나 있다는 30리 먼 초행길을 혼자서 간다는 것도 무리였다. 아니 무모했다. 차라리 이곳 해남 어느 여인숙에서 자고 내일 찾아갈까도 했지만 그건 더더욱이 안 될 말이었다. 왜냐하면 오늘 밤 자정이 지나면 우리가 약속한 10년에서 하루가 지나기 때문이었다. 그러니 자정이 되기 전까지는 어떤 일이 있어도 그를 만나야 했다. 시간은 벌써 9시가 다 돼 자정 12시는 앞으로 세 시간밖에 남질 않았다.

어쩐다?

나는 똥마려운 강아지 꼴로 안절부절 못한 채 한참을 바장이다 길을 나섰다. 식당 주인이 위험하니 내일 날이 밝거든 가라는 것도 무시한 채.

나는 삼산면 가는 길을 물어 무턱대고 걷기 시작했다. 얼마 안 걷자 식당 주인 말대로 비가 퍼붓기 시작했다. 나는 진둥걸음으로 발길을 재게 놀렸다. 천지는 캄캄한데 들리는 건 쏟아지는 빗소리뿐이었다. 나는 신작로다 싶은 길만 따라 무작정 걸었다. 얼마를 걷자니 쏴아 하는 빗소리와 함께 다른 하나의 무슨 소리가 들려왔다. 물살 소리였다.

아하, 식당 주인이 큰 내가 두어 개 있다더니 그 냇소리구나.

나는 물살 소리 쪽으로 다가갔다. 내였다. 어두워 잘 식별할 수는 없었지만 자세히 보니 그건 시뻘건 황토물이었다. 황토물이 내를 우쭐렁거리며 질펀히 흐르고 있었다. 나는 캄캄한 칠흑 속에서 기세 좋게 흐르는 개울 앞에 잠시 망연히 서 있었다. 수세水勢나 수심을 모르면서 건널 수도 없고 그렇다고 안 건널 수도 없었다. 산골 개울이 아니니 수세나 수심이 그닥 세거나 깊을 것 같지는 않았지만 지형과 지리를 전혀 모르는 터여서 선불리 덤벼들 수가 없었다. 아차 실족을 하거나 몸이 센 물살에 휘말려 떠내려가기라도 하면 귀신도 모르게 수중고혼이 될 것이고 그리 되면 뉘 알아 진혼제나마 지내 줄 것인가.

　나는 개울가를 오르내리다 마침내 건너기로 결심했다. 실로 무모하기 짝이 없는 일이었다. 나는 팬티만 남기고 옷을 죄 벗어 신발과 함께 가방에 싸 허리띠로 단단히 묶어서 머리에 동여맨 다음 상류로 거슬러 올라가 물살이 가장 약하고 완만해 보이는 곳에 섰다. 물살을 이용해 대각선으로 건너보자 함이었다. 나는 시합 직전의 운동선수처럼 심호흡을 한 다음 "이얏!" 하는 기합 소리와 함께 시뻘건 냇물로 첨벙 뛰어들었다. 그리고는 팔을 앞으로 내저었다. 그러나 내 몸은 마치 대양의 편주片舟처럼 하잘것 없이 둥둥 떠서 쏜살같이 하류로 하류로 떠내려갔다. 나는 그래도 있는 힘을 다해 팔을 앞으로 내뻗어 헤엄을 쳤다. 하지만 소용없는 일이었다. 성난 급류는 이 필사의 노력도 아랑곳하지 않고 내 몸을 아래로 아래로 흘러보냈다.

아, 나는 이제 죽는구나! 여기까지 와서 미범 윤하강도 못 보고 수중고혼이 되는구나. 아, 원통한지고!

나는 이 경황에도 언뜻언뜻 미범을 떠올리며 죽더라도 미범을 만나고 죽어야 한다 생각했다. 그래 이를 사려물고 죽기 기를 쓰며 팔을 앞으로 내뻗었다. 그런데도 몸은 일엽편주처럼 잘도 떠내려갔다.

이러기를 얼마나 계속했을까. 이 무모하기 짝이 없는 도하渡河를 수신水神은 그래도 버리질 않았다. 물살이 점차 약해지면서 발끝이 땅에 닿는 걸 보니 개울가 쪽으로 나온 듯했다.

아, 살았구나!

나는 큰 소리로 쾌재를 부르며 개울둑으로 기어올랐다. 그리고는 그만 뒤로 벌렁 나자빠졌다. 얼마를 이런 자세로 누워 있다 일어나 물이 줄줄 흐르는 옷을 비틀어 짜 입고는 다시 진펄에 개구리 뛰듯 덮어 놓고 걷기 시작했다. 비는 여태도 줄기차게 내리고 있었다. 얼마를 산매 들린 듯 천방지축 헤맸을 때야 길이 나타났다.

이렇게 얼마를 또 걷자 개울 하나가 다시 나타났다. 문득 식당 주인이 두어 개의 개울이 있다던 말이 생각났다. 그리고 물이 범람해 갈 수 없으니 내일 날이 밝거든 가라고 만류하던 말도 생각났다. 그러나 이제는 내친걸음이었다. 화살은 이미 시위를 떠나질 않았는가. 나는 캄캄해서 잘 안 보였지만 느낌으로 만만하다 싶은 물살을 골라 상류로 올라갔다. 아까처럼 옷을 벗어 머리에 비끄러매고 사선으로 뛰어들 생각에서였다. 그런데 바로 이때 물체 하나가 개울을 가로질러 이쪽으로 건너오고 있었다.

　저건 어쩌면 물귀신일지도 모른다!

　나는 머리끝이 쭈뼛 하늘로 올라갔다. 물체는 이쪽을 향해 점점 가까워 오고 있었다. 물체는 사람이었다. 나는 우선 안도의 한숨을 몰아쉬며 사람이 어서 개울을 건너 둔덕으로 올라서길 기다렸다. 그는 뭐라고 중얼대며 개울을 건너오고 있었다. 그런데도 그 소리가 물소리와 빗소리에 파묻혀 알아들을 수가 없었다. 개울은 사람이 쉬 건너는 것으로 봐 첫 번째 개울보다 깊이나 물살이 훨씬 약한 듯했다.

　"원, 시집가는 날 등창 난다더니, 날씨가 하필 오늘 이리 고약할 게 뭐람!"

개울을 건너 둔덕에 오른 사람이 이렇게 말하며 하늘을 원망했다.

"아니 저 목소리는?!"

나는 귀가 번쩍 뜨였다. "저 목소리의 주인공은 혹시?"

나는 볼 것 없이 소리쳤다.

"거 미범인가? 미범 윤하강이 맞지?"

그러나 저쪽에선 아무 대꾸가 없다.

"거 미범! 날세 나야!"

내가 다시 소리치자 그제서야,

"누가 미범을 불렀겠다?"

하더니 이어,

"운촌인가? 운촌 맞지?"

하며 달려왔다. 쓰고 온 우산을 객사한 놈 지팡이 버리듯 집어던진 채였다.

"그러이. 반은 사람이고 반은 물귀신일세!"

우리는 얼굴도 보이지 않는 칠흑 속에서 비를 노박이하며 힘껏 부둥켜안았다.

"사람도 참, 철저하게 미생지신이군. 어쩌자고 그 먼 길을 이 악천후에 오는가. 더욱이 초행길에."

미범이 내 얼굴을 매만지며 말했다.

"장부의 약속 아닌가. 그리고 자네가 이리 마중 나와 주질 않았나. 그나저나 지금 몇 시쯤 됐나? 자정이 넘으면 10년에서 하루가 지나는데."

"그렇지. 자네가 올 줄 알고 마중 나왔지. 우린 과시 장부로세. 가만 있자. 지금이 몇 신고?"

미범이 주머니에서 라이터를 꺼내 켜더니 손목시계를 봤다.

"아, 아직 12시가 안 됐군. 이제 11시 40분이야!"

이때 우리는 동시에 "후유!" 하고 안도의 한숨을 토했다. 비는 한결같이 쏟아지고 있었다.

"자, 우리 술부터 한 잔 하세."

미범이 꽁무니에서 소주 한 병과 오징어 한 마리를 꺼내며 말했다. 우리는 개울 바닥에 퍼질러 앉아 주거니 받거니 술을 마셨다.

"비 오는 밤 물가에 앉아 10년 만에 그리던 운촌을 만나니 문득 왕안석王安石의 '강상江上'이란 시가 생각나네."

"읊어 보겠나?"

"화답하겠나?"

"물론이지."

"그럼….."

미범이 잠시 침묵하다,

"강수양서풍江水漾西風에

강화탈만홍江花脫晩紅이요

이정피횡적離情被橫笛에

취과난산동吹過亂山東이라.

장강(長江. 양자강을 일컬음)의 물은 서녘 바람에 출렁
이고 장강의 꽃은 이운 색깔로 흩어지도다. 이별의 정 피
리에 얹어 거친 산 동쪽으로 불어 넘기세."
하고 큰소리로 시를 읊고 해석까지 했다.

"좋도다! 그럼 내가 화답하지. 나는 황정견黃庭堅의 시
'기황기복寄黃幾復'일세."

나는 술잔을 비워 미범에게 권하고는,

"아거북해군남해我居北海君南海요

기안전서사불능寄雁傳書謝不能이라

도리춘풍일배주桃李春風一杯酒요

강호야우십년등江湖夜雨十年燈이라.

나는 북녘 바닷가에 있고 그대는 남녘 바닷가에 사니,
기러기에 글발 전하려 하여도 되지를 않네. 복사꽃 오얏
꽃 봄바람의 한 잔 술은, 강과 호수 밤비 10년 그 등불일
러라."

내가 시를 다 읊자 미범이 무릎을 치며,

"좋구나 좋다!"

하고 조흥사助興詞를 먹였다. 비는 여일하게 쏟아졌다. 우
리는 이마를 타고 흘러내리는 빗물도 아랑곳없이 어느새
어깨동무를 하고 있었다. 그러며 최희준의 '하숙생'을 부
르기 시작했다.

"인생은 나그넷길, 어디서 왔다가 어디로 가느냐…."

비는 이제 절대로 그치지 않을 모양이었다.

이렇게 해 나는 그 친구와의 10년 되는 날의 약속을 지
켰고 이 약속은 우리 우정을 더욱 돈독하게 만들었다. 나
는 이 이야기를 소설로 써 '남도기려南道羇旅'란 제목으로
1977년 12월, 어느 문예지에 발표한 바 있고 1979년 출간
된 내 소설집 '신神굿'에 수록된 바 있다.

나는 남을 참 잘 믿는다. 믿어도 너무 잘 믿어 탈이다.

사람이 사람을 믿는다는 건 얼마나 아름다운 일인가.
이 세상 하고많은 일 중에 믿지 못하는 일, 다시 말하면
불신에서 생기는 비극은 참으로 많다. 불행도 마찬가지여
서 불신이 그 원인일 때가 많다. 그러므로 불신은 때로 열

어서는 절대로 안 될 '판도라의 상자'가 되기도 하고 때론 또 건드려서는 절대로 안 될 '아킬레스건'이 돼 우리 앞에 나타나기도 한다.

나는 누가 말을 하면 액면대로 믿고 받아들인다. 그리고 누가 부탁을 하거나 사정을 하면 부당한 일이 아닌 한 거절을 못한다. 이는 내가 손해 볼 것을 번연히 알면서도 그렇다. 딱한 일이 아닐 수 없다. 나는 재산이 없었으니 망정이지 만일 재산깨나 있었다면 진작 두 손을 털었을지도 모른다. 누가 재정보증을 서 달라 부탁하면 거절 못하고 서 줬을 것이고 그러다 일이 잘못돼 무리꾸럭하거나 빚잔치할 일도 있었을 테니 말이다. 오죽하면 빚보증 서는 자식은 낳지도 말라는 속설까지 생겼겠는가.

행인지 불행인지 나는 재산이라는 게 없어 평생을 백면서생의 애옥으로 살다 보니 만고에 누가 빚보증 서 달라는 사람이 없다. 어찌 보면 이게 다행이다 싶을지 모르나 나는 이를 좀은 서글픈 일이라 여겨지기도 한다. 내가 재산이 없어 남의 빚보증을 서지 않아서 하는 소리가 아니다.

생각해 보라!

사나이가 세상에 태어나 남의 빚보증 한 번 못 섰다면 이게 부끄러우면 부끄러웠지 자랑할 일은 못 된다. 세상에 욕심이 많고 흑심이 많으면서도 짐짓 청렴한 체하거나 속은 음흉하고 흉악하면서도 겉으로 착한 체하는 고양이소가 많고, 갖은 못된 짓을 저지르고 멀리 달아나 숨어 살면서 착한 체하는 가증스런 지킬 박사와 하이드 씨 같은 양두구육羊頭狗肉의 앵두장수도 많다. 이런 유형의 사람들이 세상살이에 닳고 닳아 잇속의 부라퀴가 되었거나, 이해관계에 난든집이 된 약삭빠른 저잣거리의 사람이라면 또 모른다. 아니 잇속의 부라퀴가 되고 이해관계에 난든집이 된 저잣거리의 사람이라도 상도의를 지키고 인간 도리를 행하는 사람이 없는 게 아니어서 여염의 사람보다 더 성실하고 더 정직한 사람도 많다.

그런데 한창 꿈을 먹고 자라야 할 천의무봉의 사춘기 소녀가, 그것도 이제 겨우 16살밖에 안 된 여중 3학년생이 몇 년 동안 어른을 가지고 놀았다면(농락했다면) 이는 그 소녀가 나쁜(잘못) 것인가 당한 어른이 잘못(바보)인가. 그때가 아마 1980년대 중반의 봄날이었을 것이다. 그날 나는 어느 문예지에서 청탁 온 원고(단편)를 쓰고 있었는데 전화가 왔다. 받아 보니 어린 소녀의 목소리였다. 소녀는 내 장편소설 '아, 어머니'와 수필집 '바람이 분다, 이젠 떠나야지'를 읽고 깊은 감명을 받았다면서 선생님을 꼭 한 번 만나 뵙고 싶다 했다. 나는 마감이 급한 원고를 쓰느라 지금은 좀 바쁘니 닷새쯤 후에 전화하면 좋겠다 했다. 이러고 정확히 닷새째 되는 날 그 소녀한테서 다시 전화가 왔다. 나는 그때까지 원고가 탈고되지 않아 며칠 더 미룰까 하다 어린 소녀가 얼마나 실망할까 싶어 지금 오라 했다. 이러고 한 30분쯤 후 초인종이 울려 문을 열어 보니 키가 자그마한 소녀가 서 있었다. 나는 소녀를 서재로 안내해 차를 대접하고 이름과 학교와 학년을 물었다. 소녀는 오슬기(여기서는 가명을 쓰겠다)라 했고 학교는 E 여중이며 학년은 3학년이라 했다. 슬기는 조용한 소녀였고 말수도 적어 묻는 말에만 대답을 했다. 아버지는 모 남중 선생님이라 했고 어머니는 모 여중 선생님이라 했다.

이날 이후 슬기는 일요일마다 오다시피 했고 올 때마다 빵이나 우유 등속을 사 가지고 왔다. 나는 학생이 무슨 돈이 있어 이런 걸 매번 사 오냐며 앞으론 아무것도 사오지 말고 횟수도 한 달에 한 번쯤 오라했다. 슬기는 그러마 해 놓고도 매주 일요일이면 찾아왔다.

이렇게 하기를 얼마 동안이었을까. 좋이 두어 달은 지났지 싶은데 이상한 느낌이 들었다. 무언가가 자꾸 없어지는 것 같았다. 어떤 날은 책상 서랍이나 양복바지 주머니에 들어 있던 돈이 없어지고 어떤 날은 또 책이며 수석이 없어졌다. 처음엔 돈을 내가 쓴 것이겠지 했고 책과 수석도 본래 없던 것이었겠지 하고 눙쳐 버렸다. 그런데 슬기가 다녀가기만 하면 하여간 뭔가가 자꾸 없어졌다. 그래도 나는 슬기를 조금도 의심치 않았다. 그러던 어느 날 나는 보지 말았어야 할 장면을 목격했다. 슬기의 도벽을 현장에서 보고 말았기 때문이다. 그날도 나는 여느 때처럼 차를 준비해 서재로 들어오는데 슬기가 책상 서랍에서 막 돈을 꺼내 들다가 발각이 됐다. 슬기는 화들짝 놀랐고 나는 내 눈을 의심했다. 나는 슬기를 조용히 나무라며 도벽은 아주 나쁜 짓이니 앞으로 절대 이런 짓 하지 말라 타이르곤 문제 삼지 않았다. 그러나 무엇 무엇을 가져갔는지 품목만은 알고 싶어 집에 가 가져와 보라했더니 맙소사 슬기가 그동안 가져간 것은 돈과 책과 수석만이 아니었다. 내 옷이며 사진이며(브로마이드), 애완용 조각품 등을 가방 가득 담아 왔다.

이런 일이 있자 슬기는 다시는 나를 찾아오질 않았고 전화도 걸려 오지 않았다. 그런데도 나는 슬기가 궁금해 제발 어디 가서 나쁜 짓을 하지 말아야 할 텐데 했다.

이러고 또 얼마나 지났을까. 한 3개월여쯤 됐을까 싶

은 어느 날 슬기한테서 전화가 왔다. 나는 우선 반가워 그동안 잘 있었느냐, 공부는 열심히 했느냐 묻자 슬기는 생게망게하게도 엄마 아빠하고 독일로 이민 왔는데 잠깐 한국에 다니러 와 전화한다면서 시간 나면 다시 전화하겠노라 했다. 나는 긴가민가 미심쩍어 이놈이 또 거짓말을 하는 게 아닌가 싶었지만 그래, 알았다. 어디에 가 있든 정직하게 살아라 당부하고 전화를 끊었다. 그런데 아뿔사, 며칠 후 슬기의 전화는 거짓말로 들통났다. 무슨 일인가로(아마 서점에 가다가였을 것이다) 시내에 나갔다 그만 길에서 슬기와 맞닥뜨렸다. 슬기는 흠칫 놀랐고 나는 어처구니가 없었다. 그리고 알 수 없는 배반감으로 전율이 일었다.

내가 이 어린 것에게 놀아나다니. 저 어린 게 나를 농락하다니. 나는 슬기를 제과점으로 데리고 가 눈물이 빠지게 야단을 쳤다. 한창 꿈을 먹고 자라야 할 어린 소녀가, 문학을 동경하고 소설가를 선망한다는 어린 여중생이 이런 식으로 자란다면 앞으로의 네 인생이 어떻게 되겠느냐, 지금이라도 개과천선해 정직한 소녀가 되라.

나는 슬기의 어깨를 몇 번 두들겨 주곤 밖으로 나왔다. 그러자 말할 수 없는 허탈과 분노와 배신과 안타까움의 착종된 감정이 한꺼번에 일어 견딜 수가 없었다. 슬기는 도벽도 도벽이지만 입만 열면 거짓말을 밥 먹듯 해 전율이 일었다. 아버지 어머니가 중학교 선생님이라는 것도 새빨간 거짓말이었고 부모님을 따라 독일로(왜 하필 독일이었을까. 미국이나 캐나다 또는 호주라면 몰라도) 이민을 갔다는 것도 새빨간 거짓말이었다. 물론 시간이 나서 한국에 잠시 다니러 왔다는 것도 터무니없는 거짓말이었다. 그런데도 나는 처음 슬기의 말을 턱 믿었다. 설마 이민까지 갔다는 데야 안 믿을 수가 없었다. 그러나 의심나고 미심쩍은 데가 없진 않았다. 아버지, 어머니가 중학교 교사니 경제적으로도 안정돼 중상류 생활은 할 것이고 또 부부가 다 같은 선생님으로 교육자니 다른 직종보다는 존경받고 대우받아 그리움이 없을 텐데 뭐가 아쉬워 이역만리 타국으로 이민을 가겠느냐였다.

슬기의 도벽과 거짓말은 병적이었다. 도벽은 당연히 나쁜 짓이지만 거짓말도 도벽 못지않게 나쁜 짓이다. 그러기에 T. 제퍼슨은 그의 '문서집文書集'에서 '거짓말만큼 비열하고 가련하고 경멸스러운 것은 없다. 한 번 거짓말을 하면 두 번 세 번 하게 되고, 결국은 버릇이 되고 만다'고 했을 것이다. 쇼펜하우어도 '행복을 위한 금언金言'에서 '거짓말은 여인의 본능이다. 자연은 사자에게 발톱과 이빨을, 소에게는 뿔을, 문어에게는 먹물을 준 것처럼 여자에게는 자기 방어를 위해 거짓말하는 힘을 주었다'고 했을지 모른다. 거짓말이 얼마나 나쁘면 '거짓말과 도둑질은 이웃사촌이다'란 영국 속담이 있을 것이며 '거짓말쟁이를 속이는 자는 하늘이 고마워한다'란 스페인 속담이 있겠는가.

슬기의 소행은 아무리 생각해도 알 수가 없는 일이었다. 슬기는 내가 밥 해먹고 설거지하고 빨래하고 청소하는 게 안됐는지 눈물을 갈쌍이며 '불쌍한 우리 선생님' 하면서 애면글면했다. 그런 슬기가 상상도 할 수 없는 거짓말로 나를 속였다. 슬기 아버지는 재래시장의 소상인이었고 슬기 어머니는 평범한 주부였다. 나는 너무도 기가 막혀 슬기가 말한 '불쌍한 우리 선생님'을 제목으로 소설(단편)을 써서 1986년 3월호 어느 문학지에 발표했다. 그리고 1989년도 출간한 소설집 '베로니카의 수건'에 수록한 바 있다.

혹자는 나를 일러 천재라 한다. 그리고 혹자는 또 나를 일러 수재니 준재니 영재니 한다. 일언이폐지하고 이는 천부당만부당한 소리다. 내가 천재라니. 내가 수재고 준재고 영재라니. 나는 천재는커녕 수재와 영재와 준재도 못된다. 그저 한낱 평범한 범재에 불과할 뿐이다. 아니 둔재에 불과할 뿐이다. 한데도 이런 나를 천재 운운하니 당혹스럽기 짝이 없다. 아니 도대체가 말이 안 돼 기가 찰 노릇이다.

생각하건대 사람들이 나를 천재 수재, 혹은 영재 준재라 하는 것은 아마 이런 연유에서일지 모른다. 그게 무엇이냐 하면 첫째, 초등학교밖에 안 나온 내가 소설가가 되었다는 점, 둘째, 초등학교밖에 안 나온 내가 고입 · 대입 학원에서 국어, 한문, 고문, 현대문을 가르쳤다는 점, 셋째, 초등학교밖에 안 나온 내가 몇 군데의 신문사 논설위원으로 있으면서 사설과 칼럼을 수천 편 썼다는 점, 넷째, 초등학교밖에 안 나온 내가 대학을 비롯해 공공기관 각 사회단체 등에 초대를 받고 강의를 한다는 점, 다섯째, 초등학교밖에 안 나온 내가 시조와 한시와 여러 방면의 어휘를 꽤 많이 안다는 점, 여섯째, 초등학교밖에 안 나온 내가 달필, 달변에 신언서판身言書判이 그럴듯해 글씨는 왕희지王羲之, 문장은 소동파蘇東坡, 풍채는 두목지杜牧之라는 말도 안 되는 향대과장의 수사법을 써서 붙여진 호칭 때문이 아닌가 싶다. 그리고 또 초등학교밖에 안 나온 내가 세 개 신문사의 논설위원으로 있으면서 동호직필董狐直筆의 호통 질타로 사설과 칼럼을 쓴 것은 한국은 물론 세계적으로도 드문 일이라 추켜세운 것도 나를 천재라 부름에 일조를 했다 할 수 있다.

분명히 말하거니와 난 절대로 천재가 아니다. 수재나 영재나 준재도 결코 아니다. 나는 다만 범재요 둔재일 뿐이다. 이는 다음 몇 가지 사실이 이를 증명해 주고 있다.

나는 초등학교를 산 첩첩 물 겹겹의 두메산골 단양(충북)에서 나왔는데 그때 졸업생이 남녀 합해 모두 14명이었다. 그런데 이 14명 중에서 내 성적(석차)은 겨우 중간 정도였다. 그러니 이것 하나만 봐도 내가 둔재임이 증명되질 않는가. 그리고 나는 수치數値에 어두워 계산이나 숫자 놀음엔 숙맥에 가까운 수치數癡다. 그래 산수 시험은 번번히 낙제였다. 도대체가 숫자나 계산은 젬병에 손방이었다.

뿐만이 아니다. 나는 기계도 쓸 줄 모르고 다룰 줄 모르는 기계치다. 오죽하면 핸드폰도 사용할 줄 몰라 걸려 오는 전화만 받고 걸 때는 누구한테 부탁해 입력시켜 놓은 번호를 누른다. 그 외의 것은 도대체가 깜깜이다. 핸드폰의 기능이 수십 수백에 이르러 웬만한 건 다 해결한다는데(스마트폰은 기능이 더 많아 무소불능이라 한다) 나는 오는 전화와 거는 전화(그것도 입력된 번호로)만 하니 아이구 답답 송서방(남들이 말할 때)이다. 이 핸드폰도 내가 사는 도의 KT 본부장이 선물로 주었으니 가지고 있지, 그렇지 않았다면 나는 제출물로 핸드폰을 갖지 않을 사람이다. KT 본부장(이미 퇴직했다)은 내 독자의 한사람으로 서울 본사에서 이곳 C도 본부장으로 왔는데 그는 핸드폰 말고도 컴퓨터까지 갖고 와 설치해 주었다. 그런데도 나는 컴퓨터를 사용할 줄 몰라 손 한 번 대지 않은 채 몇 달을 보냈다. 이러던 어느 날 지인 한 사람이 시청에서 컴퓨터를 무료로 가르쳐 준다니 동무해 같이 배우러 다니자 했지만 나는 귓등으로 흘려들었다. 그는 다른 사람도 아닌 작가가 컴퓨터를 못한데서야 말이 되느냐며 성화를 부리다시피 졸라 한번 해보기로 마음먹고 배우러 다니기 시작했다. 그러나 안 되던 것이었다. 두 달을 하루도 빠지지 않고(공휴일을 빼고) 다녔지만 당최 뭐가 뭔지 알 수가 없었다. 지인이 어느 날 농반 진반으로 이런 말을 했다. 작가는 머리도 좋고 아는 것도 많아야 한다는데 그런 머리로 어떻게 소설을 쓰느냐고.

이후로 나는 컴퓨터 배우기를 포기하고 지금껏 육필로 원고를 쓰고 있다. 그리고 그 친구가 한 말 '그런 머리로 어떻게 소설을 쓰느냐'던 말이 재미있어 이 제목으로 단편을 써서 2007년 봄 호 어느 문예지에 발표했고 2010년 출간한 소설집 '선비를 찾아서'에 수록이 됐다.

자, 이래도 내가 천재요 수재요 준재요 영재인가? 당부하노니 제발 앞으론 나를 천재는 물론 수재니 준재니 하지 말라. 이는 나를 위하는 게 아니라 놀리는 것이며, 나를 칭찬하는 게 아니라 욕보이는 것이다. 그러니 나를 위하거나 칭찬하려거든 천재니 수재니 하는 말도 안 되는 소리 하지 말고 '강준희는 노력가다'란 말 한마디면 된다. 그러면 나를 제대로 보고 똑바로 말하는 것이어서 인정하고 수긍한다. 그러니 환심성 발언이나 아부성 발언으로 나를 희롱하지 말라. 세상에 그래 14명이 졸업하는데 겨우 7~8등밖에 못한 내가 천재라고? 개가 웃을 노릇이다.

그러나 내가 굳이 나를 합리화시켜 견강부회한다면 이런 말은 할 수 있을지 모른다. 사마천司馬遷의 '사기史記'에 나오는 '낭중지추囊中之錐'란 말이다. 주머니 속의 송곳은 끝이 뾰족해 밖으로 나오게 마련이어서 현재賢才나 재능이 뛰어난 사람은 산장山長이나 일민逸民으로 숨어 있어도 저절로 여러 사람에게 알려진다는 낭중지추 말이다. 사람들은 나를 '대단한 사람'이라 하기도 하고 도대체 알 수 없는 '불가해한 사람'이라 하기도 한다.

왜 안 그렇겠는가. 나는 내가 나를 생각해도 알 수 없는 구석이 한두 군데가 아니다. 그러니 남이 어찌 이런 나를 알 수 있을 것인가. 나는 내가 밉다 곱다 하고, 좋다 싫다 하고, 마음에 들다 안 들다 한다. 내 마음 하나 내 마음대로 다스리지 못한 채 이렇듯 갈팡질팡하니 나야말로 참으로 알 수 없는 사람이다.

이렇게 본다면 마리보가 '이중二重의 변덕'에서 '사람은 자기 마음의 주인이 아니다'라고 말한 게 옳을지도 모르고 '마음의 이성理性이 알지 못하는 스스로의 이유를 가진다'고 한 파스칼의 말도 맞을지 모른다. 그리고 '바다보다 더 장대한 것은 하늘, 하늘보다 더 장대한 것은 사람의 마음이다'라고 한 빅토르 위고의 말도 맞을지 모른다.

어찌 이들뿐이겠는가. F. 뤼케르트도 '바라몬의 지혜'에서 '마음은 정신 이상의 것이다. 마음은 정신이 꽃향기처럼 사라져도 계속 뿌리로 남기 때문이다'고 말했을 것이며 '마음은 모든 일의 근본이 된다. 마음은 주主가 되어 모든 일을 시키나니, 마음속에 악한 일을 생각하면 그 말과 행동도 또한 그러하리라. 그 때문에 괴로움은 그를 따라 마치 수레를 따르는 수레바퀴처럼 된다'는 '법구경法句經'의 말도 옳은 말일 수 있다. 그러기에 주자朱子도 말하지 않았던가. '성性이라는 것은 천리天理이니 만물이 품품稟하여 받아서 한 이치도 갖추지 않은 것이 없는 것이 없는 것이다. 심心이라는 것은 한 몸의 주제요, 의義라는 것은 마음의 발하는 것이요, 정情이라는 것은 마음의 동動하는 것이요, 지志라는 것은 마음의 가는 것이요, 기氣라는 것은 나의 혈기로써 몸에 찬 것이다'라고. 마음이 얼마나 묘하게 간사한 것이면 우리 속담에 '사람의 마음은 하루에도 열두 번 변한다' 했을 것이며 '산속에 있는 열 놈의 도둑은 잡아도 제 마음 속에 있는 한 놈의 도둑은 못 잡는다' 했겠는가. 이런 사람의 마음은 다른 나라도 마찬가지여서 영국 속담엔 '마음을 빼앗기면 눈은 아무것도 못 본다' 했고 이스라엘 속담은 '사람의 마음과 바닷속은 측량하기 어렵다' 했을 터이다. 자 이렇듯 오묘한 마음을 나 같은 필부가 어찌 감히 다스릴 수 있으랴.

나는 성격이 쾌활하고 적극적이며 직설적이며 외향적이다. 그리고 의분義憤 잘하고 공분公憤 잘하는 비분강개

파다. 그런데도 나는 성격과는 달리 겁 많고 소심하며 세심하고 우유부단하다. 그런가 하면 나는 또 순진하고 감상적이고 꼼꼼하고 섬세하다. 그래서인지 매사에 대충하는 게 없고 대강이라는 것도 없다. 그런데도 사람들은 겉으로 나타난 내 모습만 보고 내가 일을 아무렇게 하거나 아니면 눈비음의 후림대수작으로 얼렁뚱땅할 것처럼 말한다. 하지만 천만의 말씀이다. 나는 상상도 할 수 없을 만큼 매사에 정확하고 꼼꼼하고 빈틈없고 섬세하다. 그래서 무슨 일이든 자로 잰 듯 정확하다. 나는 서가에 책을 꽂아도 가지런하게 꽂아 들쑥날쑥한 게 없고 이부자리를 개도 자로 잰 듯 한 치의 어긋남이 없다.

다림질도 마찬가지여서 구김살 한 군데 없이 다려야 하고 청소도 먼지 하나 없이 깨끗하게 한다. 빨래도 예외가 아니어서 맑은 물이 나올 때까지 헹궈야 한다. 심지어는 신문(구문)이나 폐지를 묶을 때도 각을 맞춰 칼로 벤 듯 묶는다. 이런 나를 보고 언젠가 누님이 다니러 오셨다가 '동생이 여자로 태어났으면 살림을 물도 안 나게 잘해 대한민국에서 따를 사람이 없을 것'이라며 혀를 내두르셨다.

이런 나를 어떤 이는 괴팍하다 하고 어떤 이는 아주 피곤하게 사는 사람이라 하고 어떤 이는 또 완전을 추구하는 완벽주의자라 하기도 한다. 그리고 너무 깨끗해 결벽주의자라 하기도 한다. 여기서 한 술 더 떠 나를 '괴짜'로 부르는 이도 많다. 나는 괴짜라 부르는 소리를 들으면 아주 불쾌해 어떤 모멸감과 모독감을 느낀다. 나는 열심히 살고 진지하게 사는데 이들 눈에는 이렇게 사는 내가 괴짜로 보이는 모양이다. 하기야 세상이 온통 괴짜요 쇼판이니 그런 소리가 나올 만도하다.

　그러나 한 번 생각해 보라.

　돈 없어 장사 못하고, 학력 없어 취직 못하니 제출물로 할 일이란 천생 돈 안 들고 학력 안 따지는 밑바닥 막일밖에 더 있는가. 그래서 엿장수 하고, 막노동하고, 똥통리어카 끌고, 스케이트날갈이 하고, 포장마차 하고, 연탄 배달하고, 집시처럼, 배가본드처럼 떠돌아다니면서 날품팔이하며 코에서 단내 나고, 오줌에서 피오줌의 혈뇨血尿가 나오도록 고달프게 살았다. 그런데 이런 내가 가당찮게도 괴짜라니. 쇼맨이라니.

　나는 감정의 기복이 심해 어느 때는 옵티미스트요 어느 때는 니힐리스트다. 그러다 어느 때는 로맨티스트가 되고 어느 때는 센티멘털리스트가 된다. 그러다 또 어느 때는 아이디얼리스트가 되기도 한다. 변덕이 많은 건지 감정의 변화가 심한 건지 알 수가 없다.

　나는 내가 생각해도 성질이 불 같을 때가 있다. 그런데도 참을 때는 은인자중 잘도 참는다. 나는 호통도 잘 치지만 칭찬도 잘한다. 내가 야단치고 호통치는 자들은 부정부패한 무리들과 인간이라 할 수 없는 인면수심人面獸心의 짐승 같은 자들이요, 내가 칭찬하고 기리는 사람은 깨끗하고 올곧으며 예의범절이 발라 사회의 귀감이 되는 반듯한 사람들이다. 이런 나를 사람들은 칭찬에 인색해 야단만 치는 사람으로 잘못 알고 있는데 이는 마치 나무만 보고 숲을 못 보는 현상과 같다. 나는 누구를 칭찬할 때는 과장해 칭찬하는 버릇이 있고 누구를 호통칠 때는 인정사정없이 호통칠 때가 있다. 이 같은 현상은 대개 신문에 사설과 칼럼을 쓸 때가 아니면 기관이나 단체에 초청돼 강의를 할 때가 대표적이다. 물론 사석이나 사담에서도 칭찬할 때가 있고 질타할 때가 있지만 이는 그러나 사설이나 칼럼, 강의나 강연할 때하곤 다르다. 나는 청렴해야 할 공직자가 부정·비리나 수뢰·독직으로 세상을 더럽히면 그것이 아무리 기세등등한 권력자요 고관대작이라 할지라도 준열히 꾸짖고, 힘없고 돈 없고 권력 없고 가진 것 없어 가난하면서도 이웃에, 사회에, 국가에 이바지하며 아름다이 사는 사람은 한없는 칭찬으로 격려해 주고 전화나 편지, 혹은 직접 찾아가 기리기를 좋아한다. 이 바람에 나를 좋아하는 사람도 많고 나를 싫어하는 사람도 많다. 나를 좋아하는 사람은 사설이나 칼럼에 칭찬을 해 준 이들(혹은 단체나 기관)이요 나를 싫어하는 사람은 부정·비리나 그 밖의 비행으로 호되게 질타를 당한 사람이나 단체 기관들이다. 그래서인지는 몰라도 나는 세 군데의 신문을 옮기며 사설과 칼럼을 썼는데, 그때마다 상당수의 독자가 나를(신문) 따라다녔다. 내 칼럼을 읽기 위해서였다. 나는 누구를 막론하고 잘못하는(특히 부정·비리) 일은 호통 질타로 사정없이 꾸짖는데 독자들은 이런 내 글이 통쾌하다며 박수갈채를 보냈다. 그리고 나는 또 아무리 힘없는 필부匹夫요 필부匹婦라 할지라도 훌륭한 일을 하며 아름다이 사는 이가 있으면 이를 사설이나 칼럼(대개 칼럼으로)으로 써서 세상에 알리길 좋아한다. 신문은 보도의 기능도 중요하지만 비판의 기능도 중요하다. 신문이, 논객이, 비판을 못한다면 그 신문은 죽은 신문이요 그 논객은 죽은 논객이다. 내가 부정·비리·수뢰·독직하는 자들과 인두껍만 뒤집어썼지 짐승만도 못한 짓거리를 하는 자들에게 질타로 벼락을 치면 참으로 통쾌하다며 박수치는 쪽과, 조심하라 까불지 말라며 협박하는 쪽이 있는데, 박수치는 쪽은 청천백일하에 통쾌하다 전화하고, 조심하라 까불지 말라며 겁주는 쪽은 유령처럼 한밤중에 도둑괭이처럼 전화를 건다. 바른 말이 상피相避니 내가 얼마나 밉겠는가. 미울 정도가 아니라 아킬레스건을 파 헤집어 세상에 드러냈으니 소리 없는 총이 있으면 쏘고 싶었을 것이다. 그러면 나는 짐짓 큰소리로 이렇게 말한다. '당신이 누군지 모르겠으나 유령처럼 한밤중에 그러지 말고 밝은 날 당당히 찾아와 얘기하라. 당신 얘기 들어 보고 내가 잘못했다면 무릎이라도 꿇을 테니까' 하고.

나는 사설과 칼럼에서 대의멸친大義滅親 정신으로 바른 말 곧은 소리를 많이 해 칭찬과 격려, 공감과 협박을 많이 받았다. 나는 5백여 편의 칼럼 중 3백 편만 골라 『껍데기』(1995), 『사람된 것이 부끄럽다』(2000), 『너무도 아름다워 눈물이 난다』(2003) 등 세 권의 칼럼집을 출간했는데 권마다 100편씩을 실어 펴낸 바 있다.

다시 앞의 말로 돌아가서 나는 성격이 쾌활하고 적극적이며 직설적이며 외향적이다. 그리고 의분 잘하고 공분 잘하는 비분강개파다. 그럼에도 참을 때는 은인자중 잘 참는다. 불같은 성격으로 본다면 앞뒤 가리지 않고 금세

폭발해야 하는데 꾹꾹 눌쳐 참고 불문에 부치기 예사다.

한 번은 이런 일이 있었다. 이곳 C 시의 부시장으로 있다 퇴직한 K 씨가 점심을 하자며 차를 가지고 왔다. 그런데 현장에 가서 보니 그곳엔 C 대학교 총장으로 있다 퇴직한 L 씨와 K 대학교 의과대학장을 지내다 같은 대학 병원장을 지낸 바 있는 J 씨 등이 와 있었다. 나는 의아했다. 우리가 간 집은 식당이 아니라 별장 같은 가정집이었다. 그 집 주인은 국가의 안녕질서를 유지하고 국민의 재산과 생명을 지키다 퇴직한 민중의 지팡이 출신으로 나도 잘 아는 이였다. 그는 풍광이 수려하기로 유명한 호반 언덕 위에 근사한 집을 짓고 사는 이였다. 그러나 나는 곧 후회했다. 내가 오지 말아야 할 데를 왔구나 해서였다. 우리는 별장 같은 그 집에서(적어도 내 눈엔 그렇게 보였다) 차 한 잔씩 하고 호반가 식당으로 갔다. 점심을 먹기 위해서였다. 그런데 식당에 가자마자 그가 나한테 "강 형, 강 형" 했다. 강 형이라니. 이런 천하에 본데없는 위인이 있나. 나는 불쾌하고 기가 차 당장 "네 이놈아!" 하고 호통 칠까 하다 눌러 참았다. 몇십 년을 남의 약점과 단점을 파헤치던 직업에 종사하던 그가 겉으로 드러난 현상만으로 사람을 평가했을 것이니 어찌 사람을 제대로 볼 수 있을 것인가 싶어서였다.

그렇다. 사람은 자기 눈높이밖에 사물을 볼 줄 모른다. 그러기에 성인이라야 성인을 알아본다는 성인지능지성인聖人知能知聖人이란 말이 생겼을 것이고 백락伯樂이 있어야 천리마千里馬를 알고 종자기鍾子期가 있어야 백아伯牙의 거문고 소리를 안다는 지음知音이 생겼을 것이다. 그 자리엔 내가 나이가 가장 많은 연장자였고 그 다음이 L 총장, 그 다음이 J 학장, 그 다음이 K 부시장, 그 다음이 그였다. 이런 그가 L 총장한테는 총장님, 총장님 하고, J 학장한테는 학장님 또는 원장님 하고, K 부시장한테는 부시장님, 부시장님 하면서도 나이가 가장 많은 나한테는 '강 형'이었다. L 총장은 나를 꼭 '강 선생님'이라고 불렀고 J 학장과 K 부시장은 나를 깍듯이 형님이라 부르는데 나이 제일 적은 그만은 나를 강 형이라 부르니 어이가 없었다. 나는 그가 괘씸하게 느껴져 한 번 크게 꾸짖어 줄까도 했다. '형'이란 호칭은 자기와 나이가 비슷한 연배 간이나 평교 간 또는 몇 살 많거나 몇 살 적은 사람한테 붙이는 호칭이지, 어찌 나이가 10살도 훨씬 더 많은 장형長兄 같은 사람한테 '형님'도 아닌 '강 형'이라 할 수 있는가. 이는 아주 본데없이 자랐거나 마구발방으로 예의가 뭔지 모르는 자나 할 수 있는 일이었다. 안 그래도 나는 그를 평소 과히 좋지 않게 봐 왔는데 그에 내 눈 밖에 나고 말았다. 그는 1986년 출간된 내 장편소설 '쌍놈열전'이 서점에 깔리자 전량을 압수해 간 장본인이었다. 나한테는 미안하다는 말 한마디 없이. 상부의 지시니 양해해 달라는 말 한마디 없이. 그때는 신군부가 철권통치로 세상을 다스릴 때여서 그들의 비위에 조금만 안 맞아도 무소불위로 못할 일이 없을 때였다. 그런 때에 쌍놈열전이란 소설로 '종교쌍놈', '재벌쌍놈', '교육쌍놈', '정치쌍놈'을 해학과 풍자, 직설과 야유, 호통과 질타로 썩은 세상을 고발했으니 어찌 가만히 있겠는가. 나는 그때 독일의 휘테가 된 심정으로, 어부사漁父詞로 세상을 일갈했던 굴원屈原의 심정으로 이 소설을 썼다. 그러자 기다리고나 있었다는 듯 책이 나오기 바쁘게 판금조치(판매금지)가 내렸고 판금조치가 내리자 전국 서점에 깔려 있던 '쌍놈열전'이 모두 압수·폐기됐다. 풍자·해학·직설·야유·호통·질타로 고발한 바른말이 듣기 싫어서였다. 그러나 나는 그날 이후로도 그를 웃는 낮으로 대했고 압수해 간 책에 대해서는 전혀 모르는 양 일언반구 말을 하지 않았다. 물론 원망하거나 미워하지도 않았다. 위인爲人이 그것밖에 안 되는

데 뭘 미워하고 자시고가 있겠는가. 나는 오히려 그를 궁휼히 여겨 연민의 정을 느꼈다. 더욱이 그가 불치의 병으로 불귀의 객이 됐다는 소리를 들었을 때는 그의 명복을 빌기까지 했다.

나는 친구를 좋아한다. 친구 중에서도 의기투합한 친구와의 대화를 좋아한다. 의기투합한 친구와의 대화 때는 고수鼓手가 소리꾼의 흥을 돋우기 위해 '홍!' '얼씨구!' '좋지!' 하는 조흥사助興詞로 추임새를 먹이듯 '그래?' '그렇겠지' '암' '야!' 하고 맞장구를 쳐야 흥이 나고 짓이 나 얘기할 맛이 난다. 나는 열심히 얘기하는데 듣는 사람은 듣는 둥 마는 둥 관심을 안 보인 채 딴청을 부리면 속된 말로 김이 샌다. 김만 새는 게 아니라 불쾌하고 속상하다. 그리고 예의에도 벗어나는 일이다. 얘기만이 아니다. 전화를 하거나 받을 때도 마찬가지다. 나는 누가 전화를 걸어오면 무조건 반가워한다. 그 사람이 아는 사람이든 모르는 사람이든 상관없다. 전화는 사람을 대신해 말을 주고받는 매개체이므로 하나의 인격체로 대해야 한다. 그런데 전화를 건 사람이 민망하게 전화를 받는 사람이 있다. 아주 사무적이다. "그런데요" "그래서요" "말씀하세요" 식이 바로 그런 경우다. 이런 사람은 직접 만나도 크게 다르지 않아 반가워하는 법이 없다. 그저 마지못해 악수하거나 아니면 귀찮다는 듯 아리잠직하게 대하기 일쑤다. 이는 성격 탓이나 성정 탓으로 돌릴 수도 있겠지만 글쎄다. 나는 하여간 사람을 만나면 반가워하고 반색하는 게 인지상정으로 생각하는 사람이다. 그것이 죽마고우이거나 고향 친구라면 더 말할 필요가 없다.

죽마고우와 고향 친구!

이는 듣기만 해도 가슴이 설레는 말이다. 그러나 우리는 지금 그런 불알친구 죽마고우를 잃어 가고 있다. 아니 벌써 잊은 지가 오래인지도 모른다. 서글픈 일이 아닐 수 없다. 그 정겹던 불알친구, 그 기막히던 죽마고우는 다 어디로 갔는가. 자고 나면 메밀 벌처럼 옴살로 붙어 다니며 하루해가 짧아라 뛰놀던 고향 동무. 진종일 산과 들과 내를 휘지르다 밤엔 정신 모르게 곯아떨어져 요에 흥건히 만국지도를 그려 놓고 날이 새기 바쁘게 머리에 키를 뒤집어쓰고 동무 집에 소금을 꾸러 가던 죽마고우.

그런 고향 친구가 그리워 어느 날 나는 전화를 걸었다. 마침 그 무렵 새로 책이 나와 다행이다 싶었다. 나는 네 친구에게 전화를 걸어 신간이 나와 자네들에게 한 권씩

주고 싶으니 만나자 했다. 날짜와 시간을 정해 전화 주면 나는 고향 버스 터미널로 가고 자네들은 버스 터미널로 와서 만나자고. 나는 소년처럼 설레는 마음으로 전화를 걸었는데 세 친구는 바쁘다는 핑계로 거절(?)을 했고 한 친구만 "그러지 뭐" 하고 약속을 했다. 나는 약속한 날 약속 시간에 고향행 버스에 몸을 실었다. 책 네 권을 싸가지고.

이렇게 만난 우리 두 사람은 다방에서 많은 얘기를 나누며 회포를 풀었고 점심 먹는 시간도 아까워 연방 수다를 떨었다. 그리고는 헤어질 때 나머지 친구 세 사람에게 전해 달라며 책에 서명을 해 그 친구에게 주었다. 그런 다음 절류折柳의 아쉬움을 뒤로 한 채 귀로의 버스에 올랐다. 그러나 그것으로 그만이었다. 그 친구는 그날로 분명히 책을 전해 준다 했는데 세 친구한테서는 한 달이 가고 두 달이 가도 전화 한 사람 걸려 오질 않았다.

아, 어쩌면 이럴 수가 있단 말인가.

아니 죽고 못 살던 불알친구가 어찌 이럴 수가 있단 말인가.

아니 죽고 못 살던 동무들이 이럴 수도 있단 말인가.

나는 말할 수 없는 허탈과 자괴감에 허물어지듯 주저앉았다. 나는 대접을 받기 위해 그 친구들에게 책을 준 건 아니다. 밥을 사고 술을 사고 축하해 주길 바라서도 아니다. 다만, 그렇다. 다만 "책 나왔어? 애썼어. 틈틈이 읽어 볼게" 하면 되는 것이다. 하기야 상당한 수준에 있는 사람들, 예컨대 작가니 교수니 하는 사람들도 책을 보내 주면 거의가 그것으로 그만인 경우가 십중팔구인데 어찌 문학을 모르고 소설을 모른 채 국으로 농사만 짓는 농투성이들이 이를 알겠는가. 어쩌면 모르는 게 당연한 일일 수도 있다.

좋은 벗 그리운 친구는 생각만 해도 가슴 설렌다. 그러기에 심두영沈斗榮은 그의 시에서,

'친구가 남이건만 어이 그리 유정한고
만나면 정담이요 못 만나면 그립도다.
아마도 유정무정키는 사귈 탓인가 하노라.'

했을 것이다. 어찌 심두영뿐이겠는가, 정도전鄭道傳도 '삼봉집三峰集'에서,

'좋은 벗이 이웃에 함께 살아서
골목이 이리저리 연접했다오.
참이슬에 젖으면서

등불 밝혀 모이네

마주 앉아 기문을 감상하다가

이치의 극을 보면 말을 잊는다.

날로 달로 언제나 이와 같으리

이 즐거움을 잊지 말자 맹세를 했네.'

하고 노래했다. 그런가 하면 또 박지원朴趾源은 '예덕선생
전穢德先生傳'에서,

'벗이란 동거하지 않는 아내요, 동기同氣 아닌 아우다'
했고 '공자가어孔子家語'에서는 '내가 듣기로 친하다는 것
은 그 친한 것을 잃어버리지 않는 것이고, 옛 친구라는 것
은 그 옛일을 잃어버리지 않는다는 것이다'라고 했다. 영
국은 그 속담에서 '아는 사람은 많이 갖더라도 친구는 조
금만 가져라' 했고 이스라엘 속담은 '한 사람의 오랜 친구
가 열 사람의 새로운 친구보다도 낫다'라고 했다.

좋은 친구와 나누는 정담은 한없이 즐겁다. 여기서 좋
은 친구란 물론 의기투합의 친구를 말함이다. 마음이나
뜻이 서로 맞고 잘 통하는 지기지우知己之友. 이런 친구 한
사람만 있어도 그 사람은 성공한 인생이다. 그러기에 20
세기 미국의 작가이자 역사가요, 사상가였던 H. B. 애덤

스는 '헨리 애덤스의 교육'이란 책에서 '생애에 친구가 하나면 그것으로 족하다. 둘이면 과하고, 셋이면 불가능하다' 했을 것이다.

시성詩聖으로 일컬어지는 두보杜甫는 '낙월옥량落月屋梁'이란 말을 써 '벗을 꿈속에서 만나 즐기다가 깨어 보니 벗은 간 데 없고 싸늘한 달빛만이 지붕 위를 비춘다'고 노래해 벗을 그리는 마음이 간절함을 일렀을 터이다.

좋은 벗은 무한의 가치를 지닌 불역불환不易不換의 존재여서 값으로 따질 수 없는 것이다. 푸른 달빛이 신화처럼 내리는 봄밤, 환몽이듯 핀 분홍빛 복사꽃 나무 아래 벗과 마주 앉아 일배 일배 부일배로 나누는 정담은 얼마나 근사한가. 이때는 그야말로 소동파蘇東坡가 '춘야春夜'에서 '봄밤의 한 시각은 천금에 값한다'는 '춘소일각치천금春宵一刻值千金'이 아니라도 짧은 봄밤이 야속하고 안타깝다. 녹음과 방초가 꽃보다 좋다는 녹음방초승화시綠陰芳草勝花時에 풍광 명미한 곳에서 뜻맞는 벗과 함께 앉아 귀촉도 소리 들으며 나누는 대화는 또 얼마나 근사한가. 낙엽 지는 공원의 벤치에 앉아 파란 하늘에 점점이 깔린 깃털구름 바라보며 벗과 나누는 대화는 또 얼마나 기막히며, 백설이 만건곤한 깊은 겨울 뜨끈하게 군불 지피고 앉

아 따끈한 차향 맡으며 나누는 정담은 또 얼마나 그윽한
가. 19세기 영국의 사상가이자 역사가인 칼라일과, 역시
19세기 미국의 사상가이자 시인인 에머슨은 서로 만나기
를 원하다 뜻을 이뤄 어렵사리 만난 자리에서 말 한마디
주고받지 않다가 헤어지면서 "우리 오늘 참으로 많은 얘
기를 나누었다"며 얼싸안은 사건(?)은 유명한 세기의 해
후려니와 서로 그리다 만난 사람은 말 한마디 없이 바라
만 봐도 좋고 즐거워 천언만어千言萬語를 주고받는다. 참
으로 부러운 이심전심이요 교외별전敎外別傳이어서 이런
경지에 한 번 들었으면 싶다. 이들은 단 한 번 만난 일이
없는 사이였는데도 무언으로 많은 대화를 나누었으니 과
시 세기의 지성다운 면모였다.

사람은 누구나 친한 친구가 있고 가까운 벗이 있다. 나
도 물론 예외가 아니어서 심우心友 몇 사람은 있다. 나는
목을 찔러도 후회하지 않을 만큼 생사를 같이 할 수 있는
문경지교刎頸之交는 없을지 몰라도, 춘추시대의 관중과
포숙아 같은 기막힌 우정의 관포지교管鮑之交는 없을지
몰라도, 그리고 군자의 교제처럼 담박한 우정의 담수지교
淡水之交와, 지초와 난초 같은 맑고 고귀한 사귐의 지란지
교芝蘭之交까지는 몰라도 마음 터놓고 숨김없이 얘기할 수

있는 간담상조肝膽相照와, 마음이 맞아 서로 거슬리는 일이 없는 막역지우莫逆之友와, 마음을 터놓고 지내는 벗 심복지우心腹之友와, 소나무가 무성하면 잣나무가 기뻐해 친구의 잘됨을 기뻐하는 송무백열松茂栢悅의 친구와, 물이 없으면 살 수 없는 물고기와 물의 관계처럼 친밀한 수어지교水魚之交의 벗 몇 사람은 있다. 한 사람은 오재욱吳在旭이라는 고향 벗이요 또 한 사람도 고향 친구인 정두화鄭斗和라는 벗이다. 오재욱은 내가 태어난 소백산 밑 두메산골의 죽마고우요 정두화는 고향은 같으나 면面이 다른 금수산 밑에서 청소년 적에 만난 수어지교다. 나는 소백산 밑 두메산골에 살다 초등학교를 마치자 부모님을 따라 타처로 이사를 갔고 몇 년 후 다시 부모님을 따라 면만 다른 고향 땅 금수산 밑 두메산골로 이사를 와 정두화를 만났다. 나는 해발 1015m나 되는 높은 금수산 바로 밑 벽촌에 살았고 두화는 우리 산마을에서 10리쯤 내려가 있는 면 소재지 근처에 살았다.

청소년 시절 나와 재욱은 문학(소설)을 좋아해 소설가가 되자 약속했다. 그러나 그때는 너무도 배고팠던 찰가난의 보릿고개 시대여서 책 한 권 살 돈이 없었고(읍내엔 서점이라곤 없어 장날 길바닥 난전에 깔아 놓고 파는 몇

종류의 고대소설류가 고작이었다) 문학을 지도 받을 사람도 없었다. 이때 나는 이미 금수산 밑 산동네로 이사 온 다음이었고 아버지도 돌아가신 다음이어서 홀어머니를 모시고 애면글면 살았다. 나는 논 한 다랑이 없는 바위투성이 산동네서 아등바등 산전(山田. 화전火田이라고 함) 일궈 농사지으며 30여 리 먼 읍내까지 나무를 져다 팔며(그때는 연료가 모두 나무였다) 주경야독했고 문학(소설)의 꿈도 함께 키웠다.

이렇게 하기를 20여 년. 그 사이 재욱과 나는 많은 변화가 있었고 시련도 많이 겪었다. 나는 그 사이 객지를 전전하며 안 해 본 일이 없었고 안 겪은 시련이 없었다. 물론 천신만고 소설가도 돼 신문에 한 번, 교양 잡지에 한 번 글이 당선됐고 또 한 번은 문예지에 추천을 받아 문단에 등단을 했다. 한데도 재욱은 소설 공부를 때려치우고 면사무소, 우체국, 광산 등지를 돌아다니며 생활 전선에 뛰어 들어 생활인이 되었다. 그러다 내가 살고 있는 C 시에서 백여 리 떨어진 J 시에서 생게망게하게도 슈퍼 가게를 열더니 몇 년 후엔 또 얼토당토않게 세탁소를 차렸다. 그리고 몇 년 후 그 몹쓸 놈의 중풍으로 쓰러져 반신불수가 되었다.

나는 재욱이 중풍으로 쓰러지자 한 달에 한 번 또는 두 달에 한 번씩 그에게로 가 해종일 동무해 놀다 저녁 늦게 돌아왔다. 그리고 내 글(소설)이 문예지에 발표되면 제일 먼저 가져다주었고 책이 출간돼도 제일 먼저 가져다주었다.

　이러기를 몇 년. 아마 6~7년쯤 됐을까 싶은 어느 해, 재욱은 인천으로 이사를 갔다. 아들의 직장을 따라서였다. 재욱이 아들의 직장을 따라 인천으로 가자 이번엔 내가 재욱을 초대하기 시작했다. 중풍으로 쓰러져 반신불수가 된 사람을 초대하다니 이게 될성부른 얘기냐 할지 모르지만 천만에. 내가 인천 재욱이한테 가면 허심탄회하게 놀 수가 없었다. 그의 부인과 가족들 때문이었다. 그렇지만 재욱이 나한테 오면 닷새고 엿새고 마음대로 놀 수가 있다. 그래 나는 재욱이 온다고 할 때까지 열 번이고 스무 번이고 전화를 한다. 그러면 재욱이 "걸음도 제대로 못 걷는 반편이가 어떻게 가며, 간다 한들 자네가 얼마나 귀찮고 성가시겠나" 한다. 나는 이때를 놓치지 않고 "아, 이 사람아, 오는 거야 차가 데려다 주지 않나. 어느 날 몇 시 버스로 온다면 내가 버스 터미널로 마중 나가면 되잖아. 그러니 잔소리 말고 빨리 와 티 없던 소년 시절로 돌아가자!" 내가 이렇게 애원하다시피 사정사정해 재욱이는 일

년에 두 번 춘추로 나한테 와 온갖 시름 다 잊고 동심으로 돌아갔다. 걸음도 잘 못 걷고 말도 어눌하면서도 내가 술 한 잔 마시고 추억의 가요 몇 곡 불러 젖히면 재욱은 "좋구나 좋다!" 하며 절룩절룩 춤을 추었다. 그렇게 좋아할 수가 없었다.

나는 재욱이가 오면 사흘이고 닷새고 그가 있는 동안 온전히 그만을 위해 모든 것을 할애했다. 아니 작파했다. 글도 안 쓰고 책도 안 읽고 어디 나가지도 않았다. 나가는 경우는 재욱의 손을 잡고 세월없이 걸으며 목욕탕에 가 때를 밀어 주는 것과 식당에 가 식사할 때뿐이었다. 집에서 내가 해 먹이는 밥은 우선 반찬이 없어 낭패였다.

이렇게 하기를 이십수 년.

어느 해던가 한 번은 재욱이 내 손을 덥석 잡더니 목멘 소리로 "여보게 친구! 난 아마도 강준희라는 벗을 만나기 위해 이 세상에 태어난 것 같아. 고맙고 미안하고 기쁘고 눈물겹고 아름다워. 지란지교가 어찌 이보다 더 아름답고 금란지계金蘭之契가 어찌 이보다 더 아름답겠나. 다른 친구들은 한 번 다녀가면 그것으로 끝나고 친척들도 한두 번으로 그만인데 강준희만은 몇십 년을 한결같은 우정으로 이 못난 나를 대해 주니 요즘 세상에 이런 우정이 어디 있나. 어떤 친구는 내가 혹여 찾아라도 갈까 봐 미리 방패막이를 하고, 또 어떤 친구는 길에서 만나도 우정 고개를 돌려 외면하기도 하는데 강준희는 내가 안 오겠다는데도 (폐를 안 끼치기 위해) 여러 번의 전화와 편지로 나를 설득시켜 애원하니 내 어찌 감동하지 않겠나. 이런 우정 지금 세상엔 없어. 아니 이 하늘 아래 없을 지도 몰라!"

재욱은 이러며 몽니 부리는 아이처럼 내 가슴에 안겨 울었다. 재욱은 유정하고 다감하며 멋을 알고 낭만을 아는 친구였다. 재욱은 내 말에 "옳지, 암, 그렇겠지, 아하, 옳거니!" 등 장단을 맞추고 추임새 넣기를 좋아해 말하는 나를 신명나게 했다. 그런데 이런 재욱이가 그만 망할 놈의 뇌졸중으로 반신불수가 돼 가엾고 속상하고 안쓰럽고 한스럽다. 그런데 이제는 이런 재욱과도 만나기가 어렵게 돼 안타깝다. 나이 탓인지 거동이 그전보다 더욱 불편해 초청하기가 어려워졌기 때문이다. 그러니 천생 내가 재욱이를 만나러 인천으로 가야하는데 인천 재욱이의 집은 우리 집처럼 만만하고 편안치가 않다. 그의 부인이 항상 그림자처럼 붙어 있어 마음 놓고 웃고 떠들 수가 없고 우리끼리 하는 속엣말도 할 수가 없다. 그래도 나는 재욱이를 만나러 일 년에 한두 번은 인천엘 가야 한다.

재욱과 나와의 이런 우정을 곁에서 보아 온 조민식이라는 분은 우리 두 사람의 우정이 참으로 아름답다며 무척 부러워했다. 그는 초등학교 교장으로 퇴임한 분인데 언행이 반듯하고 행실이 어질어 배울 점이 많은 이였다. 그래 나는 그와 자주 만나 점심도 같이 하고 저녁 식사도 함께한다. 그리고 내가 어디 강의 초청이 와 초빙 강사로 가면 시간이 날 때마다 원근을 가리지 않고 가끔 동무해 같이 가곤 한다. 그도 나처럼 혼자 살고 집도 빤히 보이는 지호지간에 있어 사흘이 멀다 만나는 사이다. 그래서 재욱과 나와의 관계를 누구보다 잘 알고 있다. 물론 재욱이도 여러 번 만나 잘 아는 터였다. 그는 요즘 세상에 우리 같은 우정은 찾아볼 수 없어 살아 있는 귀중한 문화재라 했다. 웬만한 친구는 오랜만에 만나도 그냥 의례적인 악수로 끝나고 아주 친한 친구가 오랜만에 찾아와도 바쁘다는 핑계로 식사 한 끼 대접으로 헤어진다. 무슨 이권이 개재되거나 이용 가치가 좀 있는 친구라야 여관에 재워 주고(이때도 집으론 절대 데려오지 않는다) 술도 한 잔 사는 세상이다. 그런데 강준희라는 사람은 이와 딴판이어서 감동 받았다 했다. 그러며 하는 소리가 강준희라는 사람은 겉보기와는 너무 달라 불가해不可解하다 했다. 사람은 대개 겉

볼안이어서 겉을 보면 속은 안 봐도 대략 알 수 있다 했는데 강준희만은 그게 아니어서 불가해하다는 것이었다.

나를 불가해하다 하는 것은 그만이 아니다. 나는 내가 나를 생각해도 불가해한 점이 한두 가지가 아니다. 그러나 여기서는 친구에 대해, 우정에 대해 말하고 있으니 한 사람의 친구와 우정만 더 말하겠다. 그 친구가 누구냐 하면 앞에서 거명한 정두화라는 친구로 내가 부모님을 따라 다시 면만 다른 고향 땅 금수산 밑 산동네 벽촌으로 이사를 와 만난 친구였다. 나는 읍내에 볼일이 있거나 읍내 장에 나무를 져다 팔거나 하면 돌아올 땐 꼭 두화한테 들렀고 면사무소에 볼일이 있어 내려와서도 반드시 두화한테 들렀다. 내가 사는 금수산 밑 산동네서 면소재지까지의 십 리 길은 계속 내리막이었고 두화가 사는 동네는 면소재지 건너편에 있어 내가 사는 궁벽한 산동네에 비하면 평야요 대처였다.

내가 두화와 수어지교가 된 것은 두화가 심성이 착하고 진중해서였다. 두화는 처음 한두 번 만날 때는 잘 모르겠더니 만나면 만날수록 그의 착한 심성과 진중함을 알게 되었다. 우리는 사흘이 멀다 만났고 만나면 그냥 좋아 헤어지기가 싫었다. 그래 나는 달이 밝거나 낙엽이라도 스산히 흩날리는 밤이면 십 리 길의 두화에게 달려가 밤이 이슥토록 놀다 오르막 돌닛길을 허위단심 추어 올랐다.

뿐만이 아니었다. 나는 낮에도 시간만 나면 산매 들린 듯 두화한테로 쫓아 내려갔고 그러면 우리는 혹은 버들 방천에 앉아 호드기를 만들어 불었고 혹은 하모니카와 함께 노래를 불러 산골 초동樵童의 안타까움을 달랬다. 하모니카는 주로 내가 불었고 노래는 주로 두화가 불렀는데 어떤 날은 합창으로 노래를 부르기도 했다. 그때 우리는 '진주라 천릿길', '감격시대', '봄날은 간다', '고향설', '찔레꽃', '청춘고백', '애수의 소야곡', '아주까리 등불', '청춘의 꿈', '홍도야 울지마라', '짝사랑', '대지의 항구', '타향살이', '나그네 설움', '삼각산 손님', '목포의 눈물', '꼬집힌 풋사랑', '희망가', '남원의 애수', '무너진 사랑탑', '이강산 낙화유수' 등 레퍼토리가 한도 없이 많았다. 어떤 때는 긴 긴 겨울밤이 하얗게 새도록 깜냥껏 얘기를 나누며 삶에 대해, 사랑에 대해, 장래에 대해, 인생에 대해 섣부른 토론을 어설피 펴기도 했다. 개똥철학이었다.

읍내 장에 나무를 져다 팔고 파김치가 돼 돌아오다 두화에게 들르면 어느 날엔 툇마루에 걸터앉아 보리밥 찬물에 말아 텃밭 고추 된장에 찍어 우적우적 먹으며 초다짐을 했고, 또 어떤 날은 토장국에 김이 무럭무럭 나는 뜨끈한 고봉밥을 허발하게 먹다가 혼자 눈 빠지게 기다릴 어머니 생각에(이때는 이미 아버지가 돌아 가셨다) 목이 메숟가락을 집어던지고 십 리 길 오르막을 지게(빈 지게)를 진 채 달려 올라 어머니와 죽으로 저녁을 때우고 새벽닭이 자처울 때까지 희미한 등잔불(호롱불) 아래서 공부하며 코피를 쏟았다.

생각하면 참으로 애젖하고 순수해 눈물겹던 천의무봉이었다.

어느 해였던가. 한 번은 이런 일도 있었다. 봄이었다. 참꽃(진달래)이 온 산천을 분홍빛으로 물들이고 조팝꽃이 밭자락 둔덕에 소금을 뿌린 듯 지천으로 피던 봄이었다. 장끼란 놈이 솔포기 밑에서 꿩꿩 울다 건넛산 골짝으로 날아내리고 종다리는 머리 위 공중에서 몸달게 삐삐삐삐 들까불다 보리밭으로 굴러내리던 보릿고개 때였다. 그때 우리는 아직 솜털 보송보송한 스물 한두 살의 약관이었다. 그런 때 두화와 나는 학고개란 고개 넘어 어느 주막에 아주 예쁜 아가씨(접대부)가 있다는 소리를 듣고 찾아갔다. 기억은 잘 안 나지만 그때 술값은 아마 두화가 마련한 듯했다. 돈이 귀해 약에 쓰려도 없던 보릿고개 때라 편지 한 장 부칠 형편도 못 되는(그때 우표 한 장 값이 5원인 가 7원인가 그랬다)터에 접대부가 있는 주막에 가 술을 마시다니 도대체 정신 나간 일이었다. 더욱이 술은 두화나 나나 거의 못하는 편이었다. 그런데도 하여간 우리는 10리도 넘는 고개 넘어 주막집으로 아가씨를 찾아갔다. 치기와 객기 하나를 앞세우고.

예뻤다. 듣던 대로 아가씨는 정말 예뻤다. 하기야 스물한두 살이 되도록 여자를 모르고 젊은 아가씨는 더더욱이 만나보지 못한 형편이니 갓 피어난 나리꽃처럼 청초한 아가씨가 얼마나 예쁘겠는가. 그야말로 월궁항아月宮姮娥가 따로 없고 양귀비楊貴妃, 서시西施가 따로 없었다. 나는 한눈에 반해(이건 두화도 마찬가지였을 것이다) 마실 줄 모르는 술을 벌컥벌컥 마시며 노래를 부르고 하모니카를 불었다. 그런데도 아가씨는 왠지 모르게 우수에 찬 얼굴이었고 어쩌다 웃는 얼굴도 쓸쓸해 보였다. 그런데도 아가씨는 매혹적이고 고혹적이어서 우리를 뇌쇄시켰다. 나는 한창 유행하던 명국환의 '애리조나 카우보이'를 멋들어지게(적어도 내 생각으론) 불러 젖히며 표정을 살폈다. 내가 노래를 씩씩하게 불러서인지 아가씨의 표정이 좀 밝아지는 듯했다. 내가 왜 하필 '애리조나 카우보이'를 힘차게 불렀느냐 하면 이 노래 후반에 '고개 너머 주막집의 아가씨가 그리워'란 대목이 있어서였다. 아가씨는 이 대목에 이르자 박수를 치며 웃기까지 했다. 우수가 좀 걷힌 듯했다. 이때 아가씨가 "노래 참 멋지게 부르시네요. 저도 한 곡 할까요? 못하는 노래지만요" 하더니 '아! 목동아'를 부르기 시작했다.

"아! 목동들의 피리소리들은

산골짝마다 울려 나오고

여름은 가고 꽃은 떨어지니

너도 가고 또 나도 가야지

저 목장에는 여름철이 오고

산골짝마다 눈이 덮여도

나 항상 오래 여기 살리라

아 목동아 아 목동 내 사랑아"

아가씨가 유럽 민요 '아! 목동아'를 부르자 분위기는 일순에 반전됐다. 아가씨는 노래를 참 잘 불렀다. 수준급이었다. 나도 아가씨의 뒤를 이어 이탈리아 민요 '돌아오라 소렌토로'를 불렀다.

'아름다운 저 바다와

그리운 그 빛난 햇빛

내 맘속에 잠시라도

떠날 때가 없도다

향기로운 꽃 만발한

아름다운 동산에서

내게 준 그 귀한 언약

어이하여 잊을까

멀리 떠나간 벗이여

나는 홀로 사모하여

잊지 못할 이곳에서

기다리고 있노라

돌아오라 이곳을 잊지 말고

돌아오라 소렌토로 소렌토로 소렌토로'

내가 이탈리아 민요 '돌아오라 소렌토로'를 부르자 이
번엔 두화가 '잘 있거라 나폴리'를 부르기 시작했다. 역시
이탈리아 민요였다.

'아 그리운 내 고향

너 부디 잘 있거라

나폴리 내 사랑아

너 떠나가노라

그리운 나의 고향

언제나 다시 볼까

잘 있거라 잘 있어

땅 위의 낙원이로다

나폴리 내 사랑

아 땅 위의 낙원이로다

나폴리 내 사랑'

두화의 노래가 끝나자 술자리는 엄숙해졌고 분위기는
착 가라앉았다. 아마 노래가 가져다 준 정조情調와 정조情
操 때문인 듯했다(이후 나는 이 노래 '아 목동아'와 '돌아
오라 소렌토로'와 '잘 있거라 나폴리'를 부른 것은 이로부
터 30여 년 후로 1989년 5월 네덜란드에서 개최된 제53
차 국제펜대회에 참석, 한 달간 유럽에 머무를 때였는데
'아 목동아'를 부른 것은 스위스의 알프스에서였고 '돌아
오라 소렌토로'와 '잘 있거라 나폴리'를 부른 것은 소렌토
와 나폴리에서였다. 그리고 지금껏 단 한 번도 부른 적이
없다. 이거 이래서는 안 되는 것 아닌가 싶어 서글퍼진다).

이렇게 하기를 얼마였을까. 우리는 저녁 겉두리 때가
돼서야 자리를 파했다. 이때 우리는 문득 이래서는 안 된
다는 것을 깨달았다. 아주 깊이, 그리고 뼈저리게. 우리
는, 아니 두화와 나는 서로 한심함을 느꼈다.

그랬다. 그때는 춘궁春窮의 보릿고개가 범보다도 더 무섭다는 절정기였다. 그런 때에 우리는 철부지처럼 정신을 못 차리고 치기와 객기에 빠져 있었으니 너무도 한심한 일이었다. 사람들은 거의가 초근 목피의 구황초로 목숨을 이어가고 이것마저 구할 수 없는 사람은 며칠이고 굶다가 몸이 누렇게 부황이 나 약 먹은 고기처럼 힘을 못 쓴 채 비영거리다 쓰러져 어복이 안 떨어져 걷질 못했다. 이런 기막힌 때에 색싯집에 가 술을 먹다니. 그것도 벌건 대낮에. 우리도 배를 곯아 초근 목피를 먹는 형편에.

고개 넘어 삼거리에 주막집이 생기고 접대부까지 둔 것은 가까운 곳에 광산이 하나 있는데다 길이 세 갈래의 삼거리라 제법 많은 행인의 왕래가 있어서였다. 그러나 그때는 딸네 집에도 안 간다는 춘궁의 보릿고개 때였다. 우리는 잠시 짧은 생각에 무슨 큰 죄나 지은 사람처럼 고개를 숙인 채 도망을 쳤다. 그러면서도 걱정은 두화가 수월찮은 술값(접대부 아가씨까지 있는)을 어떻게 마련했을까였다. 돈 될 것이라곤 만고에 가을 추수와 마당질이 끝나 곡식알이라도 장에 내다 팔기 전에는 돈은 약에 쓰려해도 구경을 못하는데 두화가 무슨 수로 땔나무 서너 짐값은 좋이 되지 싶은 술값을 장만했단 말인가. 아무리 색

줏집의 논다니가 아니라 하나 명색이 술집에서 술시중 드는 접대부까지 있다면 술값도 비싸 만만찮을 터였다. 그러나 이는 문제가 아니었다. 문제는 이날 이후 나에게 생긴 가슴앓이였다. 고개 넘어 주막집의 그 아가씨가 자꾸 생각나고 눈에 밟혀 아무 일도 할 수가 없었다. 어떤 날은 그 아가씨를 생각하다 잠이 들면 몽정夢精을 하기도 했다. 나는 혼자 벙어리 냉가슴 앓듯 고민하다 두화한테로 갔다. 그러나 두화는 그 아가씨가 가끔 생각은 나도 일상에 영향을 미치진 않는다 했다. 나는 한 사람이라도 괜찮다니 다행이다 싶었다. 그런데도 나는 자나 깨나 앉으나 서나 고개 너머 주막집의 그 아가씨 생각뿐이었다. 순정純情이었다. 여자라고는 모르는, 여자라고는 처음 만난 산골 고라리의 순일한 순정이었다.

아, 나는 어쩌나. 어떡해야 하나. 마음 같아서는 당장 고개 너머 주막집으로 달려가고 싶은데 왠지 그래서는 안 될 것 같았다. 뭐라 꼭 집어 말할 수는 없어도 그래서는 안 될 것 같은 마음이 들었다. 그렇다면 나는 어떡해야 하나. 일을 해도 고개 너머 주막집 아가씨 생각뿐이어서 일이 안되고, 공부를 해도 고개 너머 주막집 아가씨 생각뿐이어서 공부가 안되고, 산에 가 나무를 해다 읍내 장에 져다 팔 때도 온통 고개 너머 주막집 아가씨 생각에서 헤어날 수 없어 도무지 일이 손에 잡히질 않았다. 아, 이래서는 안 되겠다. 정신을 차리자. 나는 눈에 띄게 달라진 내 행동을 어머니가 눈치챌까 봐 전전긍긍했다. 만약 어머니가 이 사실을 아신다면 큰일이었다. 세상천지 하나밖에 없는 귀한 외아들이 요망스런 여자한테 홀려 상사병에 걸렸다며 지레 넉장거리칠지도 모를 일이었다. 이때 나는 무엇보다 그 청순한 소녀가 작부 노릇을 한다는 게 분하고 서러웠다. 그 예쁜 처녀가 이놈 저놈 무지막지한 것들에게 접대부 노릇을 한다는 게 아깝고 속상했다.

이렇게 열병 앓듯 가슴을 앓으며 몸부림치기 얼마였을까. 그 지긋지긋하던 보릿고개가 지나고 숨이 턱턱 막히는 여름이 지나 바야흐로 가을을 알리는 건들마가 불기 시작했다. 건들마가 불자 이내 소슬바람이 불었고 소슬바람이 불자 하늘이 점점 맑고 높아졌다.

이러던 어느 날이었다. 막 산전에 심은 조(서숙이라고도 함)가 익어 베어 오려고 낫을 숫돌에 갈아 지게세장에 꽂는데 "실례합니다" 하는 소리와 함께 웬 젊은 여자 하나가 삽짝을 들어섰다.

"아니?!"

나는 소스라치게 놀라 한 걸음 뒤로 물러섰다. 여자는 생계망계하게도 고개 너머 주막집의 아가씨였다. 나는 놀랍고 반갑고 창피하고 민망해 어쩔 바를 모르다 그녀를 일단 내 공부방으로 안내했다. 어머니한테는 펜팔로 알게 된 아가씨라 했다. 이때 나는 내 또래의 남녀 여러 명과 펜팔을 하고 있었기 때문에 어머니도 그렇게 알았다.

이날에야 알았지만 아가씨의 이름은 박혜숙이라 했고 나이는 스무 살이라 했다. 고향은 서울인데 가정 형편이 어려워 여중만 겨우 나와 가발 공장에서 몇 년 일하다 무슨 얄궂은 운명의 장난인지 어린 나이에 생각도 못한 술집에까지 발을 들여 놓았다 했다. 그러나 준희 씨 같은 순수하고 값진 보물을 만나기 위해 운명의 신이 자신을 이렇게 만들었는지도 모른다 싶어 일변 다행으로 여겨지기도 한다 했다. 서울로 올라가 낮에는 가발 공장에서 일하고 밤에는 자취방에서 공부를 해 고검과 대검에 합격해 원하는 대학을 가겠노라 했다. 그러니 준희 씨도 부디 웅지 잃지 말고 열심히 공부해 원하는 바를 꼭 이루라 했다. 그러며 미국의 교육자요 과학자인 윌리엄 클라크의 '젊은 이여 대망을 가져라'는 보이스 비 앰비셔스Boys be ambitious 를 말했다. 그런데도 나는 이 아가씨가 아니 혜숙이가 나를 어떻게 알고 찾아왔는지 그게 무척 궁금했다. 그때 나는(두화와 함께) 이름은 물론 사는 곳도 말하지 않고 객기와 치기로 노래만 수십 곡 부르다 왔는데 어찌 재 너머 산속에 처박혀 사는 나를 알고 찾아왔는지 못내 궁금했다. 그런데도 나는 끝내 이 궁금증을 혼자 가슴에 담아 두었다. 이날 혜숙이와 나는 어머니가 지어 주신 쌀이 반다마 섞인 오르르한 조밥(이곳엔 논 한 다랑이 없는 궁벽한 산중이어서 쌀밥은 일 년에 서너 번, 설과 추석과 제삿날에만 먹었다. 그래 말이 있다. 이곳 처녀들은 시집갈 때까지 쌀 서너 말을 못 먹고 시집을 간다는)을 먹고 혜숙이를 30리 먼 정거장(기차역)까지 걸어가 배웅을 했다. 30리를 걷는 동안 우리는 많은 얘기를 나누었다. 그래도 나는 그녀로 하여금 가슴 태우던 속앓이는 한 마디도 하지 않았다.

꿈처럼 애달피 혜숙을 배웅하고 돌아온 나는 그 길로 극본 '고개 너머 주막집'을 쓰기 시작했다. 겨울에(가능하면 정월 보름날 밤에) 신파극을 한 번 해볼까 해서였다. 내용은 벽촌에서 산전 농사짓고 읍내 장에 나무 져다 팔며 악전고투 소설을 공부하는 순진무구한 문학청년 이강훈이 중앙의 신춘문예에 여러 번 응모했으나 번번이 낙선, 여남은 번의 고배 끝에 마침내 소설이 신문에 당선돼

화려하게 작가로 데뷔하고, 혜숙이 가정 형편이 어려워 잠시 어느 주막에서 접대부로 있다가 상경, 낮에는 봉제 공장에서 일하고 밤에는 자취방에서 공부해 고검 대검에 합격, 천신만고의 간난신고 끝에 대학을 나와 여학교의 국어 선생님이 된다는 통속적인 내용이었다.

극본 '고개 넘어 주막집'을 탈고하자 나는 면장부터 찾아갔다. 신파극을 하려면 사람(배우 · 출연진)도 있어야 하고 무대도 있어야 했다. 당시 촌에서는 동네 중 마루가 제일 큰 육간 대청을 무대로 빌려 신파극을 했는데 우리 동네는 워낙 벽촌이라 집도 몇 채 없었고 마루도 큰 집이 없었다.

면장은 의외로 호의적이었다. 이는 아마도 내가 당시 도내 유일의 일간지 C 일보에 글을 가끔 실어서였을 것이다. 비록 산중에서 산전을 파먹으며 읍내장에 나무를 져다 파는 땔나무꾼일망정 나는 C 일보에 콩트며 수필 등을 심심찮게 발표해 꽤 유명(?)했다.

면장의 호의로 육간 대청의 마루가 있는 집을 구하고 무대에 설 배우들을 구하자 나는 그날 밤부터 연습에 들어갔다. 주연 배우인 남주인공은 나였고 여주인공 혜숙은 두화가 분扮했다. 나는 밤마다 십 리나 되는 면소재지까지 한 달 소수를 오르내리며 연습을 했고 미진한 점은 다음 날 다시 고쳤다. 주연이 연출까지 보려니 힘이 들었다.

이러는 사이 가을이 가고 겨울이 와 대망의 신파극 '고개 너머 주막집'이 무대에 올랐다. 내가 산전 일궈 농사짓고 30리 밖 읍내 장에 애면글면 나무 져다 팔며 밤이면 새벽닭이 울 때까지 코피 쏟으며 공부하는 게 안쓰러워 뒤란의 칠성단에 정화수 떠 놓고 이령수와 비손질로 외아들의 성공을 천지신명께 빌던 어머니. 이런 외아들이 어머니의 정성으로 간난신고를 이기고 여러 번의 실패 끝에 여봐란듯 중앙의 신문에 글이 당선돼 소설가가 되는 장면과, 혜숙이 낮에는 봉제 공장에서 일하고 밤에는 자취방에서 악전고투 공부해 고검과 대검에 합격하고 마침내 대학까지 나와 어엿한 여학교 선생님이 되는 장면에서는 관객들이 함성을 지르며 기립 박수를 쳤다. 그런가 하면 어떤 관객은 감동했다며 눈물을 흘렸고 어떤 관객은 또 주인공들이 너무 고생을 많이 해 불쌍하다며 눈물을 흘리기도 했다. 물론 이때 서울의 혜숙이도 초대돼 눈시울을 붉혔다. 우리는 그동안 여러 통의 편지를 주고받아 소식이 끊이질 않았었다. 편지에서 우리는 서로 약속했다. 나는 소설가가 되고 혜숙은 여학교 선생님이 되겠다고. 이래서 우리는 정말 서로 약속을 지켜 나는 소설가가 됐고 혜숙은 여자 중학교 선생님(국어)이 됐다. 우리는 서로 감동했고 또 서로 축하하며 서울에서 한 번, 내가 살고 있는 데서 한 번 축배를 들었다. 그때, 세상은 온통 다 우리 것 같았다.

나에겐 또 한 사람의 잊지 못할 그리운 친구가 있다. 최승준崔承俊이라는 친구가 바로 그다. 승준이는 내가 살던 금수산 밑 산동네서 3~4년 동안 함께 나무하던 초동樵童 친구로 10대 후반부터 20대 초반까지 옴살처럼 지내던 사이였다. 말하자면 우리는 지게 목발 두들기는 땔나무꾼 친구였다.

승준이는 아버지가 일찍 돌아가시고 계모 밑에서 배다른 동생들과 함께 살았는데 노래를 잘 부르고 그림을 잘 그려 예능 쪽에 소질이 많았다. 승준이가 집안 형편이 좋아 음대나 미대를 나왔다면 크게 두각을 나타내 여봐란듯 성공을 했을 텐데 안타깝게도 가난이 죄라 중학교밖에 못 나와 도남圖南의 뜻을 펴지 못했다. 이런 승준이는 허구한 날 나와 함께 산에 가 나무를 해 날랐고 봄이면 내가 일구는 화전火田에 괭이질을 같이 하며 고픈 배를 석간수石間

水로 채웠다. 그러느라 우리는 돌도 삭일 한창 나이에 물로 배를 채우며 밥 한 번 실컷 먹어 보는 게 소원이었다. 화전은 산전山田 또는 화대기라고도 하고 일명 새조 밭이라고도 하는데 논 한 다랑이 없는 우리 동네는 대다수의 사람들이 화전을 일궈 먹고 살았다. 나도 물론 예외가 아니어서 돌자갈이 아니면 집채만 한 바위가 빼곡한 비탈밭 한 뙈기에 목숨을 걸었고 이 산비탈 돌자갈밭마저 없는 집은 봄에 경사지고 양지바른 산에 교목이나 관목 또는 풀을 베어내고 봄볕에 한 열흘 바싹 말려 불을 지른 다음 그곳에다 감자·옥수수·조·메밀 등을 뿌리고 괭이로 파 엎어 농사를 지었다. 그런가 하면 힘을 좀 덜 들이기 위해 나무가 적은 푸새 밭을 찾아 푸새를 낫으로 베내어 말린 다음 불을 지르고 거기에 메밀농사를 짓는 메물푸저리도 많이 했다. 승준이는 내가 혼자 애면글면 산전을 일구는 게 안쓰러워 몇 날 며칠이고 괭이질을 함께하며 나를 도와주었는데 우리는 그 힘든 괭이질을 하면서도 노래를 불렀고 휘파람을 불었다. 그러다 너무 힘들면 그 자리에 주저앉아 서로 얼굴을 가리키며 배를 잡고 웃기도 했다. 웃지 않을 수가 없었다. 생각해 보라. 나무나 풀을 태워 땅에 떨어진 재가 괭이질에 날려 얼굴에 새카맣게 앉아 눈만 빠꼼하니 어찌 웃음이 나오지 않을 수 있겠는가. 자기 얼굴은 자기가 보지 못하기 때문에 우리는 서로 새카만 상대방의 얼굴을 가리키며 가가대소하는 것이다. 우리는 배가 고파 뱃가죽이 등가죽에 달라붙어 기진맥진하면서도 눈물이 찔끔찔끔 나오게 웃다가 하늘을 쳐다보며 앙천대소하기도 했다. 이때 파아란 하늘에 목화송이 같은 흰 구름이 둥실 떠 있기 일쑤였다. 그러면 우리는 또 약속이나 한 듯 그 자리에 큰 대 자로 벌렁 드러누워 흰 구름만 쳐다봤다. 아, 이때 들려오는 뻐꾸기의 구성진 울음소리.

'뻐꾹 뻐꾹 뻑뻐꾹!'

계곡 저 아래 골짜기 어디쯤에서 뻐꾸기가 구성지게 울면 우리는 놈이 다 울 때까지 미동도 하지 않다가 계곡으로 가 바위틈에서 흘러나오는 석간수를 벌컥벌컥 들이켰다. 그런 다음 잔대·도라지·더덕 등을 캐서 아귀아귀 먹었고 찔레꽃과 찔레순을 따서 게걸스레 배를 채웠다. 그러면서도 밤이면 우리 집에서 호롱불 심지 돋우고 승준이와 함께 책을 읽고 노래를 부르고 새끼를 꼬고 하모니카를 불었다(이때 하모니카는 아주 귀했는데 나는 30리 밖 읍내장에 나무를 여러 짐 져다 판 돈으로 어렵사리 하모니카를 샀다). 내가 노래를 부를 때는 승준이가 하모니카를 불었고 승준이가 노래를 부를 때는 내가 하모니카를 불었다. 겨울이 돼 밤이 이슥하면 어머니는 "자 우리 출출한데 밤참 먹자" 하고 산전 일구거나 메물푸저리로 농사 지은 메밀을 맷돌에 갈아 쑨 묵을 쳐서 따끈한 물에 헹군 다음 참기름을 한 방울 똑 떨궈 송송 썬 김장 김치와 함께 내놨다. 그러면 우리는 걸신들린 듯 묵 한 사발을 금새 뚝딱 먹어 치웠다.

아! 그 때의 묵맛이라니!

이런 날은 우리가 밤늦도록 책을 읽거나 아니면 어머니가 옛날 얘기를 들려주는 날이었다. 어머니는 옛날 얘기를 어쩌나 재미있게 하시는지 우리는 넋을 잃고 들었다. 어머니는 요즘의 구연동화를 전문으로 하는 사람 못지않게 희로애락애오욕喜怒哀樂愛惡慾의 칠정七情을 장면 장면 자유자재로 구사하고 연출해 우리 혼을 쏙 뺐다. 옛날 얘기책을 전문으로 읽어 주던 전기수傳奇叟가 저랬을까 싶게 어머니의 얘기 화법은 특출했고 흥미진진했다.

이렇게 우리는 3~4년을 붙어살다시피 매일 만났고 만나면 좋아 헤어지기가 싫었다. 어머니도 이런 우리를 흐뭇하게 여겨 승준이를 친자식 대하듯 했고 승준이 역시 어머니를 친어머니처럼 따랐다.

그런데 이런 승준이가 어느 날 온다 간다 말 한 마디 없이 부지거처 사라졌다. 진달래 피고 아지랑이 아른아른 피어오르고 종다리가 공중에서 몸 달게 삐삐거리며 연신 들까불다 보리밭으로 굴러 내리던 봄이었다. 나는 몸이 달아 견딜 수가 없었다. 그립고, 보고 싶고, 걱정되고 애가 타서 아무 일도 할 수가 없었다. 매일 승준이네 집에 가 봐도 모른다는 대답이었다. 승준이는 그때 계모와 함께 배다른 동생들과 협호살이를 했는데 집을 자꾸 배돌았다.

나쁜 놈! 매정한 놈!

나는 실성을 하다시피 승준이 소식만 일구월심 기다렸다. 이렇게 봄이 가고 여름이 가고 가을이 왔다. 높고 맑은 하늘에 새털구름이 점점이 깔리고 소슬한 바람이 스산히 불어 쓸쓸하고 허전해 마음 둘 데 바이 없어 바장이던 어느 날, 승준이한테서 편지가 왔다. 주소를 보니 강원도 영월이었다. 나는 부리나케 편지를 뜯었다. 내용은 아무 말 없이 떠나와 미안하다는 것, 말하면 못 떠날 것 같아 독하게 마음먹었다는 것, 여기는 매형이 조그마한 자동차 정비 공장을 하는데 기술이나 배워 보려고 왔으니 그리 알라는 지극히 사무적인 내용이었다. 나는 볼 것 없이 읍내 장에 나무를 져다 팔아 차비를 마련해 가지고 편지의 주소대로 승준이를 찾아갔다. 있었다. 승준이는 기름 묻은 옷을 입고 펑크 난 타이어 튜브를 때우고 있었다. 나는 반갑고 서럽고 분하고 속상해 승준의 귀뺨이라도 갈겨 주고 싶었다. 그러나 나는 나도 몰래 승준을 부르며 쫓아가 얼싸안았다.

이날 밤, 우리는 정비소 한쪽 구석의 쪽방에서 만단설화萬端說話로 추야장이 짧아라 얘기꽃을 피웠다. 그러느라 새벽녘에야 잠깐 눈을 붙였다.

승준이를 영월에 혼자 두고 돌아선 나는 도무지 발길이 떨어지질 않아 가다가 서고 가다가 서곤 했다. 그러나 어쩌랴. 승준이는 제 살길을 찾아 떠나온 것을. 제 앞길을 위해 떠나온 것을.

집으로 돌아온 나는 한 마리 죽지 빠진 새였다. 아니 어리디 어린 열쭝이 부등깃이었다. 그래 하루에도 몇 번씩 승준이가 있는 영월 쪽 하늘을 하염없이 쳐다보며 망연자실했다.

승준이가 떠나자 얼마 후 승준의 서모도 아이들을 데리고 어딘가로 떠나갔다. 이러고 몇 달 후 승준이는 제 매형 정비 공장을 그만두고 서울로 간다는 간단한 편지 한 장을 보내곤 종무소식이었다. 나는 백방으로 수소문해 봤지만 승준이가 서울로 간 것 말고는 알 길이 없었다.

매정한 놈! 야속한 놈!

나는 염념불망 승준이가 그리워 하루도 노심초사하지 않는 날이 없었다.

이렇게 또 얼마나 흘렀을까. 그 해가 다 가고 정월 초사흗날. 그렇게도 몽매에 그리던 승준이가 부르는 듯 찾아왔다. 나는 뛸 듯이 반가워 어마지두에 승준을 붙들고 몽니를 부렸다. 어머니도 반가워 "승준이 왔나?" 하고 승준을 싸안고 토닥였다.

이렇게 다녀간 승준이는 그 후 몇 년을 설과 추석 때마다 우리 집으로 왔고 그러면 우리는 밤이 짧아라 어머니의 옛날 얘기를 듣고 노래를 불렀다. 내가 그때 한창 유행하던 가요를 많이 안 것은 설과 추석 때마다 내려와 당시 서울에서 유행하던 노래를 승준이로부터 듣고 배워서였다. 어머니는 승준이가 오면 그때마다 꼭 묵과 함께 대추찰떡을 해 먹였고 승준이는 이런 어머니에게 살갑게 어머니 어머니 하며 잘도 부닐었다.

혈혈단신 서울로 간 승준이는 온갖 고생 다 하며 세파에 시달렸다. 막노동, 시내버스 차장, 낭인 생활 등 모진 풍우설한風雨雪寒을 다 겪었다. 승준은 그때마다 오뚝이처럼 쓰러지지 않고 일어나 독하게 마음먹고 모질게 버티었다. 그랬으니 그간의 고경苦境이야 어찌 필설로 다 말할수 있으랴. 승준은 사회의 첫발을 제 매형 자동차 정비 공장에 들여 놓더니 끝내도 그쪽에서 손을 놓았다. 서울에서 40여 년 동안 개인택시를 운전하다 은퇴를 했기 때문이다. 이런 승준은 지금 경기도 남양주시 오남읍에 살면서 늘그막를 다복하게 보내고 있다. 내가 두화를 만난 것은 승준이가 내 곁을 떠난 다음이었다.

나는 금수산 밑 궁벽한 벽촌에서는 견문이 좁아 도저히 요동시遼東豕를 면치 못할 것 같아 일단 이곳을 뜨기로 했다. 도남圖南의 날개를 펴기 위해서는 좀 더 너른 세상으로 나가야 비전이 있을 것 같았다. 나는 우선 읍내로 나가 몇 달을 보내다 J 읍, E 읍, S 시 등을 십여 년 간 전전하다, 30대 초반에 지금 내가 살고 있는 C 시로 왔다. 그랬으니 그동안 겪은 풍상이 오죽했겠는가. 그야말로 극한에 극한이 거듭 쌓여 인간 한계를 초극해야 하는 현실과 맞서 숱한 막일과 천한 바닥 생활을 했다. 그러면서도 공부는 계속했고 늘으신 어머니께 효도하는 마음으로 결혼도 진작에 했다. 한데도 어머니는 손자도 못 보시고 박복하게 돌아가셨다. 글이 신문과 교양지에 당선되고 문예지에 추천받아 작가로 데뷔한 것도 어머니가 돌아가신 다음이었고 숙명이라고 할 수밖에 없는 아내와의 이혼도 어머니가 돌아가신 다음이었다.

　이렇게 해 몇 년을 방황하다 열심히 글을 쓰기 시작했고, 이런 몇 년 후 몇 군데의 신문에서 논설위원 위촉이 와 사설 칼럼을 열정적으로 써 댔다. 그러자 이 대학 저 단체에서 강의 청탁이 와 특강을 했고, 1년에 1권씩은 작품집이 나왔다. 이러고 또 몇 년이 지나자 문학전집을 내주겠다고 자청한 출판사가 생겨 강준희 문학 전집 전 10권이 나왔고 또 이러고 몇 년 후 C 도와 C 도의회, 그리고 이곳 문화원이 힘을 써 강준희 문학비가 건립되기도 했다.

　한편 고향을 떠난 두화는 이런 내가 한없이 자랑스럽다며 그 진중한 사람이 어린애처럼 좋아했다. 요즘은 거의가 대학을 나오고 웬만하면 대학원까지 나오는 세상에 초등학교밖에 안 나온 사람이 소설가가 되고, 신문사의 논설위원이 되고, 문학 전집이 나오고, 그 문학 전집이 세계 최고 대학이라는 하버드대와 예일대, 그리고 스탠퍼드대에 들어가고 문학비까지 세워진 것은 입지전적 사건이어서 세계적으론 몰라도 대한민국에선 초유의 일이라 강준희밖에 없을지 모른다 했다. 그러니 수어지교인 내가 어찌 기쁘지 않을 수 있겠느냐 했다. 그러며 두화는 얼마나 많은 땀을 흘리고, 얼마나 많은 피를 흘리고, 얼마나 많은 눈물을 흘렸으면 초등학교밖에 안 나온 사람이 이렇게 될 수 있느냐고도 했다. 이런 까닭으로 나는 강준희와 지기 지우지만 그를 존경하지 않을 수가 없다고도 했다.

한편 고향을 떠난 정두화는 그동안 파란만장한 풍우 설한을 겪어 잡화상도 하고, 도정업擣精業이라고 하는 방앗간도 하고, 철도국에도 근무하고, 한의원에서 한의 공부도 하고, 식당도 하고, 중국을 오가며 소규모 무역도 하고, 상처로 부인도 잃고, 새로 부인도 얻고, 곶감상도 크게 하고, 광산업도 하다가 몇 년 전에 전국에서 가장 아름다운 마을로 선정된 단양의 죽령 마을로 내려와 고랭지 과수원의 사과 농사를 짓고 있다. 그래 나는 두화가 그리우면 불시에 찾아가곤 하는데 올여름엔 제백사 하고 산속 청정 지역에 살고 있는 두화한테 가 애잔한 풀벌레 소리 들으며 쏟아질 듯 영롱한 밤하늘의 아름다운 별무리를 보고 와야겠다.

나는 단정한 사람을 좋아한다. 단정한 용모, 단정한 복장, 단정한 태도, 그래서인지 몰라도 나는 단정한 편에 속한다. 복장에 관한 한 더욱 그러하다. 이런 나를 보고 혹자는 예술을 하는 사람이 너무 깔끔을 떤다고 한다. 그리고 너무 규격화되고 정형화돼 빈틈이 없다고도 한다. 약속도 칼이고 책임감도 강하고 도대체 어디 하나 허술한 데가 없어 비집고 들어갈 틈이 없다고 한다. 과연 그럴까? 내가 과연 너무 규격화되고 정형화돼 빈틈이 없을까? 약속도 칼이고 책임감도 강해 도대체 어디 한군데 비집고 들어갈 틈새가 없을까? 내가 단정함을 좋아하고 약속을 잘 지키고 책임감이 강한 것은 맞는 말이다. 그리고 깔끔을 떤다는 것도 틀린 말은 아니다. 왜냐하면 이는 내가 깨끗함을 좋아하기 때문이다. 하지만 나는 의외로 털털하고, 소탈하고, 수수하다. 그러므로 얼핏 보면 완벽한 것 같고 까탈스러운 것 같지만 천만의 말씀이다. 나는 완벽하지도 까탈스럽지도 않아 쉽고 만만하다. 게다가 겁이 많아 욱하는 불같은 성질과는 달리 때로는 아주 비겁해 따질 때 못 따지고 말할 때 말 못하는 경우도 적지 않다. 그래서 자신이 싫고 못나 빠져 보여 스스로 실망한 게 한두 번이 아니다. 내가 나부懦夫가 아닌가 싶어서이다. 얘기가 잠깐 옆길로 샜지만 나는 하여간 단정한 사람을 좋아한다. 단정한 용모에 단정한 복장, 그리고 단정한 태도의 소유자만이 몸도 정신도 건전할 수 있다고 믿는 게 평소의 내 지론이다. 이는 일찍이 유베날리스가 '세계 문화사'의 로마편에서 '건전한 정신은 건전한 신체에 머문다'고 한 말과 맥락을 같이하는데, 부연하면 건전한 정신의 소유자라야 건전한 신체를 가질 수 있다는 얘기인 것이다.

요즘은 개성화 시대여서 그런지 아니면 표현의 자유가 보장된 시대여서 그런지 용모도 복장도 다양하다. 태도(자세)까지도 다양해 어리둥절할 때가 한두 번이 아니다. 우선 용모부터 볼작시면 남자인지 여자인지 구분할 수 없을 때가 많다. 남자는 분명 남자인데 여자처럼 머리를 뒤로 넘겨 묶어 어깨까지 산발한 머리를 늘어뜨린 것이라든지, 여자가 남자처럼 머리를 하이칼라식 조발로 깎은 것은 자세히 보지 않으면 성별 구분이 어렵다. 여기다 치마 아닌 양복바지를 입고 신발도 워킹화 같은 걸 신으면 가까이서 가슴의 볼륨을 보지 않는 한 남녀를 구분할 수가 없다. 이게 유니섹스 시대여서 그런지는 모르겠으나 남자는 남자 복장, 여자는 여자 복장을 해야 세상이 제대로 되는 게 아닐까 싶다. 물론 지금은 민주화에 자유주의 시대요 더욱이 글로벌 시대이기까지 하니 개인 복장에 왈가왈

부로 가타부타 할 수가 없다. 그렇지만 머리를 빗질 한 번 하지 않고 봉두난발한 채 수염까지 이상하고 지저분하게 기르거나 스님처럼 머리를 배코치고 수염을 염소처럼 기른 데다 복장은 삼국시대 때나 입었음직한 칙칙한 개량한복을 입은 사람을 보면 별로 유쾌하지 않다. 심한 경우엔 보는 이로 하여금 혐오감마저 느끼게 한다. 이런 용모와 복장을 한 이들 중엔 더러 나는 이런 사람이요 하고 광고하듯 '티'를 내는 사람도 있는데 이것도 자유 시대의 개성화 표현이니 간섭 말라면 할 말이 없다.

언젠가 내 친구 중의 최지환 씨라는 교육자 출신(초등학교 교장 퇴직)이 내게 이런 말을 한 적이 있다. 강준희는 이상한 용모에 이상한 복장을 하지 않고 언제 봐도 단정해서 좋다고. 뭐 좀 한다는 사람은 거의 티를 내는데 강준희는 그런 게 없어 참 보기 좋다고.

나는 소위 말하는 값비싼 명품 옷 한 벌 없어 늘 값싼 기성복만 사 입는다. 그러나 비록 값싼 기성복일망정 깨끗하고 단정하게는 입는다. 나는 가까운 곳, 예컨대 마트나 약국에 갈 때도 슬리퍼를 신지 않고 반바지를 입지 않는다. 왜냐하면 집 밖은 사회요 사회는 규범이 있어야 하기 때문이다.

끝으로 명언 하나를 소개하며 이 장을 마칠까 한다.

'음식은 자신이 즐겁도록 먹어라. 그러나 옷은 남의 눈에 즐겁도록 입어라.'

B. 프랭클린

'가난한 리처드의 책력' 중에서

나는 앞의 장에서도 말했지만 나부요 겁부인 모양이다. 안 그렇고야 꼭 말을 해야 할 때 못하고 반드시 따져야 할 때 못 따질 리가 없다.

참 이상한 일이다. 아니 희한한 일이다. 나는 내가 손해를 보고 피해를 보고 고통을 당하는 피해자이면서도 그 손해와 피해와 고통을 준 가해자에게 항의는 물론 말 한마디 제대로 못하고 벙어리 냉가슴 앓듯 혼자 끙끙 앓는 일이 부지기수로 많다. 매사에 적극적이요 불같은 성정에 즉시적 성향까지 가진 내가 이렇듯 손해를 보고 피해를 입고 고통을 당하면서도 말 한마디 제대로 못한 채 벙어리 냉가슴 앓듯 혼자 끙끙 앓는다면 아무도 이런 나를 믿지 않고 또 곧이들으려 하지도 않을 것이다. 그러나 이는 어김없는 사실이다. 이는 내가 겁쟁이거나 용기가 없거나 우유부단하거나 하는 제2의 내가 나도 몰래 내 안 깊숙이

숨어 있다가 내 언행을 제지하고 나서서인지도 모른다. 그것은 다음과 같은 몇 가지 예로 알 수가 있는데 나는 이럴 때마다 나를 비하해 바보, 머저리, 숙맥, 천치, 헛똑똑이, 심지어는 쪼다, 병신 소리까지 한다. 이제 그 몇 가지 사례를 들겠다.

나는 지금까지 30여 년 넘게 아파트 생활을 해 왔다. 아파트가 좋아서가 아니라 편리해서이다. 여기서 편리하다는 것은 아파트가 가지고 있는 여러 가지 기능성 때문이다. 그러나 한편 아파트가 얼마나 비인간적이요 몰개성적이요 반인성적인지도 우리는 알아야 한다. 아파트는 잠시 쉬었다 갈 곳이지 생활할 곳은 못 된다. 옆집에 누가 사는지도 모르고 서로 인사도 주고받지 않은 채 닭장 같은 우리 속에 갇혀 자신밖에 모르고 사니 어찌 인간적이요 인성적인 삶을 살 수 있을 것인가. 이럼에도 아파트에 살고 있으니 나도 참 답답한 친구다. 그렇다고 아파트라도 좀 넓다면 모르겠다. 그렇다면 서재를 크게 꾸며 서가에 책도 제대로 꽂고 공간 이곳저곳에 글씨와 그림도 걸어 놓고 자기니 공예품 따위도 적당히 진열하련만 아파트가 좁아터졌으니 도무지 옴치고 뛸 수가 없다. 그래 책은 서재 외에 거실과 베란다까지 점령(?)하고 횡액橫額이나 수액竪

額 등 각종 서화는 몇 점만 걸어 놓고 나머지는 다용도실에 처박아 두었다. 그러나 이런 건 다 참을 수 있고 견딜수도 있다. 그런데 위층에서 주야장천 들고 뛰는 층간 소음과 아래위층에서 밤낮으로 틀어 대는 여름철 에어컨의윙윙거리는 실외기 소리와 열기는 심장 신경증의 노이로제에 걸려 신경 안정제를 먹지 않고는 견딜 수가 없다. 에어컨 실외기는 모두 베란다에 설치하기 때문에 내가 앉는거실의 소파 바로 아래 위에 설치돼 있다. 그렇다고 찌는더위에 창문을 닫아 놓고 살 수도 없고 귓구멍을 틀어막고 살 수도 없다. 나는 신경이 예민해 조그마한 소리에도민감한데다 불면증까지 있어 수면 보조제를 안 먹고는 잠을 못 잔다. 그러나 에어컨의 윙윙거리는 실외기 소리는여름 한 철이라 인내심을 가지고 견디면 가을이 오고 겨울도 오지만 밤낮 없이 들고 뛰는 위층의 쿵쾅대는 소리는 춘하추동이 한결같다. 그래 위층에서 쿵쾅대는 소리가들리면 나는 가슴도 따라 쿵쿵 뛰어 지레 신경안정제를먹는다.

이렇게 피해를 입고 고통을 당하면서도 나는 단 한 번위층으로 올라가 항의를 하거나 주의를 촉구하지 않았다.왠지 그럴 용기(?)가 나질 않았다. 어떤 사람은 층간 소음으로 멱살잡이를 하고, 어떤 사람은 경찰에 고발을 하고, 어떤 사람은 이사를 가고, 어떤 사람은 끔찍한 살인극까지 벌인다는데 나는 그 어떤 행위도 하지 않은 채 괜찮겠지, 괜찮아지겠지 하며 소음이 안 나기만을 백년하청 기다렸다. 어디로 보나 나답지 않고 무엇으로 보나 믿어지지 않는 짓을 나는 하고 있었다. 그렇다면 나는 성인군자인가 바보 천치인가.

이렇게 이해할 수 없는 짓둥이를 얼마나 했을까. 아마 한 3~4년은 했지 싶은 어느 날, 나는 마치 결전장에 나가는 투사처럼 결의에 찬 각오로 위층으로 올라가 그간에 겪은 고통을 피력했다. "아파트는 잘 알다시피 여러 사람이 모여 사는 군집 생활이므로 서로 조심해 살아야 한다. 물론 아이들은 뛰어 놀아야 하고 또 그것이 아이들 생리다. 그러나 이웃에 피해가 가지 않도록 최대한 노력해야 한다. 그러니 아이들을 조금만 주의시켜 주면 좋겠다. 이건 내 사정이지만 나는 글을 쓰는 소설가다. 직장이 있어 아침에 출근했다가 저녁에 술 한 잔 마시고 와 쓰러져 자는 사람이라면 이런 말도 하지 않는다." 나는 되레 무슨 죄나 지은 듯 사정조로 말했다. 그러면 나는 당연히 "아이구 예 죄송합니다. 아이들에게 주의를 주는데도 자꾸 뜁

니다. 앞으로 더 주의를 주겠습니다" 할 줄 알았다. 그런
데 아니었다. 30대 후반쯤으로 보이는 젊은이가 아이를
안고 있다가 하는 소리가 "아이들이 뛰고 노는 게 정상 아
닌가요? 아이들이 뛰면 얼마나 뛴다고 그래요, 내 참! 절
이 싫으면 중이 떠나야지!" 한다. 아하! 이 친구는 하우불
이다. 적반하장이로다. 마음 같아서는 당장 "네 이놈!
무엇이 어쩌고 어째?" 하고 큰소리로 꾸짖어 주고 싶었지
만 꾹 참았다. 개 입엔 개소리밖에 나오지 않을 텐데 괜히
마구발방 같은 위인 덧들여 봤자 돌아오는 건 망신살뿐이
다 싶어서였다.

아! 세상이 어쩌다 이 지경이 되었는가. 나는 이 돼먹지
않은 마구발방을 보고 이 나라의 장래를 보는 것 같아 암
담했다. 물론 이 나라의 젊은이가 모두 이런 건 아니어서
예절 바르고 책임감 있는 젊은이도 상당수 있다. 그러나
걱정이다. 왜냐하면 한 자루의 사과 중에 썩은 사과 하나
가 썩지 않은 다른 사과도 썩게 한다는 도미노이론으로
본다면 말이다.

아파트 소음과 피해에 대한 얘기가 나왔으니 하나만 더
얘기하겠다. 이 사건(?)은 앞의 소음 사건 이후의 일이어
서 '절이 싫으면 중이 떠나야지' 하던 젊은 마구발방이 아

픈 이 빠진 듯 시원하게 어딘가로 이사를 가고 다른 사람
이 위층으로 이사를 와 생긴 일이다. 여름이었다. 한밤중
이었다. 잠결에 등이 축축한 게 느껴져 잠을 깨 불을 켜
보니 방바닥이 온통 물 천지였다. 아닌 밤중에 홍두깨가
아니라 아닌 밤중에 물난리였다. 잠을 방바닥에서 잤으니
망정이지 침대가 있어 침대서 잤더라면 방이 완전히 물에
잠겨도 모를 뻔했다. 물은 방과 주방과 거실까지 흥건하
게 찼고 천장에서는 물이 흐르다시피 연해 뚝뚝뚝 떨어지
고 있었다. 난감했다. 큰일이었다. 나는 우선 행주와 걸레
등으로 물을 짜내고 물을 베란다 쪽으로 몰아 쓰레받기로
대강 퍼낸 다음 위층으로 올라가 다급하게 초인종을 눌렀
다. 얼마 동안인가 초인종을 누르자(아마 3~4분은 눌렀
을 것이다) 잠이 덜 깬 남자의 짜증 섞인 소리가 들리더니
현관문이 열렸다. 젊은이였다. 이 친구도 30대 후반쯤 돼
보였다. 나는 이만저만해 올라왔는데 대관절 어찌 된 일
이냐며 다소 격앙된 소리로 물었더니 그도 물 천지에 놀
라 "자기야 자기야" 하고 부인을 깨웠다.

　물은 가스실에 있는 세탁기에서 흘러나왔다. 아니 잠겨
있지 않은 세탁기의 호수에서 흘러나왔다. 그런데 하수구
가 종이 등으로 막히고 덮여 있어 물이 밖으로 넘쳐나 물

바다를 이뤘다. 사태가 이 지경에 이르렀는데도 이들 부부는 세상모르게 쿨쿨 자고 있었다. 나처럼 방바닥에서 자는 게 아니고 침대에서 자니 모를 수도 있다. 물이 침대 위까지 올라가지 않는 한.

이 예기치 않은 물난리로 나는 홍역을 치렀다. 나는 그날 파김치가 돼 며칠 동안 녹초가 됐다. 그 엄청난 물을 수백 번에 걸쳐 걸레와 수건으로 짜내고 닦아 내느라 밤을 홀랑 샜기 때문이다. 그런데 밝은 날 보니 문제가 심각했다. 천장은 물 떨어진 자국으로 얼룩이 졌고 소파며 옷가지도 물이 줄줄 흘러 말이 아니었다. 그러나 이는 백여 권 가까이 버린 책에 비하면 아무것도 아니었다. 서가의 책은 몇 십 권만 물에 조금씩 젖었으나 거실과 베란다에 여러 칸으로 쌓아 놓은 책들은 100여 권 가까이 흠씬 젖어 말려도 쓸모가 없어 보였다. 나는 기가 막혔다. 그리고 어처구니가 없었다. 사태가 이 지경에 이르렀는데도 위층에서는 오불관언 사과 한마디 없었다. 닷새가 지나고 열흘이 지나도 사과는커녕 일언반구 인사 한마디 없었다. 그러다 월여쯤 후 길에서 우연히 그를 만났다. 나는 "사람이 그러면 되느냐. 남에게 피해를 입혔으면 보상은 못해줄망정 미안하다는 사과 한마디 없어서야 되느냐"며 조용히 타일렀다. 그러자 이 친구 한다는 소리가 "시간이 없어서 그랬어요" 한다. 나는 그만 화가 나 버럭 큰소리로 "뭐라고? 시간이 없어 그랬다고? 거리가 어디 천 리라도 되고 만 리라도 되나? 위층에서 아래층 내려오는데 며칠이라도 걸리나? 고얀 사람 같으니!" 하고 나무랐다. 그랬더니 이 친구 한다는 소리가 "선생님은 저를 모르시겠지만 저는 선생님을 잘 압니다" 했다. 나중에야 안 일이지만 이 친구 대학까지 나와 무슨 학원인가를 한다고 했다. 나는 그때 생각했다. 대학 아니라 대학 할애비를 나오면 무엇하는가. 인간이 되는 인간 대학을 나와야지.

나는 책임감이 강하다. 그래서 누구와 약속을 하거나 무슨 일을 계획하면 그날부터 그 약속과 그 계획에 몰두한다. 나는 누구와 약속을 하면 그 약속을 꼭 지키고 반드시 이행한다. 그러자니 심신이 피곤할 때가 한두 번이 아니어서 괜히 약속한 게 아닌가 싶어 후회가 되기도 한다.

나는 신문이나 잡지 등에서 원고 청탁이 오면 언제나 마감일 전에 원고를 보내고 문예지에서 소설 청탁이 와도 반드시 마감일 안에 청탁 원고를 송고한다.

내가 원고를 마감일 전에 보내기로 얼마나 철저하냐 하

면 다음과 같은 일화로써 알 수가 있다. 나는 1970년대 지방 일간지에 3번에 걸쳐 장편소설을 연재한 바 있는데 이 3번의 장편 연재 중 단 한 번도 펑크를 낸 일이 없다는 사실이다. 펑크가 다 뭔가. 정히 급하다 싶으면 밤을 새워서라도 원고를 써 가지고 내가 직접 신문사 편집 데스크로 달려간다. 그것도 며칠 치 연재분이 아니라 최소 일주일이 아니면 열흘 치씩 말이다. 그러니 연재 담당 데스크는 연재에 관한 한 속 썩을 일이 없다. 작가가 마감 전에 그것도 일주일치가 아니면 열흘치의 연재물을 송고하거나 직접 가져다주는데 무슨 속을 썩이겠는가.

내가 신문에 소설을 3번이나 연재하면서도 단 한 번의 펑크도 내지 않자 담당 데스크가 어느 날 술자리에서 "저. 농담 하나 할까요?" 하더니 "선생님은 너무 정직하십니다. 그리고 너무 순진하십니다. 데스크 담당자가 이런 말은 할 말이 아닙니다만 작가는 데스크를 가끔 골탕 먹이는 것 아닌가요? 그런데 선생님은 단 한 번도 마감 시간을 넘긴 일이 없습니다. 정 급하면 원고를 직접 신문사로 가져오시기까지 하시니 말입니다. 물론 저희들로서야 몸 안 달고 속 안 썩으니 좋지만요" 했다. 어떻게 들으면 칭찬 같고 어떻게 들으면 비아냥 같아 나도 한마디 했다.

"듣자니 언필칭 베스트셀러 작가들은, 아니 신문에 연재소설만 전문으로 써서 그쪽으로 난든집이 된 상업주의 작가들은 더러 데스크를 애먹이려고 일부러 펑크 내는 작가도 있답디다. 그러면 데스크가 몸이 달아 작가한테 쫓아가 담배에 불까지 붙여 주며 저두 굴신해야 못 이기는 척 겨우 2~3일 치 원고를 써 주는 작가도 있다고 합디다. 그런데 나는 베스트셀러 작가도 아니고 난든집의 상업주의 작가도 아니니 펑크라도 내지 말고 제때에 원고를 보내야 할 게 아니오. 안 그렇소, 편집자 선생!" 나는 다소 견유적犬儒的으로 말했지만 이 말속에는 PMA가 들어 있었다. 즉 확신하는, 자신 있는, 단정적인, 명확한, 긍정적인의 Positive와, 마음의, 정신의, 정신적, 교양과, 지적 수양의 Mental과 경향, 습성, 버릇, 능력, 자세의 Attitude가 내포돼 있었다. 그러나 이런 내 저의를 알 리 없는 데스크 관계자는 "소설도 소설 같지 않은 소설을 연재하는 소설가가 애를 먹이죠. 연재소설이 아무리 재미 위주라지만 그래도 문학성이 좀 있어야 하는 것 아닙니까? 헌데 어떤 연재 작가는 물고, 빨고, 벗기고 하는, 님포마니아가 아니면 색정광色情狂이나 하는 짓 따위의 글을 하루가 멀다고 내보내 독자들의 관능과 말초신경을 자극합니다. 이런 따위 지저분한 것을 좋아하는 독자도 있고 또 이렇게 써 주길 바라고 부추기는 데스크도 있습니다. 그런데 선생님의 연재소설은 이런 지저분한 장면이 없고 건전하고 진지합니다. 남녀의 사랑 장면이 나와도 동화처럼 아름답게 묘사돼 나오구요" 했다. 그래 내가 또 말했다. "그러니 내 소설이 인기 없는 게 아니오. 우리 속담에 국수하는 여편네 수제비 못 뜰 리 없다 했듯 명색이 소설을 쓴답시는 작가가 처놓고 벗기는 것 못 쓰는 작가가 어디 있겠소. 다만 안 쓰는 것뿐이지. 소설 중에 제일 쓰기 쉬운 게 무슨 소설인지 아시오? 벗기는 소설이오. 벗기는 것도 변태적으로 리얼하게 벗겨야 인기요. 주간지나 3류 잡지가 왜 잘 팔리는지 아시잖소. 다 에로물 때문이지."

나는 K 일보에 '개개비들의 사계'란 장편을 연재할 때 그 신문의 데스크(문화부장)가 화끈하게 벗기는 것을 자꾸 요구해 와 연재를 하지 않겠노라 선언한 바 있다. 그러며 이렇게 덧붙였다. "신문사가 작가한테 연재를 의뢰하면 그때부턴 작가의 몫이라 신성불가침이다. 그러니 이래라 저래라 하지 말라. 정히 벗기는 소설을 내보내고 싶다면 내가 연재를 그만둘 테니 벗기기 좋아하는 작가한테 의뢰하라!"

나는 고집을 꺾지 않고 끝내 버티었다. 연재는 결국 내 뜻대로 됐지만 데스크는 나를 별로 좋아하지 않았다.

나는 누가 온다고 하면 그 사람이 올 때까지 아무것도 못하고 기다린다. 그 사람이 유정한 벗이거나 다정한 정인이라면 그 기다림은 더욱 간절해 서성거림으로 변해 앉았다 섰다 하며 안절부절못한다. 그러다 마침내는 불안, 초조로 어찌할 바를 몰라 부접을 못한 채 바장인다. 발싸심이 생겨서다.

이는 집이 아닌 바깥에서도 마찬가지여서 약속한 사람이 시간이 지나도 오지 않으면 똥 마려운 강아지처럼 몸이 달아 비비적거린다. 그러다 약속 시간이 10분에서 20분이 되고 30분이 지나면 그때부터는 별의별 사사망념邪思妄念이 다 생겨 혹시 무슨 일이 생겼나? 어디 몸이 아픈 건 아닐까? 하다가 마침내는 시간에 쫓겨 급히 오다 교통사고라도 난 건 아닐까 싶은 방정맞은 생각까지 든다. 요즘처럼 통신수단이 발달해 핸드폰이 있던 시절이 아니고 집 전화도 특수층(예컨대 부자나 고위층)을 빼곤 거의 없던 시절엔(1980년대 초까지) 약속한 장소, 약속한 시간에 약속한 사람이 나타나지 않으면 전혀 연락할 길이 없어

답답하기 짝이 없다. 그 약속이 그냥 그렇고 그런 약속이라 사무적으로 만나, 사무적으로 악수하고, 사무적으로 식사하고, 사무적으로 헤어지는 만남이라면 모른다. 그러나 그 약속이 앞에서 말했듯 유정하게 그리운 벗이거나 다정하게 보고픈 정인과의 약속이라면 경우는 아주 달라진다.

생각해 보라. 요즘처럼 통신수단이 발달한 세대의 젊은이들에겐 도무지 이해할 수 없는 일이 되겠지만 1950년대 이전은 말할 것도 없고 1950년대 이후 1960~1970년대와 1980년대를 살아온 세대들은 다정한 친구와 유정한 정인이 부득이한 일이 생겨(예컨대 갑자기 아프거나 교통사고 같은) 못 와도 이를 까맣게 모른 채 한 시간이고 한나절이고 기다렸다. 그랬으니 기다리는 마음이 얼마나 애탔겠는가. 그야말로 학수고대하는 마음이 몸 달고 초조하고, 불안하고, 걱정돼 노심초사 바로 그것이다.

지난 1960~1970년대엔 어느 다방에서 몇 시경에 만나자고(그땐 시계가 귀했으므로 어림짐작으로) 약속하고 그 시각이 지난 것 같은데도 사람이 안 나타나면 그 무연憮然함은 형언할 수가 없어 불안으로 이어진다. 그래 누가 다방 문을 밀고 들어서면 그때마다 반사적으로 눈이 문쪽으로 향한다. 혹시나 혹시나 하면서 말이다. 나는 그러

면 고운 최치원孤雲 崔致遠의 시 '님을 기다리며'를 읊조렸
다. '달뜨면 오마든 님 달 떠도 안 오시네/ 우리 님 계신 곳
은 첩첩이 산이 높아/ 저 하늘 뜨는 달조차 더딘가 보다.'
하고.

　그러나 다방에서의 기다림은 길 모퉁이나 고갯마루 산
등성이에서 기다리는 것에 비하면 애가 덜 탄다. 저쪽에
서 누가 이쪽을 향해 걸어오면 행여 그 사람인가 하고 눈
이 뚫어져라 봐도 가까이 오면 기다리는 사람은 아니고
또 누군가가 오고 있어 자세히 보면 또 아니고. 어떤 때는
날이 저물어 어슴막이 되면 나무들조차 사람처럼 보이는
몽다리 현상까지 생겨 애를 태운다. 나는 이런 경험을 숱
하게 겪었는데 그럴 때마다 고려 말엽의 시인 최사립崔斯
立이 송도의 동쪽에 있는 천수문天壽門에서 친구를 기다
리다 지었다는 시 '대인난待人難'을 읊조렸다.

　'천수문 앞에 버들개지 날리는데
　술 한 병 차고 와 님 기다리네
　해는 지고 눈은 뚫어져라 바라보건만
　가까이 오고 보면 또 아니고 또 아니고.'
　(천수문전유서비天壽門前柳絮飛)
　(일호내대고인귀一壺來待故人歸)

(안천낙일장정만眼穿落日長亭晚)

(다소행인근각비多少行人近覺非)

친구를 기다리며 지은 시가 이렇듯 애타고 간절할 수 없어 나는 평소에도 이 시를 애송한다.

대인난待人難!

사람 기다리기 어렵다는 대인난!

내 묻노니, 그대들은 이 각박하고 여유 없는 모진 세상에 이렇듯 아름다워 차라리 눈물겨운 절륜한 시 '대인난' 한 구절 읊조리며 유정한 벗과 다정한 정인을 애타게 기다린 적이 얼마나 있는가?

나는 우리말 중에 '기다린다'와 '꼭'이란 말을 좋아한다. '기다린다'는 어떤 사람이나 대상 또는 때가 오기를 바란다는 뜻이요, '꼭'은 어떤 일이 있어도 반드시 또는 조금도 어김없이란 뜻이다. 그리고 이 '꼭'이란 말은 사람을 꼼짝 못하게 하는 어떤 힘을 가지고 있다. 가령 어떤 지인을 길에서 만나면 우리는 흔히 한 번 만나자가 아니면 한 번 놀러와 소리를 쉽게 한다. 의례적이다. 그러므로 진정성이 없다. 그러나 '꼭 놀러와' '꼭 갈게' '꼭 기다려' 같은 '꼭'이 붙으면 의미는 딴판 달라진다. 때문에 '꼭'은 꼭 필요한 아름다운 구속형 언어다.

나는 생각한다.

누구를 애타고 간절하게 기다리는 것, 누구한테 '꼭 놀러와' '꼭 놀러갈게'라고 말하는 사람, 우리는 적어도 이런 사람으로 살아야 하지 않겠느냐고.

'꼭'과 '기다림'!

나는 지금도 이 '꼭'과 '기다림'을 내 인생 최고의 미학으로 알고 살고 있다.

나는 세상 사람들이 흔히 말하는 이른바 노후 대책이라는 걸 전혀 세워놓지 못하고 있다. 돈 버는 재주라곤 눈곱만큼도 없으니 노후대책이 있을 리 없고 직장 생활을 몇 십 년 동안 해 정년을 했다면 뭉칫돈의 퇴직금이 아니면 황금알을 낳는 거위처럼 다달이 연금이 나와 노후대책이 저절로 되련만 돈 버는 재주 하나 없는데다 연금마저 한 푼 나오는 데가 없으니 무슨 수로 노후대책을 세우는가. 그야말로 무책이 상책이요, 무대책이 대책이지. 혹자는 이런 나를 어찌 그리 답답하냐 하고 혹자는 또 작가쯤 되고 논설위원쯤 지낸 사람이 어찌 그리 맹추 같으냐 하기도 한다. 그런가 하면 어떤 이는 "강준희 그 사람 쇼 하는 것 아냐? 제 살 궁리 다 해놓고 엉구락쓰느라고 말야" 하기도 하고, 어떤 이는 또 "강 선생! 강 선생이 그렇게 강직하고 청렴하면 누가 알아줍니까. 알아주는 사람은 정신 똑바로 박힌 사람이지요. 아, 오죽 세상이 썩었으면 돈 못 먹는 놈이 병신이라는 말까지 나왔겠습니까. 강 선생! 강 선생이 바로 그런 경웁니다" 하기도 한다. 상황이 여기에 이르면 나는 더는 참지 못해 폭발하고 만다. 소리를 벽력같이 지르며 뻣성을 내는 것이다. "뭐가 어쩌고 어째요? 그렇게 강직하고 청렴하면 누가 알아주냐고? 남들 다 먹는 돈 못 먹은 게 병신이라고? 그럼 당신도 논설위원은, 신문에 사설 쓰고 칼럼 쓰는 논설위원은 돈 먹고, 뇌물 먹고 이권에 개입해 노후대책 마련하는 자리로 보시오? 나는 그래도 당신이 대학깨나 나오고 공익기관에 간부까지 지낸데다 인격도 원만해 교유할 만한 사람으로 여겼는데 그런 당신 입에서 시정잡배 속물들이나 할 소리를 하다니!" 나는 결연한 자세로 분기탱천 소리쳤다. 그러자 그는 "아, 강 선생! 너무 흥분하지 마세요. 그리고 오해하지 마세요. 다 강 선생을 위해 한 소린데 뭘 그걸 가지고 화를 내십니까." 나는 다시 소리쳤다. "뭐, 흥분하지 말라고? 다 나를 위해 한 소린데 뭘 그걸 가지고 화를 내냐고?" 나는 계속 분기탱천 소리쳤다. 한데도 그는 여유 있는 말투로 "이보세요 강 선생! 지금부터 내가 하는 말 자알 들으세요. 강 선생은 말끝마다 청렴, 청렴하는데 그래, 강 선생의 청렴, 강직한 결과가 뭐죠? 가난 아닙니까. 가난이 부끄러운 건 아니지만 그렇다고 자랑도 아닙니다. 지금은 청렴, 강직, 지조를 최고 가치로 알던 조선조의 선비 시대가 아닙니다. 강 선생이 재테크에 밝고 이권 개입에도 능해 세상 사람 사는 식대로 살았다면 적어도 지금처럼은 안 살 것입니다. 다시 말하면 지금과 같은 고생은 안 할 것이란 말입니다. 강 선생! 지금 그 연세에 밥 해 먹고 설거지하고 빨래하고 청소하는 게 지겹지도 않습니까? 그게 무슨 장한 일이며 자랑이라도 됩니까? 강 선생이 진작 생각을 달리해 세상 식으로 살았다면 적어도 지금처럼은 안 살 것입니다. 다시 말하면 지금과 같은 고생은 안 할 것이란 말입니다. 남들처럼 차도 타고 다니고 괜찮은 집에 살며 파출부도 부릴 수 있어 신간이 편할 것입니다. 헌데도 당신은 그놈의 청렴, 강직, 지조, 선비정신만 찾으며 어떤 부조리와도 타협 않으니 딱해서 하는 소립니다.

강 선생! 강 선생이 쓴 글 어딘가에 빈자소인貧者小人이란 말이 있지요. 빈자소인이 뭡니까? 가난한 사람은 소인이 될 수밖에 없다는 뜻 아닙니까. 다시 말하면 가난한 사

람은 돈이 없어 가진 자에게 굽히는 일이 많으므로 떳떳
하게 기를 펴지 못해 저절로 낮은 자세가 된다는 뜻 아닙
니까. 헌데도 강 선생은 항상 당당하고 떳떳했어요. 이는
강준희니까 가능하지 다른 사람은 생의도 못 낼 일이지
요. 강 선생! 장님이 사는 세상엔 눈 뜬 자가 불구자에요.
물론 나를 비롯한 많은 사람들이 강 선생의 그 고고한 뜻
은 존경하지요. 누가 이 개떡 같은 세상에 지조 지키고 절
개 지키며 청렴, 강직하게 독야청청 살겠어요. 강준희 선
생이나 하니 그 긴 세월을 갖은 시련, 온갖 고난 다 겪고
도 올연하게 살지. 이런 강 선생을 나 진심으로 존경합니
다. 쫄쫄 굶으면서도 타락한 세상과 타협 않고 올곧은 선
비정신으로 사는 사람 지금 세상에 얼마나 있겠습니까.
더욱이 강 선생은 초등학교밖에 안 나왔으면서도 대학을
나온 저보다 실력이 월등해 해박한 지식을 가지고 있잖습
니까. 그러고도 그 망할 놈의 대학졸업장이 없어 도남圖南
의 뜻을 제대로 못 편 채 당웅비 대천하當雄飛大天下를 못
했으니 통탄할 일이 아닙니까. 내가 지금 쓰고 있는 '도
남'이니 '당웅비 대천하'니 하는 말도 다 강 선생이 쓴 글
에서 배운 겁니다. 그때 우리가 대학교 다닐 때, 강 선생
이 세상 사람 사는 식대로 살아 대학졸업장 하나 구했더

라면 강 선생의 운명은 크게 달라졌을 것입니다. 강 선생! 이왕 말이 나왔으니 좀 더 얘기하겠습니다. 그러니 듣기 싫어도 들어주세요. 나, 강 선생이 쓴 '절사열전節死列傳'이란 소설집을 아주 감명 깊게 읽었어요. 절사열전에 실린 글 '굴원屈原'에 이런 대목이 나오지요. 거세개탁아독청擧世皆濁我獨淸에 중인개탁아독성衆人皆濁我獨醒이라는 말 말입니다. 이게 뭡니까? 온 세상이 다 흐려 있는데 나만이 홀로 맑고, 뭇사람이 다 취해 있는데 나만이 홀로 깨어 있다는 뜻 아닙니까. 이런 굴원의 말에 한 어부가 이런 말을 했지요. "성인이 한 가지 일에 엉겨 막히지 아니하여 능히 세상과 더불어 옮기나니 세인이 다 취해 있으면 같이 따라 취하는 것이 성인이 세상 사는 길입니다. 헌데 대부(굴원)께서는 무엇 때문에 남다른 생각과 행동으로 내침을 당하셨습니까?" 하구요. 그러며 어부는 또 "새로 머리를 감는 자는 반드시 갓을 털고, 새로 몸을 씻는 자는 반드시 옷을 턴다"는 신목자필탄관新沐者必彈冠과 신욕자필진의新浴者必振衣도 말하지 않았습니까. 아니 또 있어요. "창랑의 물이 맑거든 가이 써 내 갓끈을 빨고, 창랑의 물이 흐리거든 가이 써 내 발을 씻으리로다"는 창랑지수청혜 가이탁오영滄浪之水淸兮可以濯吾纓과 창랑지수탁혜 가이탁오족滄浪之水濁兮可以濯吾足이란 청탁자적淸濁自適 말입니다. 이 외에도 금과옥조 같은 말이 너무 많아 다 외울 수가 없어 몇 십 개만 백 번이고 천 번이고 쓰고 외워 공부를 했어요. 다 강 선생 같은 박학다식한 분을 지인으로 둔 덕이지요. 내가 강 선생의 그 방대한 저서를 다 읽지는 못했어도 아마 여남은 권은 읽었을 겁니다. 그런데 그 글 속에 일관되게 흐르는 것은 청렴, 강직, 지조, 절개, 선비정신과 함께 지고지순, 천의무봉, 인간성 회귀 같은 내용이었어요. 나는 아, 요즘에도 이런 작가가 있구나 싶어 열심히 탐독했고 좋은 말과 좋은 문장은 대학 노트 서너 권에 빼곡하게 필기해 놓고 시간 날 때마다 읽으며 공부하지요. 그러며 탄복합니다. 도대체 강준희라는 사람은 초등학교밖에 안 나왔는데도 얼마나 공부를 했으면 이리 많이 알까 하고."

그는 여기서 말을 멈추더니 한동안 나를 이윽히 바라보다 입을 열었다.

"강 선생! 내가 오랫동안 지켜본 강준희는 참 순수하고 순진합니다. 그런데 강 선생! 산다는 건 말예요, 현실이고 실제지 이상이나 꿈이 아니지요. 탐욕까진 몰라도 욕심을 낼 땐 내고 이재理財도 챙길 땐 챙겨야 합니다. '나물밥 먹고, 물 마시고 팔 굽혀 베고 누울지라도 즐거움이 그 가운데 있으니 불의로 얻은 부귀는 나에게 뜬구름과 같다'는 논어적論語的 사고방식은 이제 제발 좀 버리세요. 지금 세상은 음풍농월吟風弄月이나 안빈 철학을 도道로 아는 유유자적悠悠自適의 시대가 아닌 돈이, 물질이, 모든 가치와 힘과 권능이 되는 황금만능주의 시댑니다. 그래서 돈이면 안 될 게 없고 못할 게 없는 세상 아닙니까. 강 선생! 지금은 세계가 한 울타리의 블록화로 정신없이 돌아가는 21세기의 글로벌시댑니다."

그는 마치 외워 둔 글귀를 내려 읽듯 거침없이 말했다. 나는 이런 그의 말에 아무 말도 하지 않았다. 할 말이 없어서가 아니었다. 갑자기 모든 게 무의미해져 말을 하기가 싫었다. 그런데도 이상하게 그의 말이 자꾸 내 폐부를 찌르고 뇌리를 파고들었다. "강 선생! 가난이 죄가 아니고 부끄러운 것도 아닙니다. 그렇다고 가난이 자랑도 아닙니다." "강 선생! 지금 그 연세에 밥 해 먹고 설거지하고 빨래하고 청소하는 게 지겹지도 않습니까?" "진작 생각을 달리해 세상식대로 살았다면 적어도 지금처럼은 안 살 것 아닙니까." "강 선생! 장님이 사는 세상에선 눈 뜬 자가 병신입니다." "강 선생! 산다는 건 현실이고 실제지 꿈이나 이상은 아닙니다"라고 한 말들이 폐부를 찌르고 뇌리를 파고들었다.

그래, 그렇다. 나는 그의 말이 아니라도 밥 해 먹고 설거지하고 빨래하고 청소하는 게 지겹다. 아니 귀찮고 성가시고 몸서리쳐진다. 나도 남들처럼 평범한 가정을 가지고 아들, 딸, 며느리, 손자 놈들 뉘 보며 살고 싶다. 그래서 생존 아닌 생활을 하고 싶다. 몸 아프면 아이들 부축 받으며 병원에 가고 싶고 몸 건강하면 놈들 데리고 여행도 가고 싶다. 놈들이 주는 용돈도 받고 싶고 놈들이 사 주는 맛있는 음식도 먹고 싶다. 이때 묘하게도 내 뇌리에 속물스레 느껴지던 온갖 스노비즘이 '사기史記'의 한 장면과 겹쳐 오버랩 됐다.

일찍이 사마천司馬遷은 사기에서 이런 말을 한 바 있다. '자기보다 열 배 부자면 그를 헐뜯고, 자기보다 백 배 부자면 그를 두려워하고, 자기보다 천 배 부자면 그에게 고용을 당하고, 자기보다 만 배 부자면 그의 노예가 된다'고.

아득한 2천여 년 전 전국시대에도 돈의 위력을 이렇게 말했거늘 하물며 돈이 모든 것의 최고 가치로 여기는 황금만능주의의 지금에야 더 말해 무엇하겠는가. 돈이 얼마나 좋으면 P. N. 오비디우스는 '돈과 사랑은 사람을 철면

피로 만든다' 했을 것이며 우리 속담에 '개도 돈만 있으면 멍첨지'라 하고 '돈이 장사'라느니 '돈이 제갈 양'이라느니 '돈만 있으면 처녀 불알도 산다'느니 '돈만 있으면 귀신도 부릴 수 있다'느니 하는 속담이 생겼겠는가. 이는 '부자지간에도 돈은 타인'이라는 일본 속담과 '돈을 가졌으면 현자賢者요, 가지지 못했으면 바보다'라는 터키 속담에 이르기까지 돈은 참으로 대단한 힘을 가지고 있다. 그러기에 돈이 있으면 살고 돈이 없으면 죽는다는 유전자생有錢者生 무전자사無錢者死가 생겼을 것이다. 그 유명한 윈스턴 처칠이 세계를 향해 방송을 하려고 웨스트엔드에서 택시를 불러 세우고 BBC(영국 방송협회)까지 가자고 했다. 이때 운전수가 "손님 미안하지만 다른 택시를 이용해 주십시오. 저는 그렇게 멀리까지 갈 수가 없습니다" 했다. 처칠이 아니 어째서 그러냐 물었더니 운전수가 "보통 때 같으면 좋습니다만, 한 시간 후면 윈스턴 처칠 경의 방송이 있기 때문에 갈 수가 없습니다. 저는 처칠 경의 방송을 꼭 들어야 하니까요." 처칠은 그의 말에 기분이 좋아서 1파운드의 돈을 집어 주었다. 그러자 운전수는 그 지폐를 보더니 "타십시오 아저씨! 처칠인지 개떡인지 돈부터 벌고 봐야겠소" 하고 차를 몰았다.

나는 문득 나보다 만 배나 십만 배 아니 백만 배쯤의 부자를 만나 한 번 시험해 보고 싶다. 그때 내가 과연 그 큰 부자 앞에 어떤 모습이 될지 궁금해서이다. 결국 이날 나는 처음과는 달리 아무 말도 하지 않았다. 이럴 때는 침묵이 웅변보다 나을 수 있고 묵언黙言이 다언多言보다 심중할 수 있음을 깨달았기 때문이다. 이 깨달음은 찰나요 수유였지만 섬광 같은 것이었다. 아니 오로라 같은 것이었다.

우리 속담에 '너구리 굴 보고 피물皮物 돈 내어 쓴다'는 말이 있다. 이는 너구리를 잡기도 전에 너구리 굴만 보고 가죽 팔아 얻을 돈을 미리 내어 쓴다는 뜻이다. 이와 비슷한 속담으로 '노루 잡기 전에 골뭇감 마련한다'와 '땅벌 집 보고 꿀蜜돈 내어 쓴다'는 말도 있다. 내가 왜 이런 속담을 인용하느냐 하면 내가 바로 그런 사람이기 때문이다.

언제였던가. 아마 1990년대 후반의 어느 가을쯤으로 기억된다. 그날 근로복지공단인가 뭔가 하는 데서 전화가 걸려왔다. 전화는 생게망게하게도 돈을 찾아 가라는 것이었다. 돈을 찾아 가라니. 이 무슨 생뚱맞은 전화냐 싶어 나는 전화를 끊으려 했다. 그러자 전화를 건 아가씨가 "강준희 씨가 맞지요?" 했다. 나는 강준희는 맞는데 동명이

인인지도 모르니 잘 알아보라 했다. 이때 아가씨가 "거기 무슨 동 무슨 아파트지요?" 하더니 이내 "신문사에 계셨었지요?" 하고 물었다. 내가 그렇다 하자 "그럼 맞는데요 뭐, 근데 왜 자꾸 아니라세요? 도장하고 신분증 가지고 오셔서 돈 찾아가세요" 했다. 나는 이게 대체 어떻게 된 일인가 싶어 다음 날 속는 셈치고 도장과 주민증을 소지하고 허허실실 근로복지공단을 물어물어 찾아갔다. 그런데 이것 보게. 어제 아가씨가 건 전화는 생게망게하지도, 생뚱맞지도 않았다. 그리고 속는 셈치고 긴가민가 찾아 간 내 발길도 전혀 허허실실이 아니었다. 글쎄 내가 찾을 돈이 자그마치 5백여만 원 가까이 된다는 거였다. 퇴직금은 따로 5백여만 원 나왔으니 이번 돈은 논설위원 재직 시 봉급에서 적립된 돈인 듯싶었다. 내가 좀 더 일찍 젊은 나이에, 예컨대 30~40대에 논설위원에 위촉이 돼 퇴직을 했다면 퇴직금도 꽤 많고 적립금도 꽤 클 텐데 가로 늦게 56세에 상임논설위원에 위촉돼 몇 년 후 퇴직을 했으니 퇴직금도 적고 적립금도 적었다. 그리고 상임 아닌 비상임 논설위원은 봉급이 안 나오고 원고료만 나오기 때문에 사설과 칼럼을 열심히 써도 손에 묻은 밥풀이어서 수입이랄 수도 없었다.

하여간 나는 5백여만 원이란 적지 않은 돈이 한꺼번에 생겨 이게 마치 하늘에서 공짜 돈이 떨어진 횡재 같아 어찌할 바를 몰랐다.

나는 이 돈을 어떡할까 하다 얼른 돈 쓸 때를 생각해 냈다. 술 본 김에 잔치 열고, 떡 본 김에 제사 지낸다는 옛말을 떠올려 가까운 지인 O 씨에게 전화를 했다. 복지공단 전화를 빌려서. 지금부터 나와 가까운 지인들한테 전화를 걸어 저녁을 먹자 하자. 나와 가까운 친지를 그대가 알 것 아닌가. 시간과 장소는 그대가 정해 연락을 달라.

이러고 두어 시간 후 O 씨한테서 전화가 걸려왔다. 여러 사람에게 전화를 걸었으나 대부분 선약이 돼 있고 그렇지 않은 사람은 멀리 출타 중이거나 숫제 전화를 받지 않아 겨우 7~8명밖에 안 된다했다. 나는 우선 7~8명만이라도 저녁을 먹자고 O 씨가 정해 놓은 장소에 시간 맞춰 나가 저녁 대접을 했다. 아직 서류에 도장만 찍었지 돈이 안 나온 상태에서였다. 그러니까 완전히 너구리 굴보고 피물 돈 내어 쓰고, 땅벌 집 보고 꿀 돈 내어 쓴 격이었다.

이러고 며칠 후 근로복지공단에서 돈이 나오자 나는 물만난 고기가 돼 우선 양복 안주머니에 돈 백만 원을 넣고 나가 평소 신세지거나 점심 한 끼라도 대접받은 사람은 차와 점심, 또는 저녁을 대접했고 그래도 빠졌다 싶은 사람은 전화를 걸거나 일부러 찾아가 커피 한 잔이라도 대접했다.

이렇게 십여 일쯤 돌아치자 돈 3백여만 원이 나갔다. 내 형편으론 실로 큰돈이었다. 그런데도 나는 하나도 안 아까웠다. 아깝기는커녕 되레 즐겁고 기뻤다. 개도 딸 낳을 때가 있고 쥐구멍에도 볕들 날이 있다더니 내가 그랬다. 아, 베푼다는 것이 이렇게 기쁘다니. 돈 몇 백만 원이 이렇듯 즐겁다니. 나는 문득 '즐겁게 살려거든 주기 위한 주머니와 받기 위한 주머니를 가지고 다니라'던 괴테의 말이 생각났다. 나는 한동안을 매일 매일 기쁨과 즐거움으로 보냈다. 한데도 이런 나와는 다르게 "그렇게 살면 못 써!" 하는 이도 있었다. 이는 물론 나를 위해 한 소리로, 돈이 있어도 없는 듯하고 돈이 생겨도 가만히 있어야지 그렇게 자랑하면 되겠느냐는 충고일 터였다. 그렇다. 어쩌면 그가 한 말이 맞을지도 모른다. 아니 맞다. 세상 사람 거의가 그렇게 살아가니까. 하지만 나에게 다시 생각지도 않은 뜻밖의 뭉칫돈이 생긴다면 나는 또 먼저처럼 주머니에 돈을 넣고 다니며 평소 신세진 이들에게 곰탕

한 그릇이라도 대접할 작정이다. 그러나 그 큰돈이 이 백면한사에게 생길는지 원.

나는 내가 나를 생각해도 내가 당최 잘 이해 안 되는 친구다.

나는 지금껏 단 한 번도 결혼식 주례를 서지 않았다. 이는 앞으로는 변함이 없어 주례 서는 일은 결코 없을 것이다. 내가 주례를 서지 않는 데는 확고한 이유가 있다. 이는 내 신념이자 철학이다. 그것은 첫째 내가 가정을 지키지 못했다는 자괴감 때문이요, 둘째 그로써 야기되는 도의적 책임감 때문이다. 가정 하나 제대로 다스리지 못한 내가 무슨 자격으로 장래가 구만리 같은 신랑 신부에게 주례사를 한단 말인가. 신성한 결혼식에 주례를 서는 사람은 치국治國과 평천하平天下는 몰라도 적어도 수신修身으로 자기 몸을 잘 닦고 제가齊家로 집안을 가지런히 잘 다스려 바로 잡은 사람이라야 한다. 그런데 치국과 평천하는 말할 것도 없고 수신과 제가도 못한 내가 어떻게 그 신성하다는 결혼식 주례사를 할 수 있단 말인가. 내가 주례를 곡진히 사양하고 고사하는 바람에 나는 주례를 부탁한 측(신랑 혹은 신부)에 죄스러운 마음으로 이해를 구한

게 한두 번이 아니었다. 주례를 부탁하는 쪽에서는 나를
태산같이 믿고 말하는데 나는 그 부탁을 흔쾌히 들어주지
못한 채 본의 아니게 거절하니 여간 미안한 게 아니었던
것이다. 주례를 부탁하는 사람은 신랑 혹은 신부감이 직
접 오거나 아니면 그 부모가 찾아오기도 하는데, 이들은
제자가 아니면 독자, 독자가 아니면 내 강의를 들은 사람
들이었고 더러는 누구의 소개로 찾아오는 이들도 있다.

인생에 있어 가장 아름답고 신성하고 기쁘고 축복받는
게 결혼식이다. 그래서 주례를 서는 일은 보람되고 영광
된 일이다. 그런데도 나는 이 보람되고 영광된 주례를 한
번도 서보질 못했다. 생각하면 여간 속상하고 안타까운
일이 아니다. 내가 주례를 서 달라고 찾아온 이들에게 나
는 이만저만해 주례를 설 수 없으니 그리 알고 이해해 달
라면 열에 일여덟은 그게 무슨 상관이냐며 대수롭지 않게
여긴다. 어떤 이는 내가 주례를 서 주기 싫어 핑계나 방패
막이로 그러는 줄 알고 줄기차게 조르기도 한다. 이럴 때
는 참으로 난감하다.

한 번은 이런 일도 있었다.

내 칼럼집 세 권 『껍데기』, 『사람된 것이 부끄럽다』, 『너
무도 아름다워 눈물이 난다』를 읽었다면서 서울의 모 기

업 CEO가 전화를 했다. 꼭 좀 찾아뵙고 싶은데 언제쯤 가면 될까요? 하고. 내가 언제라도 좋다 하자 그는 그럼 이번 주말에 찾아뵙겠습니다 하더니 정말 주말에 내 초라한 둥지 어초재漁樵齋를 찾아왔다. 우리는 수인사를 나누고 차를 마셨다. "선생님! 얼마 후면 제 자식 놈이 결혼식을 올립니다. 어려우시겠지만 선생님께서 제 아들 놈 주례를 좀 서 주십사 하고……." 그는 정중히 허리를 굽혔다. 나는 이분의 부탁도 물론 거절(정중히)했다. 그러자 그는 "역시 선생님은 글(칼럼)대로시군요. 저는 선생님의 칼럼집 세 권을 읽고 반해 버렸습니다. 아니 깊은 감명을 받았다는 게 정확한 표현이겠지요. 요즘 세상에도 이런 분이 있나 싶어 꼭 뵙고 싶었습니다." 그는 다시 정중히 허리를 굽히더니 말을 이었다.

"선생님! 제 아들놈 결혼식 때 주례로 모실 분들 서울에 많습니다. 대학 총장, 전직 장관, 현직 국회의원, 사회 명사 등등 얼마든지 있습니다. 한데도 제가 굳이 이곳까지 와 선생님을 찾아 뵌 것은 선생님의 정신에 감동해서입니다. 저는 선생님이 가정을 못 지킨 죄로 주례는 절대로 서지 않으신다기에 설마했습니다. 왜 그런지 아십니까? 세상의 내로라하는 사람들 말하는 것과 행동하는 것이 너무

판이하니까요. 저도 선생님이 그런 분일지 모른다 싶었습니다. 그래서 주례도 기꺼이 서 주실 줄 알았습니다. 헌데 선생님은 역시 다르시군요. 세상 사람들은 말로는 다 애국하고 다 지조 있고 말로는 다 강직한 것처럼 떠벌리며 두 개의 얼굴을 가진 야누스의 군상들로 널브러져 있습니다. 물론 저도 가증스레 그 널브러진 야누스의 군상들 중의 한 사람입니다만……"

하더니 화제를 엉뚱하게 역사 쪽으로 돌렸다. 아하, 이분의 속뜻은 다른 데 있구나. 이분의 의중은 취적비취어取適非取魚로구나!

나는 그렇게 결론을 내렸다. 낚시질 하는 참뜻이 고기 잡는 데에 있지 않고 세상 생각을 잊고자 함에 있듯, 어떤 행동의 목적이 거기에 있지 않고 다른 데에 있음을 비유적으로 말한 취적비취어 말이다. 어떤 의미로는 나는 그에게 시험 당한 꼴이었다. 내 만일 책에는 이만저만해 주례를 절대 안 선다 해 놓고 그에게는 주례를 서 준다 했다면 무슨 꼴이 되었겠는가. 나도 언행의 불일치로 야누스의 군상들 속에 끼었을 것이다. 그러나 이는 막무가내로 떼를 쓰며 덤벼드는 K 기자에 비하면 점잖은 편이었다. 좀 순수하진 못했지만 말이다. 그런데 K 기자는 자기 결혼식에 꼭 나를 주례로 모시겠다며 끈질기게 보챘다. K 기자는 내가 논설위원으로 몸담고 있던 신문의 사회부 기자였다. 나는 주례를 설 수 없는 이유를 설명하며 그를 설득시켰다. 한데도 그는 괜찮다는 주장질 하나로 일관하며 사흘이 멀다 전화를 하거나 찾아와 나를 달달 볶았다. 그래도 나는 내가 안 괜찮아 주례는 절대 설 수 없다 했다.

이렇게 실랑이하기를 얼마였을까. 아마 한 달 소수는 실히 됐다 싶자 그는 마침내 나에게 절연 선고를 했다. 이제 앞으론 절대 위원님을 안 뵐 거라며…… . 나는 장문의 편지를 써서 그에게 보냈다. 이게 다 자네를 위한 일이니 그렇게 알고 하루 속히 절연 선고가 끝나길 바란다고…… .

이러고 1년쯤 지났을까 한 어느 날 K 기자가 부인과 함께 나를 찾아와 그동안 죄송했다며 용서를 구했다. 나는 그런 그를 와락 껴안으며 어깨를 다독였다.

고백하거니와 나는 철칙과 지론으로 알고 지키는 원칙 몇 가지가 있다. 그게 무엇인가 하면 1) 나는 주례를 안 선다. 1) 나는 고스톱을 안 친다. 1) 나는 양춤을 안 춘다. 1) 나는 복권을 사지 않는다이다.

책을 읽는 것은 참 아름다운 행위다. 책 읽는 모습을 보는 것도 아름다운 일이다. 그러기에 몽테뉴는 '독서하는 것과 같이 영속적인 쾌락은 없다' 했을 것이고 키케로는 '책이 없는 공허는 영혼이 없는 관계와 같다' 했을 것이다. 키케로는 또 '만약 자기가 가진 모든 소유물을 버리지 않으면 생명이 위태롭다고 한다면 차라리 책 더미 속에서 죽는 것이 행복하다'고도 했다.

어찌 몽테뉴와 키케로뿐이겠는가. 디즈레일리는 '단 한 권의 책밖에 다른 책은 읽은 적이 없는 인간을 경계하라' 했고 에머슨은 '책은 유용하게 쓰였을 때 가장 좋은 것이고, 악용되었을 때는 최악의 것에 속한다'라고 했다. 그리고 이 외에도 책이나 독서에 대해 말한 사람은 부지기수로 많아 이루 헤아릴 수가 없다. 이럼에도 나는 몇 가지 어휘나 명칭에 대해 열거하고 본론으로 넘어갈까 한다. 세설 아량 하편世說雅量下篇에 보면 '승우독한서乘牛讀漢書'란 말이 있다. 이는 소를 타고 길을 가며 책을 읽는다는 뜻으로, 독서에 여념이 없음을 이름이라. 그런가 하면 주희朱熹가 쓴 훈학재규訓學齋規라는 책엔 '독서삼도讀書三到'라는 말도 있다. 이는 심도心到 안도眼到 구도口到, 즉 눈으로 잘 보고, 입으로 잘 읽고, 마음으로 잘 이해하라는 뜻이다. 맹자孟子라는 책에는 '독서상우讀書尙友'라는 말이 나오는데 이는 책을 읽으면 옛 현인과도 벗이 될 수 있다는 뜻이고, '표맥漂麥'은 중국 후한後漢의 고봉高鳳이란 사람이 마당에 널어 말리던 보리가 폭우에 떠내려간 것도 모르고 독서에 몰두했다는 고사에서 나온 말로 후한서 일민전後漢書逸民傳에 있는 얘기다. 삼국지 위지三國志魏志에 보면 '익인신지막약서적益人神智莫若書籍'이란 것도 있는데 이는 사람의 지혜를 늘이는 데는 책보다 나은 게 없다는 뜻이다. 뿐만이 아니다. 중국 춘추 시대 때 제나라 재상 관중管仲이 지은 관자管子라는 책에는 '장목비이長目飛耳'란 말이 나오는데 이는 옛일과 먼 곳의 일은 서적, 즉 책에 의해서만 알 수 있다 했는데 이는 책만이 현인을 만날 수 있고 책만이 많은 지혜와 지식을 얻을 수 있다는 뜻이다.

책에 대한 어휘나 명칭은 이 밖에도 수없이 많아 일일이 열거할 수가 없다. 그래 거두절미하고 몇 가지만 인용, 책에 대한 소중함을 적어 봤다.

각설하고, 내가 잘 알고 또 나를 극진히 생각하고 위해 주는 사람 중에 이신규李信圭라는 지인이 있다. 이신규 씨는 나보다 6~7년 연하로 이곳 시청 농정국장으로 재직하다 퇴임했는데 성격이 다혈질에 남자다운 배포를 가진 사람이다. 내가 여기서 뜬금없다면 뜬금없고 생뚱맞다면 생뚱맞을 수도 있는 이신규 씨 얘기를 쓰는 것은 딱 한 가지 이유에서다. 그게 무엇이냐 하면 그가 방대한 강준희 문학 전집 전 10권을 완독했다는 사실이다. 이는 한 마디로 놀라운 일이어서 미증유未曾有의 파천황破天荒이 아닐 수 없다.

생각해 보라.

책이 한두 권도 아니요 자그마치 10권짜리 방대한 문학전집을 한 자도 빠뜨리지 않고 다 읽었으니 이 얼마나 대단한 일인가. 단언하거니와 내 문학 전집 10권을 처음부터 끝까지 완독한 사람은 이 대한민국에서 오직 이신규 씨가 유일한 사람일 것이다. 내 책을 여남은 권 읽은 독자는 있고 더러는 책이 나올 때마다 한 권도 빠뜨리지 않고 모두를 읽은 독자도 있다. 하지만 전집 10권을 완독한 독자는 이신규 씨가 유일하지 않을까 싶다. 이는 어쩌면 앞으로도 유일해 공전절후空前絶後일지 모른다. 한두 권짜리 단행본도 아니요 26권을 한데 묶어 10권으로 만든 방대한 전집을 눈코 뜰 새 없이 바쁜 사람이(그는 마당발이라 이 일 저 일 보느라 몹시 바쁘다) 완독했다는 것은 여간한 결심과 인내심이 아니고는 엄두도 못 낼 커다란 사건이다.

그렇다. 이는 꼭, 그리고 반드시 읽지 않으면 안 된다는 어떤 의무감과 사명감이 아니고는 도저히 할 수 없는 일이다. 더욱이 지금은 저 1940년대나 1950년대 또는 1960~1970년대처럼 문학 작품을 많이 읽거나 밤새워 책을 읽는 그런 시대가 아니잖은가. 이럼에도 문학 전집을 통독했다 함은 경이로운 일이다.

나는 1998년도에 강준희 문학 전집을 냈고 그 이후 네 권의 작품집을 더 냈는데(2012년, 현재) 이신규 씨는 이 네 권의 책마저도 완독한 독자다. 그렇다면 혹자는 이렇게 말할지도 모른다. 이신규 씨가 그 방대한 강준희 문학 전집 완독을 무엇으로 증명할 수 있느냐고. 그렇다. 그렇게 말할 사람이 있을지도 모른다.

이신규 씨는 내 전집을 읽는 틈틈이 전화를 걸어온다. 어제는 무엇 무엇을 읽었고 오늘은 무엇 무엇을 읽었으며 내일은 또 무엇 무엇을 읽을 예정이라고. 그리고 모르는 말이나 어려운 대목이 나오면 노트해 두었다가 반드시 물어온다. 뿐만이 아니다. 금과옥조金科玉條가 된다 싶은 말이 나오면 꼭 언더라인을 치고 즉시 대학노트에 적어 놓고 공부한 다음 적재적소에 써먹는다. 그런가 하면 그는 또 누구와 얘기하다 모르는 어휘가 나오면 그때 그때 물어오기도 한다.

　이런 이신규 씨에게 나는 어느 날 이렇게 물은 적이 있다. 미련퉁이처럼 그 방대한 전집을 어떻게 읽었느냐고. 그랬더니 그가 "무슨 말씀이십니까. 저야 편안히 앉아 읽기나 했지만 형님은 그 엄청난 분량의 작품을 한 자 한 자 쓰신 분이 아닙니까. 듣기로 창작하시는 분들은 뼈를 깎고 살을 저미는 고통을 겪으며 글을 쓰신다는데 얼마나 고생하셨어요, 그래. 더군다나 형님은 남다른 역경에서 글을 쓰시는 분이 아닙니까. 정말이지 저는 형님을 볼 때마다 고개가 절로 숙여져 진심으로 존경합니다. 그리고 겁나고 두렵습니다. 이 몽매하고 무지한 제가 형님의 그 박학다식한 글을 읽을 때마다 대학을 나왔다는 게 얼마나 부끄러운지 모릅니다. 그리고 얼마나 많이 배우고 깨우치는지 평생을 두고 잊을 수가 없습니다. 형님은 저의 태산 같으신 멘토십니다. 그래서 항상 든든합니다. 저는 형님의 책을 읽다가 다른 책을 읽으면 맹물처럼 싱거워 읽을 수가 없습니다. 형님의 문학 전집은 또 세계 최고라는 미국 하버드대 도서관에까지 들어간 책이 아닙니까. 저는 형님의 이런 문학 전집을 읽은 것만으로도 자랑스럽습니다. 그리고 올곧은 정신과 해박한 지식을 가지신 형님을 가까이서 정신적 지주로 삼는 것 또한 영광스럽습니다. 형님! 정말, 정말 고맙습니다."

그 와일드하고 급한 성격에 거침없이 내닫는 야생마 같은 그가 한 마리 순한 양이 되는 것을 보면 그는 참 순진한 데가 있는 사람이다.

이신규!

그는 내 문학 전집 모두를 독파한 최초의 사람이다. 내 장담하거니와 그는 아마도 이 대한민국에서는 내 전집을 다 읽은 최초의 유일한 사람일 것이다. 이것 하나만으로도 그는 충분히 내 문학의 귀중한 알천이요, 소중한 꽃다지다.

나는 누가 병원에 입원을 하면 문병을 자주 간다. 물론 친밀한 사이거나 친한 친구가 아니라도 잘 아는 사람이면 몇 번의 문병은 반드시 간다. 왠지 그렇게 해야 마음이 편하다. 그런데 문병 오는 것을 달갑지 않게 여기거나 귀찮고 성가시게 생각하는 사람(환자)도 있다. 이는 몸이 많이 상했거나 철골이 돼 자신의 흉한 몰골을 상대에게 보이기 싫거나 아무하고도 말하기 싫어 사람을 피하는 대인 기피증 환자다. 그런가 하면 외롭고 쓸쓸해 누군가를 막연히 그리고 하염없이 기다리는 환자도 있다. 다른 환자는 문병객이 생쥐 풀 방구리 드나들 듯 연락부절 드나드는데 자신만 무인도에 버려진 듯 아무도 찾지 않아 천장만 멀뚱히 쳐다보고 누워 있으면 얼마나 처량하고 외롭겠는가. 그야말로 돌에도 나무에도 기댈 데 없는 군중 속의 고독이다. 집안이 번성해 일가친척이 많거나 동기 혈육이 여럿이어서 형제자매가 뻔질나게 찾아오는 사람은 입원을 해도 외롭지 않다. 돈 많은 사람이나 권세 많은 사람들은 입원을 해도 호강을 한다. 최고 병원의 최고 병실 VIP 특실에 입원한 채 최고 명의를 주치의로 두고 곁에 비서까지 거느린 채 영양가 높은 최고 음식 먹어 가며 치료 받으니 어느 고급호텔이 이보다 더 좋겠는가.

얼마 전 TV를 보니 영세민들은 암 같은 큰 병에 걸리면 죽음에 대한 공포보다 엄청나게 비싼 병원비가 더 무서워 입원할 수 없다는 보도를 보았다. 그러니 우주하고도 바꿀 수 없다는 귀중한 생명도 돈 없으면 죽는 수밖에 없다. 그래서 신약성서 마태복음에서도 '사람이 온 세상을 얻는다 해도 제 목숨을 잃으면 무슨 소용이 있겠느냐? 사람의 목숨을 무엇과 바꾸겠느냐?' 했을 것이다. 어찌 신약성서의 마태복음뿐이겠는가. 법구경法句經에서도 '모든 생명은 채찍을 두려워한다. 모든 생명은 죽음을 무서워한다. 자기 생명에 이것을 견주어 남을 죽이거나 죽이게 하지 말라' 했다.

이만큼 생명은 소중하고 귀중하다. 그러므로 인간은 그 생명을 연장하려고 건강해지려 한다. 그런 까닭에 세계의 석학들도 건강을 제일로 삼았다. 제퍼슨은 '배우지 못한 가장 무식한 사람도 병약한 지식인보다 행복하다' 했고 쇼펜하우어도 '어리석은 일 중에 가장 어리석은 일은, 어떤 이익을 위하여 건강을 희생하는 것이다' 했다. 몽테뉴도 그의 수상록에서 '건강은 참으로 귀중한 것이다. 이것은 실로, 사람들이 그 추구를 위하여 다만 시간뿐 아니라 땀이나 노력이나 재보財寶까지도, 아니 생명까지도 소비할 값어치가 있는 유일한 것이다'라고 했다. 우리 속담에도 있지 않던가. '삼정승 부러워 말고 내 한 몸 튼튼히 가지라'는. 영국 속담에도 '건강보다 나은 부富는 없다'고 해 무병한 몸이 재산이라는 등식 논리가 생겼다. 이렇게 볼 때 '돈을 잃은 것은 잃은 것이 아니요, 명예를 잃은 것은 조금 잃은 것이며, 건강을 잃은 것은 전부를 잃은 것이다'라고 갈파한 베이컨의 말이 참으로 명언이어서 길이 새겨 둘 말이다.

사람들은 흔히 '우리는 둘도 없는 사이'라느니 '이 친구와는 생사고락을 함께하는 친구'라느니 하는 말을 참 쉽게 한다. 그런데 막상 어려움이 닥치면 내 언제 그랬느냐 싶게 태도가 돌변한다. 그래서 옛글에 '술과 음식을 함께 먹을 친구는 천 명이나 되지만. 위급하고 어려울 때 도와줄 친구는 한 사람도 없다'는 주식 친구酒食親舊는 천개유千個有로되 급난지붕急難之朋은 일개무一個無라는 말이 생겼을 것이다.

병원이 가까운 데 있어 걸어갈 수 있거나 거리가 좀 떨어져도 대중교통을 이용해 갈 수 있는 곳이라면 괜찮은데 몇백 리 떨어진 서울의 어느 병원에 입원을 하면 참 난감하다. 가기는 가야겠는데 냉큼 용기가 나질 않는다. 눈은 침침해 잘 안 보이지, 다리는 쑤시고 결려서 아프지 빈뇨로 오줌 누는 빈도수가 높아 화장실을 자주 가야 하니 여간 큰마음 아니고는 단행할 수가 없다. 게다가 지하철이라는 게 타기가 여간 힘들지 않아 매번 곤혹을 치른다. 경로 우대라 하여 그전처럼 매표소 앞에 서면 직원이 승차권을 주고 그러면 그것으로 끝이어서 그런 대로 괜찮았는데 언제부터인가 창구에 매표원이 사라지고 승객이 직접 표를 파는 기계에서 승차권을 뽑아야 하니 보통 일이 아니다. 그것도 65세 이상의 노년층은 주민등록증을 넣어야 하고 목적지에 가서는 또 동전 5백 원을 환불기에서 환불 받아야 하는 번거로움을 겪어야 하는 통에 아주 애를 먹는다. 이게 서울에 사는 이들이라면 난든집이 돼 괜찮을지 모르지만 몇 년에 한 번씩 상경하는 촌로들은 여간 힘들고 어려운 게 아니어서 초주검이 된다. 게다가 전철이 한 번에 갈 수 있는 단구간이 아니고 몇 번씩 갈아타는 경우는 아주 파김치가 된다. 환승역이 멀고 길어 오르고 내리고 걸어가는 거리가 족히 1km는 되기 때문이다. 그래 나는 부득이한 경우에만 문병을 가고 그 외엔 전화로 문병을 한다. 그리고 장기 입원 환자에겐 육필로 쾌유를 비는 편지를 써 보내고 신간이라도 나오면 서명을 해 등기로 보낸다. 이는 내가 생각해도 잘하는 일이어서 단점 많은 내 인생에 장점이기도 하다.

나는 지금까지 살아오면서 여덟 개의 이름을 지었다. 네 개는 회명會名이요, 두 개는 당호堂號요, 한 개는 실호室號다. 그리고 다른 하나는 거실명居室名이다. 첫 번째 지은 이름은 내가 사는 집의 당호로 '어초재漁樵齋'다. 어초재는 문자 그대로 날씨 좋은 날은 고기 잡고 나무하고, 날씨 궂은 날은 책 읽고 낮잠 자면서 유유자적으로 한운야학閑雲

野鶴한다는 뜻이다. 당호 어초재는 은행나무 자연목에 예서체로 써서 양각한 채 현관문 위에 가로로 걸어 두었다.

내가 두 번째로 지은 이름은 서재 이름 실호로 '몽함실夢含室'이다. 이 몽함실은 꿈 몽 자에 머금을 함 자에, 집(방)실 자니 꿈을 먹고 사는 방(집)이라는 뜻이다. 나는 이 몽함실도 은행나무 자연목에 글씨를 써 양각한 채 서재 출입문 위에 달아 놓았다. 세 번째로 지은 이름은 거실명 '안락와安樂窩'인데, 이 안락와는 안락하게 쉬는 굴이라는 뜻으로 중국 북송의 대학자 소강절邵康節에서 따왔다. 소강절은 소옹邵雍이라 부르고 자는 요부堯夫, 호는 안락선생安樂先生, 시호는 강절康節인데 상수象數에 의한 신비적 우주관과 자연 철학을 제창한 이로 그의 집이 안락와였다. 나는 소강절도 존숭하지만 안락와가 마음에 들어 내 사는 둥지의 조그마한 거실을 안락와라 명명했다.

그럼 이제 한림회翰林會와 자숙회子執會, 관포회管鮑會와 제월당霽月堂, 한국선비정신계승회에 대해 말할 차례인데 한림회와 자숙회와 한국선비정신계승회는 회명이요 나머지 하나 제월당은 집 이름 당호다.

먼저 한림회부터 말하면 한림회는 문자 그대로 한림, 다시 말하면 지식인들의 모임이다. 한림의 본뜻은 1) 신라 때에 임금의 명령을 글로 짓는 일을 맡아 하던 벼슬, 2) 예문관 검열을 예스럽게 이르는 말, 3) 유학자의 모임, 4) 한림학사, 5) 한림원. 뭐 이렇게 돼 있지만 현대적 해석으로 보면 한림은 지식인, 한림회는 지식인들의 모임이라 불러 무리가 없을 것 같아 붙여 보았다.

한림회가 이곳에 생긴 해는 1993년이었고 회원은 대학 총장, 교수, 교육장, 의사, 변호사, 학교법인 이사장, 기관장 출신, 회사의 오너, 신문사 논설위원 및 소설가 등으로 구성되었다. 초기 회원은 10여 명으로 모두가 50대, 60대, 70대로 구성, 인격과 학문을 고루 갖춘 사계斯界의 권위자였다. 이 한림회는 당초 의사 두 분과 전직 교수 한 분, 그리고 나, 이렇게 네 사람이 발기했고 초대회장은 가당찮게도 제일 미거한 내가 맡았다. 이 한림회는 한 달에 한 번씩 모여 가나다 순으로 주제를 발표하는데 주제 내용은 정치, 경제, 사회, 문화, 교육, 역사, 종교, 의학, 도의, 효충, 예술, 풍속 등 다양해 발표자의 자유 선택으로 이뤄졌다. 제일 첫 번째는 내가 강의를 했는데 강론 주제는 '선비론'이었다. 나는 이날 한 시간 여에 걸쳐 강의를 했고 강의가 끝난 다음 질의응답으로 토론을 마쳤다.

이렇게 발족한 한림회는 지금껏 명맥을 이어 한 달에

한 번씩 꾸준히 만나고 있다. 물론 그 사이 신입 회원, 유명을 달리한 분, 정년을 맞아 환향한 분도 있다. 그러나 이 한림회는 제1세대인 우리가 더 이상 활동할 수 없는 미랭시未冷尸가 돼 뒷방 늙은이가 되더라도 제2세대, 제3세대로 계계승승 이어져 내려갈 것이다.

내가 한림회 다음으로 지은 회명은 자숙회子勅會라는 단체 이름이다. 이 자숙회는 논어의 안연편顏淵篇에 나오는 '자솔이정子帥以正이면 숙감부정孰敢不正이란 데서 나온 말인데, 이는 그대가 정正으로, 다시 말하면 바름으로 솔선수범한다면 누가 감히 부정을 할 수 있으랴'라는 뜻이다. 어느 날 노나라의 실권자 계강자季康子가 공자에게 정치를 묻자 공자가 '정政이란 정正, 곧 바름이니 그대가 정으로 솔선수범한다면 누가 감히 부정할 수 있으랴' 했다. 그러니까 다스리는 자가 바르고 깨끗하면 다스림을 받는 자가 어찌 바르고 깨끗하지 않겠느냐는 뜻이다.

이 자숙회도 한림회를 만들 즈음에 지어졌는데, 어느 날 40대 중반과 50대 초반의 중년 7~8명이 나를 찾아와 우리는 우리가 살고 있는 이 고장을 사랑하므로 뭔가를 봉사해 겸손한 자세로 이바지하고 싶은데, 여기 합당한 좋은 회명을 지어 달라 했다. 내가 그런 회명이라면 작명

가한테 가야지 작가한테 오면 어떡하느냐 했더니 그들은 제발 부탁이니 농담 말고 근사한 이름으로 하나 지어 달라 했다. 나는 그 자리서 그럼 자숙회子孰會로 하면 어떻겠느냐 하고 논어의 자솔이정과 숙감부정을 설명, 자솔이정의 앞 글자 '자'와 숙감부정의 앞 글자 '숙'을 따 회명을 지었다. 그러며 부연 설명을 했다. 자숙은 스스로 자自 엄숙할 숙肅의 자숙도 있어 한글로 쓰면 자신의 행동을 스스로 조심한다는 뜻도 된다 했다. 그러자 이들은 박수를 치며 만면에 희색을 띠었다. 그리고 얼마 후 큰 예식장 하나를 빌려 각급 기관장과 유지들을 초청, 자숙회 출범식을 가졌고 나도 그 자리에 초청돼 자숙회의 이름과 그 뜻풀이를 설명했다.

이렇게 출범한 봉사단체 자숙회는 사무실도 시내 중심가에 어여번듯하게 차렸고 현판식도 회명에 걸맞게 예서체로 잘 써서 음각해 걸었다.

내가 이 자숙회 다음으로 지은 회명은 관포회管鮑會다. 관포란 잘 알다시피 중국 춘추시대의 관중管仲과 포숙아鮑叔牙를 말함인데, 이 두 사람의 우정이 하도 돈독해 관포지교란 말이 생겼다. 내가 관포회라 명명한 것도 이런 연유에서였다. 관포회원은 겨우 5명에 불과하지만 서로 뜻이 맞고 마음이 맞아 만나면 언제나 반갑고 즐겁다. 세상이 너무 이악하고 애바르고 부라퀴 같고 사박스러워 정 주고 정 받으며 가슴으로 만날 수 있는 사람이 없을까 싶어 어느 날 한 사람 한 사람 톺아봤다. 그러자 조민식, 정태익, 윤일로, 정진상 등 제씨가 떠올랐다. 조민식 씨는 앞에서도 말한 바 있지만 초등학교 교장 출신으로 성격이 어질고 원만할 뿐만 아니라 겸손하고 예절 발라 언제나 웃는 얼굴이어서 마음이 편했고, 정태익 씨는 오랜 세월 변호사 사무실의 사무장으로 있던 분으로 서예로도 일가를 이뤘고 행동거지도 반듯한 점잖은 신사였다(현재는 이곳 향교의 전교). 윤일로 씨는 시조창과 함께 고전 현대 춤을 잘하는 소리꾼이자 재인才人이어서 내가 일찍부터 명인名人이라 불러 모두 그렇게 부르고 있는 재주꾼이다. 마지막으로 정진상 씨는 우리 관포 회원 중 제일 막내로 K 대학의 의대학장과 K 대학병원 원장을 지낸 의사인데 어찌나 유머가 많고 익살이 풍부한지 만나면 배꼽을 뺀다. 그리고 우리 관포회 5명이 가끔씩 바깥으로 나들이를 가면 승용차 한 대로 족하다. 앞에 두 사람 뒤에 세 사람이 타면 마침맞아 아주 오붓하다. 그러면 그날은 노래(가요)와 시조창과 유머와 해학에 신이 나고 짓이 나 하루해가 언제 가는 줄 모른다. 그래 나는 가끔 총무(윤일로)를 통해 우리 언제 날짜 맞춰 여행 한 번 다녀오자 하면 그는 '예, 회장님' 하며 일일이 전화를 걸어 날짜를 맞춘다. 속담에 콩도 낱이요, 개암도 과실이라더니 다섯 명이 모이는 '회'도 회장이라고 회장님, 회장님 하는 걸 보면 웃음이 절로 난다.

내가 관포회 다음으로 지은 이름은 회명이 아니고 당호다. 이 도시엔 진산鎭山이라 할 수 있는 유서 깊은 산 남산南山이 있는데, 이 남산 기스락 한 편에 시내를 한눈에 조망할 수 있는 집이 있다. 구본무具本武라는 분이 살고 있는 집이다. 이 분은 한림회 회원이기도 한데 인상이 좋고 인품이 고매한데다 늘 미소 짓는 얼굴이어서 누가 봐도 호감이 가는 형이다. 이 분은 얼마 전까지 어느 중견기업의 CEO로 있다가 물러나 지금은 이 남산 기슭 한 녘에 예쁘게 집을 짓고 예쁜 정원 가꾸며 부부가 함께 예쁘게 살고 있다. 나는 별장 같은 이 집에 몇 번 초대돼 다과 대접을 받았고 한림회 전원이 초대돼 가든 파티로 대접을 받기도 했다.

이러던 어느 날이었다. 나는 무심코 그의 거실에서 이렇듯 좋은 집과 멋진 정원과 빼어난 풍광과 그윽한 청취

속에 파묻혀 살면 이에 걸맞은 근사한 당호 하나쯤 현관 위에 걸려 있으면 집이 한결 더 운치 있고 품격 있을 것 같다 했다. 그런 다음 앞의 남산을 가리키며 비가 갠 뒤 하늘에 밝은 보름달이 둥실 뜨면 두 분(부부)이 테라스에 앉아 밝은 보름달 쳐다보고 풀벌레 소리 들어가며 차를 마신다면 얼마나 근사하겠느냐, 이야말로 무릉도원이 따로 없어 선경에 든 듯할 것이다. 사람은 이름 대신 멋진 아호를 갖듯 집도 이름 대신 근사한 당호를 지어 현관 앞에 걸어 놓으면 집의 품격이 훨씬 달라 우아할 것이다…….

나의 이런 장광설에 그는 그럼 당호 하나 지어 주시겠습니까? 했다. 나는 생각해 보겠노라 했다. 그런데 다음다음 날 그는 당호 하나 지어 놓으셨습니까? 하고 전화를 했다. 나는 이크 이거 야단났구나 싶어 예, 오늘 중으로 꼭 지어 놓겠습니다. 하고는 그길로 이것저것 생각하다 갤제, 달월, 집당 자의 '제월당霽月堂'으로 옥호를 지었다. 이 제월당은 비 갠 날 밤의 밝은 달이 남산 위 벽공에 둥실 뜨면 부부가 정원에 나앉아 차를 마시며 이심전심 많은 얘기를 하라고 지은 당호다. 이 제월은 본시 광풍제월光風霽月의 준말로 '비가 갠 뒤의 맑게 부는 바람과 밝은 달'이라는 뜻인데, 마음이 넓고 쾌활하여 아무 거리낌이 없는 인품을 비유적으로 이르는 말이다. 그리고 이 말은 또 저 중국 북송의 대시인 황정견黃庭堅이 역시 북송의 대유학자 주돈이周敦頤의 훌륭한 인품을 평한 데서 유래한 말이기도 해 그 뜻이 매우 깊고 크다.

제월당!

이 제월당은 내가 지어 놓고 봐도 참 근사하고 멋진 당호다.

끝으로 내가 만들고 지은 회명 중 '한국선비정신계승회'라는 게 있다. 이 한국선비정신계승회는 2009년도에 출범, 이곳 문화원에서 선포식, 창립식, 현판식을 가졌는데 처음엔 나 혼자서 선비정신을 이해하는 사람을 찾아다니며 맨투맨으로 설득시켜 회원을 모았다. 그러느라 죽을 애를 먹었다. 차도 없고 다리도 아프고 눈도 침침해 잘 보이지도 않는데다 원근을 가리지 않고 일일이 걸어다니며 사람을 만나자니 신간이 여간 고되질 않아 몸이 파김치가 되었다. 그래도 나는 매일을 하루같이 이곳저곳을 걷고 이 사람 저 사람을 만나고 또 만났다. 그러자 어떤 이는 내 뜻이 숭고하다며 가입하기도 하고 어떤 이는 지금 세상이 어떤 세상인데 고리타분하게 선비정신 운운하느냐며 비웃기도 했다. 선비정신계승회를 만들면 밥이 생겨,

옷이 생겨 하면서….

그런데도 나는 죽을힘을 다해 선비정신에 대한, 선비정신이 왜 필요하냐에 대한 강의를 하고 책을 써 가면서 진심갈력했다. 그러자 선생님의 그 뜻이 존경스럽다며 나를 찾아와 사무국장을 자청하는 이가 나왔고, 어떤 이는 또 적극적으로 회원 수십 명을 모집, 열의를 보이기도 해 지금은 회원이 170여 명으로 늘어 꽤 큰 단체가 되었다. 그러나 정작 큰일은 지금부터다. 회장이 돈이 있어 기금을 내놓고 사무실도 얻어 사단법인 인가도 받아야 하는데 그걸 못한 채 남의 사무실에 얹혀 곁방살이를 하고 있으니 꼴이 말이 아니다. 그러니 사단법인 인가를 무슨 수로 낸단 말인가. 사단법인 설립 인가는 현금 3천만 원인가를 일정 기간 은행에 예치해야 한다니 평생을 적빈하게 살아온 문사가 무슨 수로 그 큰돈을 마련할 수 있는가. 그렇다고 누구한테 구구하게 설명하고 저두 굴신 할 수도 없고 회원들 찾아다니며 꼴사납게 구걸할 수도 없다. 나는 회장으로서 무능을 통감하며 제발 유능한 분이 나서서 회장을 맡아 한국 선비정신계승회가 본궤도에 오르기만을 일구월심 바라고 있다. 아, 이래서 돈이 필요하고 이래서 민간단체의 장은 돈이 있는 사람을 뽑는 모양이구나! 사단법인 인가는 이런 관계로 엄두를 못낸 채 우선 도와 시에 임의 단체 등록만 해 놓고 있다. 그렇지만 뜻 있는 곳에 길이 있듯 진심으로 노력하면 언젠가는 이뤄지겠지. 그리하여 한국선비정신계승회가 모태가 되고 중심이 돼 그 정신이 전국으로 퍼져 인정과 도의 도덕이 땅에 떨어진 이 말세의 요계지세澆季之世에 조금의 정화라도 하겠지. 효와 충의 중요성을 깨닫고, 비리 부패와 지조 개결介潔이 왜 필요한가를 알게 되겠지. 그러면 이 예토穢土가 조금씩 조금씩 정토淨土가 돼 선善, 악惡, 미美, 추醜, 시是, 비非, 곡曲, 직直, 의義, 불의不義, 정正, 부정不正을 알게 되겠지. 그리하여 흉악한 패륜悖倫과 무너진 강상綱常과 잃어버린 염치가 생겨나 우리가 갈망하는, 이상 사회가 조금씩 조금씩 다가오겠지.

아, 그러나 그렇게 되기엔 이 사회가 너무나 깊이 병들어 있고, 이 세상이 너무도 크게 망가져 있다.

오, 하느님! 부처님! 천지신명님!

이 일을 대체 어떻게 해야 됩니까? 이 노릇을 대관절 어찌해야 합니까? 뭐라고 말씀 좀 해 주십시오! 뭐라고 조그마한 계시라도 좀 주십시오!

거듭 말하거니와 나는 내가 생각해도 내가 왜 이러는지 도대체 알 수가 없다. 그러나 내가 나를 분명히 알 수 있는 것은 내가 매우 순진하고 아주 단순하고 도무지 꾀가 없고 남을 너무 잘 믿는다는 점이다. 그리고 때론 매우 어리석고 아주 바보 같고 도무지 약지 못하고 손해 보는 줄 뻔히 알면서도 이악하지 못한 채 그냥 넘어간다는 점이다. 이럼에도 사람들은 내가 성질이 급하고 다혈질에 소리도 잘 지르고 바른말로 호통도 치고 하니까 매사에 손해를 안 보고 사는 사람으로 알지만 천만의 말씀. 나는 누구와 다투기 싫고 더욱이 금전 문제나 약속 문제에 대해서는 모진 말을 전혀 못해 무조건 내가 양보하거나 손해를 본다. 그래야 마음이 가볍고 편하다.

내가 S에게 돈 3백만 원을 빌려준 건 1979년도 깊은 가을이었다. 그날 S는 내 작고 초라한 둥지(13평 아파트)로 나를 찾아왔다. 밤이었다. S는 이런 저런 얘기 끝에 "선생님, 저 얼마 전에 집 하나 계약했습니다" 하더니 "헌데 돈이 좀 부족해서요, 세상 인심이 얼마나 고약한지 단돈 10만 원을 못 구하겠어요" 했다. 나는 얼핏 이해가 안 됐다. 왜냐하면 S는 그때 모 여고 교사였고 S의 부인은 모 여중 교사였기 때문이다. S는 내 눈치를 슬슬 보다가 "저, 선생님! 혹시 돈 가지신 것 좀 있으세요?" 했다. "돈? 내가 돈이 있을 것 같은가 없을 것 같은가?" 나는 S를 처다봤다. "선생님은 원체 청빈한 분이시니." "그럼 내가 돈이 없다는 얘기 아닌가. 돈이 얼마나 필요한데?" "한 3백만 원쯤…." 나는 개도 딸 낳을 때가 있고 거지도 손(손님)볼 날이 있다더니 나도 돈 꿔 줄 때가 있구나 싶어 기쁜 마음으로 캐비닛을 열고 3백만 원을 꺼내 S 앞에 놨다. 그러자 S가 깜짝 놀라며 그냥 에멜무지로 해 본 소린데 이 거금을 정말 주느냐며 자세를 고쳐 앉았다. "자네가 알고 왔는지 모르고 왔는지, 혹은 우연의 일치인지 모르지만 마침 3백만 원이 있었네. 이 돈은 얼마 전 이 아파트를 살 때 계약금과 중도금만 내고 입주부터 했기 때문에 한 달 후엔 잔금을 치러야 하네. 그러니 실수 없게 해 주게" 했다. S는 내 이런 태도가 믿기지 않는지 연방 좌불안석이었다. 그러면서 이자는 얼마를 드리면 되냐며 차용증을 쓰자 했다. 나는 차용증은 무슨 놈의 차용증이고 이자는 무슨 놈의 이자냐며 야단을 쳤다. 내가 그대를 믿고 주면 그것으로 된 것이고 이자는 내가 사채놀이나 고리대금업자가 아니니 그따위 불쾌한 소릴랑 하지도 말라 했다. S는 이런 내 태도에 놀라 시종 입을 다물지 못하다 하는 소리가 자기 같으면 3백만 원은 고사하고 3십만 원도 꿔 주기 어려울 텐데 어떻게 선생님은 차용증도 안 쓰고 이자도 안 받으시고 이 큰돈을 선뜻 내놓으세요. 이 돈은 선생님의 전재산이 아닙니까? 했다. S로서는 아무리 생각해도 이해가 안 되는 모양이었다. 하긴 자기 같으면 3백만 원은 고사하고 3십만 원도 꿔 주기 어렵다 했으니 그런 사람이라면 안 놀라는 게 오히려 이상한 일이다.

이렇게 가져간 돈은 그러나 한 달이 가고 두 달이 가도 갚지를 않아 나는 말할 수 없는 고통을 겪었다. 한 달 후에 치르기로 한 아파트 잔금을 못 치른 채 죽을죄나 지은 듯 아파트 전 주인에게 비대발괄하며 여기저기서 돈 꿔다 이자 갚느라 죽을 애를 먹었기 때문이다. 더욱이 S는 따뜻한 가슴으로 문학(수필)을 한다는 문학청년이 아닌가.

세상에 어쩌면 이럴 수가 있단 말인가. 그 돈이 대체 어떤 돈인데. 내가 S에게 빌려준 돈은 내 첫 창작집 '하느님 전상서'가 좀 팔려 사글세 살이 20수년 만에 방 세칸 마루 하나 부엌 하나의 17평짜리 조그마한 기와집을 270만 원에 사서 6~7년 살다 750만 원에 팔아서 산 아파트(13평형)였다. 그리고 3백만 원은 한 달 후에 잔금으로 치를 돈이었다. 그런데 이런 돈을 제 날짜에 안 갚으니 나는 본의 아니게 신용불량자가 된 것이다.

그에게 꿔 준 돈 3백만 원은 그로부터 넉 달 후 손에 묻은 밥풀처럼 다섯 번에 걸쳐 찔끔찔끔 받아 푼돈이 되고 말았다. 앉아서 주고 서서 받는다더니 그 말이 옳았다. 머리 검은 짐승(인간)은 구제할 게 못 된다더니 그 말도 옳았다.

이러고 월여 후의 날이었다. 그날은 쌀이 똑 떨어져 어디 가 먹이 좀 구해 오려고 막 외출을 하려는데 C 시 C 대학의 영문과 3학년 김남희라는 여학생이 찾아 왔다. 내 창작집 '하느님 전상서'와 얼마 전에 발표한 중편 '신굿'을 읽고 꼭 선생님을 뵙고 싶어 왔노라 했다. 그래 나는 커피를 대접하고 남희 학생을 데리고 평소 내가 자주 가는 중앙시장 안의 2호집으로 가 녹두부침개에 칼국수를 대접하는데 부르기라도 한 듯 S가 나타났다. 우리는 합석을 했고 대화는 자연스레 문학담으로 흘러갔다. 그러다 남희 학생이 화장실에 간 사이 내가 얼른 S에게 돈 10만 원만 꿔 달라 했다. 쌀이라도 넉넉하게 사놓고 들어앉아 글을 쓸 작정에서였다. 어찌 쌀뿐인가. 담배와 원고지도 듬뿍 사 놓고 시작할 요량에서였다. 얼마 전 발표한 중편 '신굿'의 원고료만 나왔어도 한동안 쓸 텐데 어쩐 일로 아직 기도망도 없었다. S는 내 부탁에 "알았습니다. 내일 모레가 월급날 17일이니 그날 퇴근하는 대로 찾아뵙겠습니다" 했다. 나는 S의 말에 고맙다 하고 남회 학생을 전송한 후 봉지 쌀 두어 됫박 사가지고 집으로 왔다. 17일이면 내일 모레니 곰비임비가 아니겠냐며.

그랬는데 S는 17일이 지나 27일이 돼도 오질 않았다. 이러던 어느 날 나는 아침 일찍 우체국으로 속달우편을 부치러 가다가(아마 급한 원고를 송고하러 가던 길이었을 것이다) 출근하는 S를 만났다. S는 나를 보자 허겁지겁 자전거에서 내려 다음 달 보너스(상여금)를 타는데 그때 부탁하신 돈 가지고 찾아뵈려 했다며 얼굴을 붉혔다. 나는 "됐어! 다 해결됐어!" 하고는 아무렇지 않은 듯 S의 어깨를 툭툭 두들겼다. 그러나 이때 나는 속으로 "내 너한테 인생을 배웠노라" 했다.

문학청년(시) 지천웅이 나를 찾아온 것은 이날 밤이었다. 지천웅은 초등학교 교사로 사람됨이 착하고 순수해 내가 평소 아끼는 터였다. 그는 방에 들어서자 앉지도 않고 "드릴 말씀이 있습니다" 했다. 내가 무슨 말인지 앉아서 하라 했더니 먼저 선생님께 양해부터 구해야 한다면서 굳이 앉기를 사양했다. 내가 무슨 말인지 모르지만 양해한다 하자 그는 비로소 앉는 시늉을 하며 안사람하고 같이 왔는데 밖에 있다고 했다. 아니 그럼 왜 안 들어오시냐 했더니 짐이 있다는 거였다. 짐이라니. 이 밤에 무슨 짐이냐니까 나가 보시면 안다는 거였다. 나는 그와 함께 밖으로 나갔다.

"아니 이건?"

짐은 쌀이었다. 80kg짜리 정부미 한 포대였다. 나는 적이 놀랐다.

"선생님 죄송합니다. 선생님 자존심 상하실까 두려워 걱정 많이 했습니다. 용서해 주시기 바랍니다."

나는 할 말이 없었다. 아니 명치가 콱 막혀 말이 안 나왔다.

"선생님! 저희도 정부미 먹습니다. 포시라운 사람은 타박할지 모르지만 맛이 그런대로 괜찮습니다. 그러니 저희 성의로 아시고 진지해 드시기 바랍니다."

그는 쌀을, 그것도 한 포대씩이나 가져오고도 되레 미안해 했다.

"그래, 고마워. 내 받지. 그리고 이 쌀을 먹을 때마다 지선생을 생각하지!"

나는 터지려는 울음을 가까스로 참으며 그들과 함께 쌀을 들여놓았다. 그리고 그들 부부가 돌아간 다음 쌀자루를 끌어안고 그에 목울음을 터트렸다.

중편 '신굿'의 원고료가 온 건 그 다음 날이었다. 원고료는 자그마치 40만 원이었다. 엄청난 돈이었다(내 형편으론). 나는 이 돈으로 연탄 2백 장, 담배 다섯 보루(50갑), 원고지 2천 장을 사 놓고(쌀은 지 선생이 한 포대 가져와 안 샀다) 구상한 장편 '개개비들의 사계'를 쓰기 시작했다. 마침 C 신문에서 장편 연재 청탁이 왔기 때문이었다(이 소설은 C 신문을 비롯해 K 신문과 K 신문에 동시 연재돼 나갔다). 나는 밥 먹고, 잠자고, 세수하고, 화장실 가는 시간만 빼고는 원고지 앞에 달라붙어 꼼짝하지 않았다. 이러는 틈틈이 단편 청탁이 오면 밤을 새서라도 마감 날짜 안에 써 보냈고 『미구꾼』, 『불씨』, 『채표彩票』같은 편당 4백 장 분량의 중편도 써서 발표했다. 왕성한 집필에 활발한 발표였다.

이렇게 한 3년여 정열을 쏟자 중단편집 '신굿'을 비롯해 소설집 '하늘이여 하늘이여', 중편집 '미구꾼', 장편 '개개비들의 사계'가 책으로 묶여져 나왔다.

나는 정녕 치자癡者인가 현자賢者인가. 아니면 숙맥불변菽麥不辨의 멍텅구리인가. 아무리 생각해도 나는 속이 너무 없는 사람이다.

우리 속담에 내 뭐 주고 뺨 맞고, 긁어 부스럼 만든다는 말이 있다. 그리고 은혜를 원수로 갚고, 괜한 제사 지내고 어물값에 졸린다는 말도 있다. 한 번 깊이 음미해 볼 만한 말이다. 그런데 내가 바로 그런 사람이다.

언제였던가. 1998년도 IMF라는 전대미문의 경제 위기가 터지고 얼마 후 내가 살고 있는 C 시의 시 공무원 다수가 정부 방침에 의해 퇴출된 일이 있었다. 1943년생들이었다. 이때 나는 내가 평소 아끼고 사랑하던 K라는 사람을 구제해 볼 요량으로 자존심 굽히고 시장을 만났다. K도 1943년생이어서 퇴출 대상이었기 때문이다. 나는 시장한테 K의 관등 성명을 대고 구제 방법이 없겠느냐 물었다. 그러자 시장은 정부 방침이라 어쩔 수 없다는 대답이었다. 나는 더 이상 말하지 않았다. 직원의 인사 문제는 시장의 고유 권한이고 또 정부의 방침이라고까지 하니 할 말이 없었던 것이다. K는 사람됨이 겸손하고 인사성이 밝을 뿐만 아니라 행동거지가 반듯해 내가 남달리 아끼던 사람이었다. 그래서 나는 그를 사흘이 멀다 만났고 만나면 즐거워 속말을 주고받았다.

이렇게 해 K는 뜻하지 않게 정년을 몇 년 앞두고 몇 십 년 정들었던 직장을 물러났다. 그때 K의 직급은 6급 계장이었고 얼마 후면 과장 승진도 무망하지 않은데 뜻하지 않게 물러나야 하니 얼마나 억울하고 속상하고 허탈할 것인가. 그때의 참담했던 K의 심경을 나는 충분히 헤아릴 수 있었다. 무슨 잘못을 저질러 죄를 지은 것도 아니요, 부정 공무원으로 낙인 찍혀 축출당하는 것도 아니니 그 참담함은 더욱 컸을 것이다. K가 시청을 그만두자 우리는 더 자주 만났다. K가 자유인이 돼 시간이 많았기 때문이다. 나는 도지사를 만나러 갈 때도 K와 함께 갔고(내가 차가 없으니 K의 차로) 타 지역의 기관장을 만나러 갈 때도 K와 함께 갔다. 그리고 기관장과의 저녁 식사를 할 때도 K를 대동했다.

이렇게 얼마쯤 지났을까. K는 다행히 시 체육회 사무국장으로 발령이 나 근무를 하게 됐다. 나는 참 잘된 일이다 싶어 진심으로 축하했다.

이러고 또 얼마나 지났을까. 우리 동의 동장이 나를 찾아와 K의 말을 했다. K가 억울하게 쫓겨났다며 시장을 좋지 않게 말하고 다닌다니 선생님이 좀 타일러 주십사 했다. 나는 하여간 만나 보겠다 하고 K에게 전화를 걸어 내가 자주 다니는 칼국수 집에서 만나 조심스레 말을 꺼냈다. 이만저만한 말이 들리던데 대체 어떻게 된 일이냐고. 그러자 K가 버럭 화를 내며 어떤 인간이 그따위 소릴 하냐면서 종주먹을 댔다. 나는 무연해 잠시 K를 쳐다봤다. 평소의 K답지 않은 행위에 너무 놀라서였다.

이러고는 고만이었다. 이날부터 K는 나한테도 좋지 않은 감정을 가진 채 의식적으로 멀리했다. 그러니 자연히 소원해질 수밖에 없었다. 안타까운 일이었다. 그러나 어쩌랴. 아군이 아니면 모두 적군으로 보는 것을. 자기편이 아니면 모두 상대편으로 보는 것을….

이렇게 또 몇 년이 지난 어느 날이었다. 그날 나는 시장과 시 행정국장, 그리고 내 친지 한 사람과 나, 이렇게 네 사람이 저녁 식사를 마치고 환담하는 자리에서 우연히 K에 대한 얘기가 나왔다. 그때 나는 K에 대한 전후 얘기를 하고 참으로 이해부득이라 하자 시장이 실은 강 의원님(내가 신문사의 논설위원이라 시장은 나를 강 의원님이라 불렀다)의 부탁을 못 들어 드려 고민고민하다 K를 시 체육회 사무국장으로 보냈다 했다. 그러며 행정국장한테 내일이라도 K를 찾아가 전후 사정을 말하고 오해를 풀어 주라 했다. 총무국장은 그러겠노라 했고 다음 날 K를 찾아가 그간의 사정을 말하고 강 의원님을 가까운 날 한 번 찾아뵈라 했다 한다. 그러자 K는 순순히 그렇게 하겠노라 했다 한다. 그러나 K는 그 이후 지금까지 오랜 세월이 흘러도 찾아오기는커녕 전화 한 번 없었다. 나는 안 되겠다 싶어 K와 친한 친구에게 부탁, K를 아무 식당으로 함께 좀 나와 달라 했다. 그런 다음 새로 나온 책에 서명을 해 식당으로 갔다. K한테 줄 책이었다. 이렇게라도 해서 내가 먼저 손을 내밀어야 할 것 같았다. 저녁을 대접하며 술이라도 한 잔 하면(K는 술을 좋아했다) 풀어지겠지 하는 생각에서였다.

그러나 도사였다. K는 마음의 문을 꼭꼭 닫아걸고 있었다. 내가 보다 못해 평소 그토록 깍듯하고 예의 바른 사람이 왜 그러냐며 야속해 하자 K는 "저는 본래 이런 사람입니다" 할 뿐 더는 말이 없었다. 내가 신간 저서에 K의 이름과 함께 저자의 서명까지 한 책을 주었지만 시큰둥한 자세로 거들떠보지도 않았다.

아, 내가 사람을 잘못 본 것일까?

나는 내가 알고 있는 K가 아닌 것 같아 속이 상했다. 그러자 문득 명심보감 교우편 한 대목이 떠올랐다.

'서로 얼굴을 아는 사람은 세상에 가득해도, 마음속을 아는 사람은 과연 얼마나 되겠는가' 하는….

나는 정말 내 뭐 주고 뺨 맞고, 긁어 부스럼 내고, 괜한 제사 지내고 어물값에 졸리는 사람인가? 그런가?

　나는 의기투합의 지음知音까지는 바라지도 않고 말이
조금만 통한다 싶으면 그 사람을(나이에 관계없이) 내 집
으로 초청, 차를 마시며 환담하기를 좋아한다. 그러다 배
가 출출하면 밖에 나가(식당) 점심을 먹고 찻집에 들러 커
피 한 잔씩 나눈 다음 가까운 숲길이나 호젓한 오솔길을
걷거나 공원의 벤치에 앉아 대화를 이어간다. 그런데 이
런 사람이 별로 없다. 살기가 바빠서인지 자적自適의 여유
가 없어서인지 유유悠悠 그 자체를 모르고 산다. 안타까운
일이 아닐 수 없다. 햇살이 눈부시게 찬란한 봄날이거나
햇살이 투명하게 내리는 청명한 가을엔 그 햇살이 하도
좋고 너무 아까워 어느 시인의 시처럼 '햇살이 눈부시게
푸르른 날은 그리운 사람을 그리워하자'는 시가 생각나
로맨틱한 지인을 떠올려 본다. 한데도 이 사람이다 하고
생각나는 지인이 없다. 아무리 생각해도 햇살이 눈부시게
찬란하니 산책하자고 할 사람, 투명한 햇살이 주렴처럼
촬촬 내리는 청명한 날씨니 공원의 벤치에라도 앉아 하늘
을 쳐다보자고 할 사람이 마땅히 없다. 그래도 나는 설마
하는 기대감으로 몇몇 지인한테 전화를 하면 "산책은 무

슨"이고 그것도 아니면 "바빠. 시간이 없어" 한다. 바쁘기는 만날 먹고 노는 무위도식자가 뭐가 그리 바쁘다는 건가. 이렇게 멋대가리 없는, 가슴도, 낭만도, 운치도 없는 위인들을 그래도 설마하고 전화한 내가 잘못이다. 적이나 하면 "아, 그래? 거 좋지!"가 아니면 "야아, 역시 작가라 다르군. 내, 나가지!" 하면 얼마나 좋은가. 몇 군데의 전화가 실패로 끝나면 나는 혼자 추연히 공원 벤치에 앉아 눈부시게 찬란한 햇살을 바라본다. 그러며 독백한다. 누가 고담준론을 나누자 했나? 날씨가 하도 좋아 전화 했지. 햇살이 하도 눈부셔 전화했지. 그런데 뭐? 에이 싫어? 산책은 무슨? 바빠? 시간이 없어? 그냥 벤치에 앉거나 조붓한 오솔길을 걸으며 눈부신 햇살을 바라보면 되는 것을. 찬란한 햇살만 바라보면 되는 것을. 그러면 그 속에 말하지 않아도 많은 말이 있어 천언만어千言萬語가 담긴 것을. 나는 거듭거듭 그들과의 괴리감乖離感으로 마음이 언짢아진다. 안타깝고 속상해진다. 아주 많이. 그리고 아주 크게.

하지만 안타깝고 속상한 일이 어디 이것뿐이겠는가. 사람들은 이상하게도 나와는 생각이 딴판 달라 자기 집으로 초대하기를 꺼려한다. 빈 말이라도 자기 집으로 놀러 오라거나 우리 집에 와 차 한 잔 나누며 이야기 하자는 이가 거의 없다. 내가 먼저 우리 집에 와 차 한 잔 하자거나 내가 놀러갈 테니 차 한 잔 줄 수 있겠느냐 하면 대개 바쁘다느니 약속이 있다느니 핑계를 대고 그것도 아니면 밖에서 만나지 뭐, 한다. 나와는 생태적으로 아주 다르게 태어났거나 감성지수가 판이하게 달라 숯과 얼음의 빙탄불상용氷炭不相容이다. 이럴 때면 유안진 시인의 '지란지교를 꿈꾸며'의 시 한 대목이 생각난다.

'저녁을 먹고 나서 허물없이 찾아가

차 한 잔을 마시고 싶다고

말할 수 있는 친구가

있었으면 좋겠다'라는….

말동무가 그립거나 고담준론이 나누고 싶으면 자주 만나 몇 시간이고 담론하던 친구가 내겐 있었다. 이 도시 30여 리 밖 산자수명한 산자락 끝에 집을 짓고 십수 년 동안 우거하다 바람이듯 표표히 서울로 떠나간 김구산金龜山이라는 친구가 바로 그다. 그는 본시 서울의 J 대학에서 영문학을 강의한 영문학 교수였다가 미국에 건너가 여러 해 교수 생활을 한 다음 귀국, 이곳의 경관에 반해 집을 짓고 십수 년 동안 우거하며 교우하게 됐다. 그는 영문학자였지만 동시에 비교종교학자이기도 해 이 방면에 해박한 지식을 가지고 있는 석학이었다. 그는 불교를 비롯한 여러 종교를 깊이 연구한 바 있고 기호학에도 조예가 깊은 석학이었다. 이런 그는 '나는 누구인가?' '이와 같이 나는 들었다如是我聞' '관계의 세계' 등 철학적인 소재로 깊이 있는 글(저서)을 썼고 역서로는 막스 밀러의 '종교학 입문' 디 마이달의 '몽고문화사' 다찌가와 무사시의 '만다라의 신들' 외 다수를 번역해 주목을 끈 학자였다. 여기에 그는 또 미술 평론까지 해 미술 전문가가 놀랄 정도의 예리한 비평도 다수한 박학다식의 소유자였다. 자, 이런 석학이 내 곁에 있고 나이도 비슷한 연배니(그는 나보다 두 살이 적다) 글을 쓰다 쉬거나 무료할 때면 나는 그와 진종일 시간을 보내며 때로는 찻집에서 때로는 술집에서 때로 내 집에 자면서까지 많은 대화로 사유思惟의 바다를 항해했다. 이럴 때면 우리는 마치 선문답을 하듯 진지하고 엄숙했다.

그러니 나는 물을 만난 고기여서 산 진 거북이요 돌 진 가재였다. 우리는 서로가 상대의 가치를 높이 평가했고 인격도 서로 높이 존중했다. 그래 우리는 과시 백락伯樂이 있어 천리마를 알아보고 종자기鍾子期가 있어 백아伯牙의 거문고 소리를 아는 지음知音이었다. 사마천司馬遷도 '사기史記'에서 말하지 않았는가. 선비(장부)는 자기를 알아주는 사람을 위해 목숨을 내놓고 여자는 자기를 사랑해주는 사람(남자)을 위해 얼굴에 분칠을 한다는.

일찍이 베이컨은 '아는 것이 힘'이라 했고 플라톤은 '돈은 하下, 힘은 중中, 지식은 상上'이라 했다. 이것만 봐도 지식의 힘이 얼마나 대단한가를 우리는 알 수 있다. 그는 다방면에 걸쳐 많이 아는 박물군자였다. 그렇다면 그는 무불통지無不通知인가? 그래서 불가에서 말하는 무학도無學道의 경지에라도 든 것일까? 더 배울 것이 없는 최고의 단계로, 견도見道 수도修道의 단계를 거쳐 이를 수 있다는 무학도. 더욱이 그는 불교에 귀의, 승려에 가까운 생활을 하고 있지 않은가. 이런 그에게도 가끔 모르는 것이 있는지 그건 잘 모르겠다 할 때가 있다. 그러면 나는 그의 모른다는 것이 아는 것으로 생각되어진다. 왜냐하면 공자가 제자 자로子路에게 "유由야, 네게 안다는 것이 무엇인가를 가르쳐 주겠다. 아는 것을 안다 하고 모르는 것을 모른다고 하는 것, 이것이 아는 것이다"고 한 "유由야, 회녀지지호誨汝知之乎인저. 지지위지지知之爲知之요 부지위부지不知爲不知니 시지야是知也니라"고 한 논어의 위정편이 떠오르기 때문이다.

그는 영어를 우리말 하듯 능란하게 구사하면서도 일상의 대화에서는 단 한 마디의 영어도 쓰질 않고 순수한 우리말만 사용한다. 웬만한 사람 같으면 혀 꼬부라진 영어를 찍찍 갈기고 미국 냄새를 풀풀 풍길 텐데 그는 그런 구석이라곤 눈곱만큼도 없다. 뿐만이 아니라 그는 양복보다는 한복을 즐겨 입고 음식도 양식보다는 한식을 좋아해 나와 함께 식사할 때면 언제나 된장찌개가 아니면 칼국수, 칼국수가 아니면 두부찌개다.

그런데 이런 그가 그만 서울 근교 고양 땅으로 살 자리를 옮겨 갔으니 허전하기 짝이 없다. 대화가 그립거나 강론이 생각나면 그를 불러내거나 내가 찾아가 몇 시간이고 머리를 채우는데(그러나 그는 한 달에 반은 서울에 가 있어 나처럼 사무한신事無閑身이 아니다. 그래서 미리 약속 날을 맞춰야 한다) 이게 한 달에 두세 번이어서 내가 그의 일정에 맞춰야 한다.

그가 이곳을 떠나자 나는 대화의 빈곤을 느꼈고 지적 허기知的虛飢를 느꼈다. 그리고 준론峻論의 단절마저 느끼고 있다. 언제라도 찾아가고, 찾아오며, 허물없이 지내는 의기투합의 친구, 시속에 살면서도 시속에 얽매이지 않고 좀은 초연히 사는 친구. 이런 친구가 내 곁에 있어 언제라도 만나 환담할 수 있다면 작히나 좋으랴만 사방팔방 전후좌우 상하 육허를 둘러봐도 그런 사람 없으니 참으로 안타깝다. 누가 산장山長 일민逸民을 바라는가. 누가 표일달사飄逸達士를 바라는가. 누가 분방자재奔放自在한 뇌락무애磊落無碍의 호방불기豪放不羈를 바라는가. 그저 이 풍진 세상에 하루 한 번 혹은 이틀에 한 번씩 만나 청담淸談이나 나누면 되는 것을. 정답고 즐겁게 환담歡談이나 나누면 되는 것을….

나는 성격이 별나서인지 아니면 두루뭉수리로 어벌쩡 넘어가는 성격이 아니어서인지 누가 나에게 '사장님'이라 부르면 모멸감부터 느낀다. 그리고 알레르기 현상을 일으킨다. 속이 메스껍고 뒤틀려 견딜 수가 없다. 일종의 거부 반응이다. 왜 그런지 '사장님'이란 호칭이 염병의 까마귀 소리만큼이나 듣기가 싫다. 그야 물론 내가 사장이 아닌데 사장이라 부르니 그렇기도 하겠지만 하여간에 사장님 소리 자체가 무조건 싫다. 그래 사장님 소리를 듣는 날은 종일 불쾌감이 가시질 않는다. 그런데도 '사장님' 소리를 좋아하고 사장님 소리에 우쭐대는 사람도 있다. 사장이 아닌데도 말이다. 아마 사장을 대단한 경칭으로 아는 모양이다. 나로서는 도저히 이해 안 되는 일이다. 그래서 사장이 아닌데도 사장님이라 부르면 좋아하고 사장이 아닌데도 사장님, 사장님 하는 사람을 보면 스노비즘으로밖에 달리 볼 수가 없다. 글쎄 사장이 얼마나 흔해 빠져 길바닥에 널브러졌으면 길을 가다 누가 뒤에서 '사장님' 하고 부르면 10명이면 10명이 다 뒤돌아보겠는가. 이러니 사장 아닌 사람이 없어 장삼이사張三李四 갑남을녀甲男乙女가 모두 사장이다. 심지어는 식당에서 서빙하는 사람도 사장님이요 난전 바닥에 좌판 놓고 장사하는 사람도 사장님이다. 이는 그냥 습관적으로 부르는 호칭일지 몰라도 기실은 욕이요 경멸이다. 식당에서 일하는 사람이 여고생이나 여대생으로 아르바이트를 한다면 학생이라 부르고 학생 아닌 처녀면 아가씨라 불러야 하지만 나이 30대나 40~50대의 여자라면 아주머니가 적합한 호칭이다. 사람들은 30대나 40~50대의 여자들에게도 사장님이 아니면 '아줌마, 아줌마' 하는데 아줌마란 호칭은 안 쓰는 게 좋다. 왜냐하면 아줌마는 아주머니를 낮춰 부르는 말이기 때문이다.

사람들이 아무나 보고 사장님, 사장님 하는 것은 세태가 그만큼 품위를 잃어 천박해졌기 때문이다. 나는 누가 나에게 사장님이라 하면 정중히 "나는 사장이 아닙니다" 하고, 그래도 또 사장님이라 하면 화를 낸다. 그러면 상대가 "그럼 뭐라고 부릅니까?" 한다. 나는 정색을 하고 "사장보다는 아저씨가 낫고, 아저씨보다는 어르신이 낫고, 어르신보다는 선생님이 나은데 왜 이런 좋은 호칭을 두고 사장이라 하느냐. 아무나 사장이라 부르면 그런 실례가 없으니 유의하기 바란다"고 하면 "아, 예!" 하는 사람도 있고 "별소릴 다 듣겠네요" 하는 사람도 있다. 이는 물론 내가 누구인지 모르고 나도 이들이 누구인지 모르는 사람들이다. 그런데 제발 딱한 것은(한심하기까지 한) 누구보다 말과 호칭을 제대로 사용해야 할 공중파 방송이 인터뷰할 때의 호칭과 화면 자막이다. 법인으로 등록된 어엿한 회사야 당연히 사장이고 자막에도 무슨 회사 사장이라 해야겠지만 조그마한 가게나 조그마한 분식집을 인터뷰할 때도 주인은 으레 사장이다. 참 어이없는 일이다. 그래 명색이 최고 학부를 나왔다는 사람들이, 난다 긴다하는 준재들이 모인 방송국이 한낱 호칭 구사에 대한 상식이 이것밖에 안 된다면 나머지는 보나마나다. 이럼에도 동에도 서에도 안 닿는 호칭으로 아무한테나 사장이라 부르니 이런 망발이 없다. 가게나 식당의 경영주는 사장 아닌 '주인'이 올바른 호칭이다. 주인은 누구인가? 임자가 주인이다. 그러므로 주인을 높여 부를 때는 '주인장主人丈' '주인님' '주인어른'으로 올려 부른다. 그런데 이런 좋은 호칭을 두고 왜 꼭 사장으로만 부르는가. 혹여 조그마한 가게나 조그마한 분식집을 경영하는 이가 이 글을 읽는다면 오해 없길 바란다. 이는 '사장' 아닌 '주인'이 옳기 때문이다. 정당한 말로 정당한 호칭을 정당하게 사용 구사하는 것만이 상대를 정당하게 대우하는 것임을 알아야 한다.

거듭 말하는 바이지만 나는 '사장님' 소리를 듣는 게 무조건 싫고 기분 나쁘다. 그래서 사장님 소리를 듣는 날은 제기랄이다. 정말.

나는 이게 자랑할 일은 아닐지 모르지만 이 나이까지 살면서 단 한 번도 외박한 일이 없다. 어디 외지에 가거나 멀리 여행 갔을 때를 제외하곤 말이다. 외박만이 아니다. 나는 지금껏 살아오면서 노름 한 번 하지 않았고 춤(양춤) 한 번 추질 않았다. 술을 마시고 게걸거리며 누구한테 찍자 한 번 붙지 않았고 어느 여자에게 추근추근 치근대며 씨알에도 먹히지 않는 수작을 건 일도 없다. 뿐만이 아니다. 앞장 어디에서도 썼듯 나는 약속도 한 번 어기질 않았고 시간도 칼처럼 지켜 칸트라는 별명을 얻은 사람이다. 그렇다면 이게 뭔가. 완전한 교과서가 아닌가. 아니 성인군자나 도학자가 아니고는 할 수 없는 일이 아닌가.

　그러나 아니다. 결코 그렇지 않다. 그러니 오해 말라. 나는 교과서는커녕 잡지책도 못되고 성인군자나 도학자는 더더욱이 어불성설이어서 불경스럽기까지 하다. 나는 지극히 겁 많은 나부儒夫로 평균인에 불과한 사람이다. 그러면서도 완벽주의를 추구하는 이상주의자일 뿐이다. 그러니 얼마나 공소空疎함이 많고 미타未妥함이 크겠는가. 내가 위에서 말한 대로 그렇게 온전히 살았다면 이는 일상생활에서 벗어나 성당에나 수도원에서 묵상과 기도를 통해 자신을 살피는 피정避靜이나, 계견성鷄犬聲이 들리지 않는 심산유곡에서 구도생활로 참선하는 이판승理判僧이나 가능한 일일 것이다. 그리고 엄격한 극기와 금욕 위주의 생활 태도와 사사로운 감정에 사로잡히지 않고 쾌락과 고통에 동요하지 않으며 의연한 자세로 운명을 받아들이는 스토아주의자들이나 가능한 일일지 모른다. 그런데 나는 아니다. 나는 앞에서 말한 대로 외지에 여행하지 않는 한 외박 한 번 하지 않았고, 지금까지 살면서 노름 한 번 하지 않았으며, 양춤(소위 말하는 댄스) 같은 걸 배워 춤

한 번 추질 않았다. 여자한테 추근대며 추한 수작질 한 번 하지 않았고, 약속은 단 한 번 어기지 않고 지켜 칸트란 별명이 생겼다. 그렇다면 이런 나를 현실주의자들은 말할 것이다. 인생을 왜 그렇게 재미없게 사느냐고. 그리고 또 향락주의자들은 이렇게 말할지 모른다. 한 번밖에 못 사는 인생 즐겁고 재미나게 살아야지 왜 그 모양으로 사느냐고.

그렇다. 한 번 밖에 못 사는 인생 재미있고 즐겁게 살아야 한다. 그러나 나는 재미나 즐거움보다는 '가치' 쪽에 더 큰 비중을 두기 때문에 원칙적으로는 재미있고 즐겁게 사는 것을 원하는 사람이지만 그 재미와 즐거움이 무가치한 것이면 절대로 취하질 않는다. 귀중한 인생, 한 번밖에 못 사는 인생을 왜 무가치한 일에 귀중한 시간을 허비하는가. 혹여 나를 잘 모르는 사람이 이 글을 읽는다면 내가 안동按棟답답이거나 멋도 재미도 없는(모르는) 사람이거나 그것도 아니면 아주 잔달아 빠진 꽁생원쯤으로 알지 모른다.

그러나 아니다. 나는 안동답답이도 아니요 잔달아빠진 꽁생원도 아니다. 나는 신명이 많고 멋과 풍류를 좋아하며 유머와 해학도 좋아한다. 나는 성격도 쾌활하고 가요도 7백여 곡 부른다(여기에 동요, 민요, 가곡, 군가, 잡가까지 합치면 천여 곡은 될 것이다). 나는 점잖을 때는 한없이 점잖아 결코 남의 앞에 먼저 나서지 않지만 명분이 있거나 용훼할 일이 있으면 적극성을 띤다. 나는 애틋한 사랑, 가슴 아픈 사랑, 불같은 사랑, 애끓는 사랑도 해 보았고 남녀 간의 관능적 육체적 사랑이 아닌 순수한 정신적 사랑인 플라토닉 러브도 해 보았다. 그리고 자기희생에서 오는 사랑, 어떤 희생, 어떤 고통, 어떤 역경도 극복하는 아가페적 사랑도 해 보았으며, 자신을 위주로 하는 본능적 욕구의 에로스적 사랑도 해 보았다. 뿐만이 아니다. 나는 인간이 바라는 최고선의 사랑이라는 인류애적人類愛的 사랑인 필래시스 사랑도 해 보았다. 우물 안 개구리의 요동시遼東豕를 면하기 위해 스무 남은 나라는 돌아다녀 보았고 안 해 본 일이 없다시피 이것저것 수십 가지의 밑바닥 인생을 살아 보기도 했다. 그러고도 나는 지금 소년처럼 꿈을 먹고 살고 있다.

사람이 재미있게 살고 즐겁게 사는 것도 중요하지만 가치 있게 사는 것도 중요하다. 아니 어쩌면 가치 있게 사는 게 재미있게 살고 즐겁게 사는 것보다 더 소중할 수 있다.

나는 오랜 세월 동안 혼자 사는 사람이니 뭐든지 내 마음대로 할 수 있어 간섭하는 이가 없다. 그러므로 외박을 하고 들어온다고 강샘을 부릴 사람도 없고 허구한 날 고주망태로 술을 마시고 길바닥에 쓰러져도 잔소리 할 사람도 없다. 양춤을 배워 카바레나 나이트에 가 춤을 춘다고 바가지 긁을 사람도 없고 노름하다 붙잡혀 경찰서에 간다고 애태울 사람도 없다. 이러니 이 얼마나 고삐 풀린 망아지처럼 멋대로 할 수 있는 처지인가. 그야말로 서 발 막대 거칠 것 없는 천하의 대자유인 아닌가. 한데도 나는 위인이 못나 빠져 그런지 누가 그렇게 하라고 시킨 것도 아닌데 천출天出로 아니 제출물로 그래 보질 못했다. 생각하면 내가 도대체 왜 이러는가 싶다가도 이래야, 이렇게 살아야 바르게 사는 게 아닌가 싶어 자신을 되돌아보게 된다. 그래 때로는 이런 자신에 화가 나 내가 나한테 짜증을 내기도 하고 이런 자신이 싫어 혼자 성질을 부리기도 한다. 그리고 더러는 또 욕을 퍼부어 대기도 한다. 이럴 때 신문을 보거나 TV를 보다가 인두겁을 뒤집어쓰고도 짐승만도 못한 짓거리를 하는 인면수심의 인간을 보거나 세상 망칠 짓거리를 하고도 뻔뻔하기 짝이 없는 후안무치의 철면피들을 보면 욕을 고래고래 퍼부어 댄다. 욕은 이럴 때 해야 된다면서. 아니 욕은 이럴 때 하라고 만들어졌을 거라면서. 이럴 때 나는 영락없는 욕곡봉타欲哭逢打가 돼 얼씨구나 한다. 울고 싶어 하는 아이를 때려 마침내 울게 한다는 욕곡봉타 말이다. 이때 내가 하는 욕은 '죽일 놈!' '썩을 놈!' '저런 주리를 틀 놈!' '저 능지처참을 할 놈!' '아이구, 귀신이 뭘 먹고 사나 저런 놈들을 안 잡아 가고!' 등등 레퍼토리가 다양하다. 이게 의분義憤인지 공분公憤인지 충분忠憤인지 비분悲憤인지 알 수 없어도 속에 있는 불덩어리가 사월 때까지 소리소리 지르며 욕을 해대야 설분이 된다. 그래 나는 생각해 본다. 내가 대체 왜 이러느냐고. 내가 이게 무슨 짓거리냐고. 그러나 나는 내가 나를 아무리 생각해도 내가 왜 이러는지 당최 알 수가 없고 내가 나를 아무리 따져 봐도 내가 왜 이러는지 도무지 알 수가 없다. 아지못게라! 아지못게라!

4부

아니디아

◆ ◆ ◆ ◆

'아니디아'는 범어로 무상(無常), 즉 덧없음을 말함.

그 때가 어느 해였던가. 장편소설 '아, 어머니'가 나오던 해였으니 1986년도가 아닌가 싶다. 가을이었다. 서울 S 출판사에서 사장이 뜬금없이 찾아와 내 콩트집을 내고 싶으니 수고스러우시겠으나 꼭 좀 써 달라 했다. 사장은 내 콩트가 편 편마다 반전도 기발하고 해학과 풍자가 넘치는데다 위트까지 있어 꼭 내고 싶다 했다. 나는 베스트셀러 작가도 아닌 시골구석의 보잘것없는 빈사한테까지 찾아와 내 콩트집을 꼭 내고 싶다는 사장의 말에 감동(?)받아 그러마 대답하고 다음 날부터 두문불출 집필에 들어갔다. 그동안 발표한 것과 써 놓은 것을 합치면 새로 여남은 편만 쓰면 한 권 분량이 될 것 같아 밥 먹는 시간, 잠자는 시간, 화장실 출입하는 시간만 빼고 원고지와 대좌했다. 제목은 이미 발표한 것 중에서 '염라대왕 사표 쓰다'

로 정했다. 이러고 사흘인가 지난 해거름 녘에 생게망게
하게도 스님 한 분이 찾아왔다. 처음엔 탁발승인가 해서
현관문(아파트)만 연 채 "스님 탁발 나오셨나요?" 했더니
스님은 "아, 아닙니다. 소승 처사님을 뵈러 왔습니다" 했
다. "아, 예 그러세요? 그럼 잠시만요" 하고 방으로 들어
와 어질러진 방을 대강 치우고 스님을 방으로 안내했다.
스님은 법세法歲 50 전후의 기골이 장대한 분이었다. 나
는 녹차를 끓여 대접하고 조심스레 물었다. "스님께서 어
찌 저를 찾아오셨습니까?" 하고. 그러자 스님은 "소승 처
사님께 부탁드릴 게 있어서요" 했다. "부탁이라니요. 저
같은 삼문 문사三文文士에게 무슨 부탁을요."

　나는 적이 궁금해 스님을 쳐다봤다. 그러자 스님은 바
랑에서 두툼한 원고 뭉치를 꺼내 내 앞에다 놓으며 말했
다. "처사님! 도와주십시오. 소승이 자서전을 한 권 쓰려
고 합니다. 이건 자서전을 초 잡은 원곱니다." 스님이 원
고뭉치를 내 앞으로 가까이 밀쳐놓았다. "아, 그러세요.
그럼 쓰시면 되잖습니까." "그렇지요. 그런데 문장 솜씨
가 없어서요. 시간도 별로 없구요." 스님은 여기서 잠시
머뭇거리더니 "처사님! 부탁드립니다. 처사님께서 빈도
의 자서전을 써 주시기만 한다면 대우는 섭섭잖게 해 드

리겠습니다" 했다. 나는 적이 놀라 스님을 또 쳐다봤다. "스님! 그러니까 저보고 스님의 자서전을 대필해 달라는 말씀이시군요." "그렇습니다. 대우는 섭섭잖게 해 드리겠습니다." 스님은 또 대우는 섭섭잖게 해 주겠다는 말을 되풀이 하며 '대우'라는 말에 유독 강한 억양을 넣었다. 나는 일순 참담한 심정이었다. 아니 비참한 심경이었다. "스님, 자서전은 스님께서 직접 쓰시지요. 자서전이면 자신이 주인공이고 자신을 소재로 해 쓰는 것 아닙니까?" "그렇지요." "그러니까 자신은 자신이 제일 잘 알 것 아닙니까." "그야 그렇지요." "자서전은 대필하는 경우도 있지만 본인이 직접 쓰는 게 바람직하지요." "소승도 압니다. 하지만 워낙 문장 솜씨가 없어서요. 처사님! 꼭 좀 부탁드립니다. 소재와 자료는 소승이 초 잡은 원고로 충분할 것입니다. 보시고 자료가 부족하시다면 얼마든지 더 드릴 수 있습니다. 예, 그럼요."

스님은 작심하고 온 듯 결의에 찬 표정이었다. 그리고 마치 내가 당신의 자서전을 써 주기로 약속이라도 한 듯한 표정이었다. 나는 정색을 하고 말했다.

"스님! 스님은 자꾸 문장력, 문장력 하시는데, 문장력이 자서전을 쓰시는데 장애 요소가 되진 않습니다. 글 쓰는 일을 전업으로 하는 직업 작가가 문장력이 시원찮으면 흉이 될지 모르지만 전업 작가가 아닌 사람이 쓴 글은 문장력이 떨어져도 결코 흉이 되질 않습니다. 흉은커녕 되레 장점이 될 수 있습니다. 글씨를 써 놓고 그 글씨에 자꾸 개칠을 하면 그 글씨를 망치듯, 문장도 마찬가지여서 자꾸 세련되게 하려고 멋을 부리고 기교를 부리면 되레 망치는 수가 있습니다. 전문가가 아닌 비전문가가 쓴 글은 비전문가의 냄새가 나야 합니다. 다시 말하면 조금 서툴고 어설픈 데가 있어야 합니다. 그래야 아름답습니다. 그런데 비전문가가 쓴 글이, 비전문가 이름으로 나오는 글이 매끈하게 세련돼 문장미가 돋보이면 오히려 역겹습니다. 비전문가가 쓴 글은 비전문가의 냄새가 나야 합니다. 그러니 자서전은 스님께서 직접 쓰십시오!"

나는 장광설을 늘어놓다시피 하며 스님을 설득시켰다. 그런데도 스님은 떼쓰는 아이처럼 막무가내였다.

"처사님! 부탁합니다. 빈도가 왜 굳이 처사님께 제 자서전 집필을 부탁드리느냐 하면 처사님의 작품집(소설) '신굿'과 '아, 어머니'를 읽었기 때문입니다. 읽었기 때문이라기보다 읽고 감동을 받았기 때문입니다."

스님은 내 작품집까지 들먹이며 어디 한 번 해 보자는

듯 덤벼들었다. 작가는 독자에게 약하다 함을 최대한 이용(?)할 요량인 듯했다. 스님이 다시 입을 열었다.

"처사님! 소승은 처사님의 작품을 읽고 그래 바로 이분이구나 했습니다."

스님은 쾌재를 부르듯 무릎 치는 시늉까지 냈다.

"뭐가 말입니까?"

"소승의 자서전 집필의 최적임자가 말입니다. 헌데 처사님께 미리 양해를 구할 게 있습니다. 그게 무엇인고 하면…."

스님이 아까처럼 또 잠시 머뭇거리더니,

"처사님! 부끄러운 고백입니다만 실은 소승이 불문에 들기 전 속세에서 몇 번의 폭력 전과가 있습니다. 그러니 이 사실은 자서전 집필 때 빼 주셨으면 합니다. 뻔뻔하다 하실지 모르지만 선지식善知識으로 상구보리上求菩提하고 하화중생下化衆生한다고 써 주셨으면 고맙겠습니다. 그렇게만 써주신다면…."

스님은 이 말과 함께 내 눈치를 살폈다.

"그렇게만 써 드린다면요?"

나는 피식 웃으며 스님을 똑바로 쳐다봤다.

"예?"

"스님이 원하시는 대로 써 드린다면 어떡하시겠습니까?"

"그야…."

"스님! 저는 스님의 자서전을 대필할 뜻이 전혀 없습니다."

"예?! 충분한 대우를 해 드려도 말씀입니까?"

"예. 대우 아니라 대우 할애비를 해 주셔도 저는 사양하겠습니다. 죄송합니다."

"작가들은 집필료만 드리면 써 주시는 것 아닌가요?"

"그런 작가도 있겠지요. 아니 있습니다. 그러니 자서전을 꼭 내고 싶으시면 그런 작가한테 맡기세요. 그럼 될 것 아닙니까."

나는 정색을 하고 말했다. 아니 어쩌면 조금 화를 냈을지도 몰랐다.

"처사님! 소승은 처사님을 믿고 왔습니다. 처사님! 다시 한 번 부탁드립니다. 소승은 처사님의 작품 '신굿'과 '아, 어머니'를 읽은 애독잡니다."

스님의 얼굴에 일순 낭패감이 서리는 듯했다.

"제 졸작을 애독해 주신 데 대해선 감사를 드립니다. 하지만 스님의 자서전은 쓸 수 없습니다. 저는 아직 누구의 자서전도 대필한 일이 없습니다."

나는 단호히 거절했다. 이때 스님이 내 손을 덥석 잡으며 생뚱맞게,

"처사님! 실례지만 이 아파트가 몇 평인가요?"

하고 물었다. 전혀 뜻밖의 질문이었다.

"왜 갑자기 아파트 평수를 물으십니까?"

"좀 알고 싶어서요."

"13평인가 그렇습니다."

"그럼 처사님! 이 아파트 배가 되는 평수의 아파트 한 채 사 드리면 되시겠습니까?"

"예?!"

"아니면 그에 해당하는 집필료를 현찰로 드리면 되겠습니까?"

스님은 돈이면 안 되는 일이 없는 세상인데 당신이라고 별 수 있나 하는 듯한 인상으로 말했다. 그렇게 봐서 그런지 스님의 표정은 영락없는 배금주의자였다. 아니 황금만능주의자 같았다.

"이것 보세요 스님!"

나는 도저히 더는 참을 수가 없어 벽력같이 소리쳤다. 그것은 아까부터 끓어 오른 분기가 한꺼번에 탱천한 소리였다.

"예, 처사님!"

스님이 화들짝 놀라며 눈을 화등잔 만하게 떴다. 내 목소리가 어지간히 컸던 모양이다.

"스님! 꼭 저한테 자서전을 쓰이게 하시려면 스님께서 제시하신 것 100배만 더 내십시오."

나는 아무렇지 않게 말했다. 스님이 자세를 고쳐 앉으며 아까보다 눈을 더 크게 떴다.

"100배라니요. 100배면 대관절 얼마만한 액숩니까?"

"그건 저도 모르지요."

"헌데 어찌 그리 무리한 요구를 하십니까?"

"무리한 요구요? 그렇지요. 무리한 요구지요. 왜 제가 턱도 없이 무리한 요구를 했을까요?"

"허면 소승의 자서전 대필을 안 하시겠다는 뜻인가요?"

"아셨으면 됐습니다."

"소승은 얼마 전에 하안거夏安居가 끝나고 마음 가볍게 처사님을 뵈러 왔습니다. 그런데…."

"그럼 아주 잘되셨군요. 몇 달 동안 안거 수행의 결제結制로 애쓰시다 이제 해제解制로 대자유인이 되셨으니 풍타낭타 발길 가는 대로 행운유수行雲流水의 만행萬行 길에 나 오르시지요."

이렇게 해 스님을 쫓아 보내다시피 한 나는 마음이 개운찮아 세수하고 이 안 닦은 것 같았다. 스님은 쫓김을 당하다시피 가면서도,

"처사님! 미구불원 다시 찾아뵙겠습니다. 그리고 초잡은 원고는 두고 가니 한 번 훑어나 보십시오."
했다. 여간 비위짱 좋은 속내평이 아니었다. 하기야 이런 속내평이니 속세에서 저지른 폭력 전과를 선지식으로 상구보리와 하화중생으로 미화시켜 달라 했겠지.

스님이 다녀가자 나는 그날부터 고민하기 시작했다. 그렇게도 초세속적인 사람처럼 큰소리 땅땅 치며 득도 달관한 양 스님을 물리쳤으면 그것으로 끝이지 고민은 무슨 얼어 죽을 놈의 고민인가. 내가 스님에게 큰소리친 것처럼 그렇게 초연하고 경개耿介한 사람이라면 고민 따위는 처음부터 없어야 했다. 그럼에도 나는 지금 고민과 미련을 동시에 가지고 있다. 그렇다면 이 고민과 미련은 도대체 무엇인가. 아파트에 대해서가 아닌가. 13평 아파트에서 26평 아파트에 대한, 아니 26평 아파트에 달하는 거액의 현찰 때문이 아닌가. 더 정확히 말하면 26평 아파트에 당하는 현찰에의 유혹을 뿌리치지 못한데서 오는 세속적 고민 때문이 아닌가. 호랑이는 겁나고 가죽은 탐나는 식

의 논리, 겉으론 세사에 초연 개결한 척, 조대措大 경개한 척 하면서도 속으론 세속에 물든 표리부동한 스노브. 그래서 나는 지금 괴로워하는 게 아닌가.

나는 나 자신에 실망했다. 아니 절망했다. 여태까지는 내가 이렇게 표리부동한 위선의 지킬 박사와 하이드 씨 같은 위인인 줄 몰랐다. 나는 세속에 살면서도 적어도 초세속적으로 사는 줄 알았다. 그래서 속물은 결단코 아니라고 믿었다. 그런데 지금 보니 그게 아니었다. 나는 이때 속으로 스님이 다시 올 때를 은근히 기다리고 있었다. 왜 나는 스님이 다시 오기를 기다리는 것일까. 못 이기는 척 자서전을 대필해 주고 26평 아파트에 당하는 거금을 생각해서였다. 누가 알겠는가. 시치미 뚝 떼고 스님의 폭력 전과 대신 선지식으로 상구보리하고 하화중생한다고 써 주면 그만 아닌가. 그러면 속된 말로 누이 좋고, 매부 좋고, 도랑 치고, 가재 잡고, 길 치고, 나무 하고, 마당 쓸고, 돈 줍지 않겠는가. 그리고 또 누가 아는가. 스님이 선지식으로 상구보리하고 하화중생한다고 써 주면 정말로 그렇게 해 자비의 이타행利他行으로 중생에 아름다이 보시할는지….

나는 이때 자신과의 싸움을 치열하게 하고 있었다. 이

싸움은 대단히 중요한 것이어서 내 운명을 달리할 수도 있는 일이었다. 26평 아파트 값을 현찰로 받아 잘만 활용해 재테크 한다면 노후 대책이 될 수 있겠다는 허욕虛慾, 그 허욕과의 싸움을 하고 있었기 때문이다.

이렇게 괴롭게 싸우기를 며칠이었을까. 나는 끝내 도리질을 하고 말았다. 내가 스님의 자서전을 스님의 마음에 들게 써 줘 26평 아파트 값을 현찰로 받았다 치자. 그러면 과연 내가 그 돈으로 재테크를 해 돈을 늘릴 수 있을 것인가? 나는 "아니다" 하고 크게 소리쳤다. 나로서는 그것이 죽기보다 어려운 일이요 바다가 사막이 되기보다 어려운 일이다. 이럼에도 그 큰돈이 내 수중에 들어온다고 가정하면 그 돈은 십중팔구 재테크에 이골이 나고 난든집이 된 사람이나 세상 물정에 닳고 닳아 그 방면에 도가 튼 시정아치한테 사기당하지 않으면 은행에 넣어 두고 곶감 꼬치에서 곶감 빼 먹듯 야금야금 빼 먹을 것이다.

나는 이때 생각했다. 속기俗氣가 많으면 욕심이 생기고 욕심이 많으면 탐욕이 생겨 추하게 된다는 것을. 그래서 부처님도 탐욕은 곧 불구덩이요, 괴로움의 바다라고 했을 터이다. 그리고 또 마음이 깨끗하면 거센 불꽃도 연당蓮塘이 되고 마음의 배는 피안에 오른다 했을 것이다. 세상의 어천만사는 제행무상諸行無常에 일체개고一切皆苦요 제법 무아諸法無我 아닌 것이 없는 것을….

'그래, 국으로 살자. 아니 내 신념, 내 소신, 내 철학대로 살자!'

나는 대오 각성이라도 한듯 "할(喝)"을 크게 외쳤다. 선 종에서 법의 경계를 보일 때 크게 외치며 꾸짖는 외마디 "할" 말이다. 그리고 나는 벽 오른편에 괴목에다 예서체 로 써서 음각해 걸어 둔 좌우명을 쳐다봤다. 한문으로 된 좌우명은 '청명淸名'이요 한글로 된 좌우명은 '깨끗한 이 름'이었다. 좌우명을 쳐다보자 이번엔 "하늘 무서운 줄 알 자"라는 사훈私訓이 생각났다.

이렇게 수행하듯 자신과 싸우며 얼마를 견뎠을까. 두어 파수쯤 지난 어느 날 스님이 다시 찾아와 먼젓번보다 더 적극적으로 나를 설득했다. 설득만이 아니었다. 스님은 노골적으로 나를 유혹하며 26평 아파트 외에 승용차까지 한 대 뽑아 주겠노라 했다. 정말 달콤한 유혹이 아닐 수 없었다. 나는 또 흔들리기 시작했다. 그깟 속세에서의 폭 력 전과가 뭐 그리 대수인가. 그것도 젊은 날의 한때 실수 아닌가. 그때를 뉘우치고 수행 정진의 보시행布施行으로 중생에 상구보리하고 하화중생한다고 써주는 게 뭐 그리

어려운가. 어떤 의미에서는 스님의 나쁜 과거를 불식시키고 그 자리에 아름다운 이타행을 심어 미화해 주면 오히려 아름다운 한 소식을 얻게 해 줄 수도 있지 않는가. 그래서 오히려 마군魔軍을 물리치고 니르바나의 경지에 들어 예토穢土가 정토淨土가 돼 부처님의 가피가 내려질지도 모르잖은가. 그런데 이상했다. 생각은 이렇게 하는데도 가슴 속엔 불같은 무엇이 자꾸 불끈불끈 명치를 치밀었다.

나는 이를 물고 참았다. 입만 열면 무슨 말이 터져 나올지 몰라서였다. 그러던 것이 스님이 세 번째 찾아오던 날은 그예 폭발하고 말았다. 세상이 꽁꽁 얼어붙은 한겨울이었다. 스님은 조건반사식 작전을 쓰는 건지 아니면 열 번 찍어 안 넘어가는 나무 없으니 누가 이기나 어디 한 번 해보자 함인지 끈질기고 집요했다.

"처사님! 자꾸 귀찮게 해드려 죄송합니다. 하지만 어쩝니까. 꼭 처사님이 써 주서야겠기에 이렇게 또 찾아왔습니다. 어떻게, 우선 착수금 조로 몇백 드릴까요?"

내가 폭발한 것은 바로 이때였다.

"이것 보세요 스님! 왜 꼭 내가 써야 합니까. 스님 혹시 땡초 아닙니까?"

나는 스님을 집어삼킬 듯 쏘아보며 목청을 높였다. 서슬에 스님이 움찔하더니 "처사님! 처사님!"만 연발했다.

"스님! 한 가지만 묻겠습니다. 스님은 자꾸 잘만 써 주신다면 아파트를 사 주고 승용차도 사 주신다고 하셨는데, 그 잘 써 준다는 게 대체 뭡니까. 거짓 아닙니까. 위선 아닙니까. 폭력 전과 대신 이타행 보리행한다 써주고 주색잡기 대신 상구보리 하화중생한다 써 달라시는 것 아닙니까. 폭력 전과야 스님이 말씀하셔서 아는 것이고 주색잡기는 말씀 안 하셔서 모르겠습니다만 스님의 폭력 전과로 미뤄볼 때 주색잡기도 능히 하셨을 것으로 봅니다. 스님! 이런 과거를 진실로 뉘우치고 부처님의 참제자가 돼 중생을 구제하는 이타행을 하신다면 그때 오십시오!"

나는 스님이 놓고 간 원고 뭉치를 스님 앞에 놓았다.

"스님! 죄송합니다. 저는 약속이 있어서 나가봐야겠습니다."

나는 외투를 걸쳐 입었다. 스님은 그제서야 무연한 표정으로 원고 뭉치를 바랑에 집어넣고 일어났다.

이렇게 해 스님과 헤어진 나는 제일 먼저 생각난 말이 '중생이 아프니 나도 아프다'는 유마힐維摩詰이었다.

나는 스님이 기근機根이 남보다 뛰어나 불도를 아주 잘

닦은 상근기上根機의 스님이기를 바라지는 않는다. 수행이 높은 경지에 올라 온갖 번뇌를 끊고 사제四諦의 이치를 바로 깨달아 세상 사람들의 존경을 받을 만한 공덕을 갖춘 아라한阿羅漢이기를 바라지도 않는다. 그러니 더 배울게 없다는 무학도無學道의 경지에 이른 고승 대덕이기는 더더욱 바라지 않는다. 그러나 사문沙門에 든 이상 적어도 비구比丘생활, 수하정좌樹下定座, 분뇨의糞尿衣, 부뇨제腐尿劑의 사의법四依法은 거쳐 깨달음의 정도를 헤아리는 법거량法擧揚쯤은 설법할 것으로 알았다. 그런데 스님은 우리들 시정인과 같았고 타락한 시속인과 다를 바 없어 나를 실망시켰다.

스님이 나를 실망시킨 것은 이런 것만이 아니었다. 우선 스님은 누룩돼지처럼 디룩디룩 살찐 것부터가 기분 나빴다. 게다가 스님은 또 싯누런 금가락지까지 왼손 약지藥指에 끼고 있었다. 어디로 보나 불문에 들어 수행 정진하는 스님 같지 않고 한낱 속된 저잣거리 시속인의 표본 같았다. 내가 아는 스님은, 아니 내가 이상형으로 생각하는 스님상은 학처럼 야윈 몸에 눈빛이 맑고 형형히 빛나는 이였다. 그런데 이 스님은 아무리 봐도 그런 것과는 거리가 멀었다. 그러니 폭력 전과 대신 선지식의 상구보리와 하화중생으로 이타행한다고 써 달라 했겠지. 도를 제대로 닦은 스님이라면 법문과 설법 아닌 한낱 자서전 따위가 무슨 소용이겠는가. 불가에서는 삶을 일러 힘이 쇠하고 자꾸 닳아 없어지는 것에 비유해 무상산無常山 쇠모산衰耗山이라 일컫고, '아무것도 없는 곳에 많은 것이 있다'는 '무일 무처 무진장無一無處無盡藏'을 설하는데 어찌 진여眞如를 찾아 해탈의 문에 들고자 수행하는 스님이 자신을 거짓으로 미화한 자서전에 연연해 시속의 속물들이나 하는 짓거리를 하려 드는가.

진실로 수행에 온몸 던져 오체투지五體投地하듯 정진하는 스님이라면 수행 정진에서 얻은 오도悟道 열반涅槃 외에 무슨 법열法悅이 있겠는가.

인생이 덧없어 화엄경華嚴經에서는 '생종하처래生從何處來에 사향하처거死向何處去'라 일러 '어디에서 왔다가 어디로 가는가' 했고 신라 고승 원효元曉는 '막생혜 기사야고莫生兮其死也苦 막사혜 기생야고莫死兮其生也苦'라 하여 '나지 말아라 죽음이 괴롭도다. 죽지 말아라 나는 것도 괴롭도다' 했다. 인생의 무상함을 어찌 화엄경과 원효만 한탄했겠는가. 청허선사淸虛禪師는 '곡망승哭亡僧'이란 시에서 '내여백운래來與白雲來, 거수명월거去隨明月去, 거래일주인去來

一主人, 필경재하처畢竟在何處'라 하여 '구름과 오더니만, 달 따라 가 버렸네. 오고 간 그 한 사람, 어즈버 어디 있나' 하고 어린 중이 세상을 떠나자 화엄경의 구절을 본떠 노래했다. 저 다윗의 아들 솔로몬도 그가 지은 전도서 2장 11절에 '내가 보건대 내 손으로 한 모든 사업과 모든 수고가 다 헛되어 바람을 잡는 것이니 세상에 아무 이익이 없도다' 했으니 이도 다 인생무상을 말한 것이다. 시선詩仙 이백李白도 그 유명한 '춘야연 도리원서春夜宴桃李園序'에서 '천지 만물지 역려天地萬物之逆旅, 광음 백대지 과객光陰百代之過客'이라 하여 '천지는 만물의 여관이요, 광음은 지나가는 나그네다'라고 했을 것이다. '무상경無常經'이란 책에도 '중조 동지숙衆鳥同枝宿에 천명 각자비天明各自飛요, 인생 역여차人生亦如此에 하필 누첨의何必淚沾衣'라 하여 '어두워 한 가지에 같이 자던 새, 날 새면 서로 각각 날아 가나니, 보아라 인생도 이와 같거늘, 무슨 일 눈물 흘려 옷을 적시나' 하고 미물 비조飛鳥까지도 덧없다 여겼다. 그래서 조선조 연산 때의 선비 천년자千年子 정희량鄭希良도 '산수 무가객山水無家客에 건곤 하처변乾坤何處邊'이라 일러 '산수 간에 집 없는 길손, 하늘 땅 어느 가인고'를 노래했을 것이며 서산대사西山大師의 제자 편양선사鞭羊禪師도 '본시 무일물本是無一物에 하처 기환비何處起歡悲'라 하여 '본시부터 아무 것도 없는데 기쁘고 슬프고가 어디 있는가' 했을 것이다. 불가의 무상시無常時에도,

　'생야 일편 부운기生也一片浮雲起에

　사야 일편 부은멸死也一片浮雲滅이요

　부운 자체 본무실浮雲自體本無實에

　생사 거래 역여시生死去來亦如是'라 하여 '삶이란 한 조각 구름 일어남이요, 죽음이란 한 조각구름 없어짐이다. 뜬 구름 자체가 본시 실체가 없으니. 나고 죽고 가고 오는 것 또한 이와 같구나' 했을 터이다.

　그렇다. 진실로 그렇다.

　저 남인도 향지국왕香至國王의 셋째 아들로 태어나 중국으로 가 선종禪宗의 시조가 된 그 유명한 달마達磨의 9년 면벽面壁이 인생을 무엇이라 정의했는가. 이학理學을 의학醫學에 접목, 이른바 의리학파醫理學派의 대가가 왜 특수한 저울을 만들면서 시시각각 가감되는 인체의 무게를 실측해 본 17세기 이탈리아의 과학자 산트리오 산트로는 30년 동안 저울 위에 앉아 인생을 실험해 무엇을 얻었는가. 나는 문득 온갖 것 다 버리고 저 중국 송나라의 임포林逋 화정 선생和靖先生처럼 산 속에 깊이 들어 은일隱逸하게 살

고 싶었다. 임포는 학식이 높고 시서詩書에도 능했지만 속된 세상이 싫어 서호西湖의 고산孤山에 띠풀집을 짓고 20년 동안 저자 한 번 나가지 않은 채 산장山長으로 살았다. 이런 임포는 독신으로 살며 매화 길러 아들 삼고 학 길러 아내 삼는 매자 학처梅子鶴妻로 유명했다. 임포는 학을 길러서 아내로 삼았고 매화를 심어서 자식으로 삼았다. 임포는 일찍이 학 두 마리를 길렀는데, 이 두 마리의 학을 풀어 놓으면 구름 위까지 높이 날아올라 선회하다가 우리 안으로 돌아오곤 했다. 임포는 늘 조각배를 타고 서호 근처에 있는 여러 절을 자주 들렀는데, 이럴 때 손님이 와 임포를 찾으면 동자童子가 손님을 맞이해 놓고 학을 풀어 놓는다. 그러면 한참 후 임포가 돌아온다. 학이 높이 날아올라 임포에게 손님이 온 것을 알렸기 때문이다.

본시 숨어 사는 숲 속엔 영예나 굴욕이 없고 도의가 있는 길에는 인정의 변화가 없다. 이를 은일림중 무영욕隱逸林中無榮辱에 도의로상 무염량道義路上無炎凉이라 하는데 속세를 등진 은둔 생활에는 영욕이 없고, 도의가 행해지는 길에는 속세의 변덕이 없는 법이다. 한서漢書의 '식화지食貨志'에 보면 '입고 먹는 것이 족하면 영예와 굴욕을 알고, 염치와 양보가 생겨나면 다툼과 소송이 멈춘다' 했다. 속

세에서는 의식이 족해야 영욕을 알아 체면도 세우고 예의
도 지킨다. 그러나 속세를 떠난 은둔 세계에서는 처음부
터 영욕이 있을 리 없다. 그러므로 염량세태炎凉世態도 없
다. '염량'은 본래 더위와 추위라는 뜻인데, 권력과 권세
가 있을 때를 염炎, 권세와 권력을 놓았을 때를 양凉으로
대변해 '염량세태'란 권세가 있을 때는 아첨하며 쫓고, 권
세가 떨어지면 푸대접하는 세속의 형편을 일컬음이다. 이
와 뜻이 같은 글에 '염이부炎而附 한이기寒而棄'란 말이 있
는데 이는 당송팔대가唐宋八大家의 한 사람인 당나라의 유
종원柳宗元이 쓴 '송청전宋淸傳'에서 나온 말로 '따뜻하면
붙들고 추우면 놔버린다'는 뜻이다.

　화정 선생 임포를 쓰다 나는 또 불현듯 자연주의 사상
가 헨리 데이비드 소로가 생각났다. 하버드대학을 졸업한
전도양양한 소로. 고향 매사추세츠 주 콩고드의 월든 호
숫가에 오두막 통나무집을 짓고 대자연과 더불어 삶을 시
작한 소로. 그때 그의 나이 겨우 스물일곱 살의 청년이었
다. 뛰어난 자연 관찰자로 사회 문제에도 깊이 관여한 그
는 '시민 불복종' 정신으로 이어져 뒷날 마하트마 간디와
마틴 루터 킹 등이 벌인 운동에 지대한 영향을 미쳤다. 내
가 지금 여기서 소로에 대해 쓰는 것은 소로가 자연주의

사상가로 시민 불복종 운동으로 시민 정부에 대한 저항 정신에 영향 받아 간다나 루터 같은 이가 벌인 민권운동 때문에 쓰는 게 아니다. 소로가 월든의 호숫가에 오두막을 짓고 자연과 하나로 동화된 삶을 잠간 살펴보고자 함이다. 소로는 월든의 호숫가 숲 속의 오두막에 살면서 '모든 자연은 나의 신부'라 말했고 자연이야말로 '진정한 만병통치약'이라 역설했다. 그는 '자연에서 얻는 몇몇 식품에 그치지 않고 자연 그 자체가 보약이다'라고 강조했다. 이런 소로는 '개똥지빠귀는 궁정의 악장樂長이다. 이 음유 시인은 영웅들의 시대를 노래한다'고도 했다. 그런가 하면 개똥지빠귀의 노래소리를 두고 '내 눈을 맑게 하는 특효약이요 내 감각을 젊게 유지시켜 주는 샘물'이라 했다. 그리고 '월든'이란 책에서는 호수를 가리켜 '대지의 눈'이라 했고 '자연의 가슴에 달린 거울'이라 불렀다. 정신분석학의 세계적인 권위자 지그문트 프로이트도 '문명과 그 불만'에서 인간이 문명사회에 살수록 그 불만은 더 커진다고 지적했다. 이는 문명의 이름으로 인간의 건강한 본능을 억제하기 때문이라는 것이다. 프로이트에 이어 폴 셰퍼드도 '자연과 광기'라는 책에서 인간이 자연을 등지고 문명에만 기대어 살 때 광기 같은 질병을 가져올 수 있다고 경고했다. 자연과 문명의 차이는 선仙과 속俗의 한자어만 봐도 알 수 있는데 이는 사람이 산(자연)속에 들어가 있으면 불로장생하는 신선이 되지만 계곡(문명사회)으로 내려와 살면 속인이 되는 것으로써 알 수 있다. 인도의 옛 시 '하리반사' 중엔 '새들이 없는 집은 양념을 하지 않은 고기와 같다'라는 대목이 있다. 소로는 티티새, 개똥지빠귀, 붉은풍금조, 바위종다리, 쏙독새 등이 지저귀는 소리를 '숲속의 노래꾼들'이라 했다.

아, 나도 가고 싶다. 그런 자연으로.

저 화정 선생 임포처럼 산속에 들고 싶고 저 핸리 데이비드 소로처럼 숲 속에 살고 싶다. 숱한 차들이 질러 대는 굉음소리, 온갖 쇠붙이들이 토해내는 기계 소리, 악에 받쳐 질러대는 인간들의 악다구니 소리. 소리. 소리.

이 온갖 지겨운 소리 대신 새소리, 물소리, 바람 소리를 들으며 꽃향기 풀 냄새 맡으며 오두막에 삭정이로 군불 지피며 살고 싶다.

아, 그러기엔 나는 이제 너무 늙었다. 내 나이 지명知命만 됐어도 용단을 내보련만, 아니 내 나이 이순耳順만 됐어도 결행을 하련만 나는 이미 고희古稀도 지나 희수喜壽에 이르렀다.

아, 생각느니 인생이란 얼마나 덧없음인가. 아니디아!
아니디아! 인생사 정녕코 제행무상諸行無常에 일체개고一
切皆苦로구나!

희언만필(戲言漫筆)

초판 1쇄 인쇄일	| 2013년 3월 19일
초판 1쇄 발행일	| 2013년 3월 20일

지은이	| 강준희
펴낸이	| 정구형
출판이사	| 김성달
편집이사	| 박지연
책임편집	| 윤지영
편집/디자인	| 이하나 정유진 신수빈
마케팅	| 정찬용 권준기
영업관리	| 한미애 심소영 김소연
인쇄처	| 월드문화사
펴낸곳	| **국학자료원**

등록일 2006 11 02 제2007-12호
서울시 강동구 성내동 447-11 현영빌딩 2층
Tel 442-4623 Fax 442-4625
www.kookhak.co.kr
kookhak2001@hanmail.net

ISBN	| 978-89-279-0225-6 *03800
가격	| 15,000원

* 저자와의 협의하에 인지는 생략합니다.
  잘못된 책은 구입하신 곳에서 교환하여 드립니다.